上海故事会文化传媒有限公司 SHANGHAI STORIES CULTURS MEDIA Co., LTD

非常
推理

悬念推理系列
Suspense Inference Series

上海故事会文化传媒有限公司
上海文艺出版社

图书在版编目（CIP）数据

非常推理／《故事会》编辑部编. —— 上海：上海文艺出版社，2017（2019.4重印）

（故事会·悬念推理系列）

ISBN 978-7-5321-6395-3

Ⅰ.①非… Ⅱ.①故… Ⅲ.①故事-作品集-中国-当代 Ⅳ.①I247.81

中国版本图书馆CIP数据核字(2017)第138871号

书　　名：	非常推理
主　　编：	夏一鸣
副 主 编：	朱　虹　吕　佳
责任编辑：	刘雁君
发稿编辑：	朱　虹　吕　佳　姚自豪　丁娴瑶　陶云韫 王　琦　曹晴雯　刘雁君　赵媛佳　黄怡亲
装帧设计：	周艳梅
责任督印：	张　凯
出　　版：	上海文艺出版社
出　　品：	上海故事会文化传媒有限公司 （200020　上海市绍兴路74号　www.storychina.cn）
发　　行：	上海文艺出版社发行中心 （上海市绍兴路50号）
印　　刷：	上海中华印刷有限公司
开　　本：	787×1092　1/32　印张8
版　　次：	2017年7月第1版　2019年4月第2次印刷
书　　号：	ISBN 978-7-5321-6395-3/I·5113
定　　价：	25.00元

版权所有·不准翻印

上海故事会文化传媒有限公司 出品（00631）www.storychina.cn

上海故事会文化传媒有限公司所有图书可办理邮购,免收邮费(挂号除外)
汇款地址：上海市南绍兴路74号(200020)　收款人：上海故事会文化传媒有限公司出版发行部
联系电话：021-64338113
如发现本书有质量问题，请与印刷厂质量科联系 T:021-65376981

编者的话

一、中华民族自古以来便有讲故事的传统。五千年的文明绵延不断，五千年的故事口耳相传，故事成为中华民族弥足珍贵的精神财富。

二、创刊于1963年的《故事会》杂志是一本以发表当代故事为主的通俗性文学读物。50多年来，这本杂志得风气之先，发表了一大批脍炙人口的优秀作品，许多作品一经发表便不胫而走、踏石留印，故而又有中国当代故事"简写本"之称。

三、50多年来，这本杂志眼睛向下、情趣向上，传达的是中华民族最核心、最基本的价值观。

四、为让读者在最短的时间内阅读最大面积的精品力作，《故事会》编辑部特组织出版《故事会·悬念推理系列》丛书。

五、丛书分为如下八本故事集：《百慕大航班》、《刀尖上跳舞》、《非常推理》、《交换杀人》、《蔷薇花案件》、《死亡游戏》、《一只绣花鞋》、《致命三分钟》。

六、古人云：登东山而小鲁，登泰山而小天下。对于喜欢故事的读者来说，本丛书的创意编辑将带来超凡脱俗的阅读体验。

《故事会》编辑部

目录
Contents

危情·疑案
　　潜在的罪犯……………………………… 02
　　谁动了我们的孩子……………………… 06
　　吵醒全城的电话………………………… 13
　　看不见的母爱…………………………… 18
　　大海的禁忌……………………………… 23
　　灵魂并未亵渎…………………………… 30
　　现场闪回………………………………… 37
　　新婚照之谜……………………………… 44
　　穷秀才暴富……………………………… 51
　　染血的书签……………………………… 55

神探·谜案
　　就不让你死……………………………… 77
　　最后一个疑点…………………………… 82
　　非常推理………………………………… 90
　　魔鬼666 ………………………………… 93
　　人算不如天算…………………………… 101

目录
Contents

真假大盗……………………………… 107
同面案………………………………… 113
惊心的扣扣结………………………… 121

密谋·奇案

饼干的秘密…………………………… 139
间接责任……………………………… 145
一条贵宾犬…………………………… 153
虚拟谋杀……………………………… 160
魔鬼的儿子…………………………… 165
君子协定……………………………… 171
一房多主……………………………… 179

铁证·悬案

车祸奇案……………………………… 199
刚从监狱出来的人…………………… 205
杀胡口传说…………………………… 210
自导自演……………………………… 218
最好的报答…………………………… 223
群众演员……………………………… 229
证明…………………………………… 234

危情·疑案
weiqing yian

是谁在讲述事实,又是谁在编织谎言?找出对的声音,便能找到真相。

潜在的罪犯

洛克年届四十,是一所监狱的资料管理员。他的理想是成为一名犯罪心理学专家。

最近,洛克的妻子怀孕了,他更加渴望成为专家,从而名利双收。他潜心查阅大量资料和案例,终于发现了一条成名的捷径:锁定一个潜在的罪犯,在其犯罪之时,及时制止,并公之于众。

很快,洛克便有了目标,是一个叫迈克的新邻居。迈克内向沉默,很少和人交流。而让洛克注意到迈克的,是两人的一次偶遇。

当时,洛克在监狱探监室里,偶然看到了迈克的身影。他随手一指迈克,同事便说:"你也认识迈克?他每周都来,看他那对禽兽不如的父母。"

洛克一听，立马来了兴致。他跑进档案室，翻查迈克父母的案件，这一查让他颇为惊喜：原来迈克父母犯下的是一起轰动一时的杀女案件。据他们交代，当时两人喝醉了，觉得女儿哭闹很烦人，于是合力杀死了刚刚出生的女儿。至于当时八岁的迈克在哪里，如何逃过一劫，他们全然不知。而迈克的笔录显示，他受了巨大的刺激，记忆化为了一片空白。

看完迈克父母的档案，洛克知道，自己要找的人就是迈克！案发时迈克已经八岁了，他很有可能躲在衣柜里，目睹了惨案的全过程。如果真是这样，那么迈克绝对是一个潜在的罪犯，要知道，很多罪犯都有不幸的童年，受到过严重虐待或者精神刺激。

洛克将迈克定为目标之后，便开始有意识地接近他。洛克每天一下班，就去找迈克聊天，开始是一些生活琐事，然后有意无意地谈各种罪犯，有杀人的、有虐童的，试图勾起迈克的记忆。

另外，洛克还把迈克的事发布在博客上，主题是：我的邻居会犯罪吗？博客点击量急速上升。有好事者兴致勃勃地帮洛克出谋策划。当然，也有人指责洛克是在引导人犯罪。

但让洛克沮丧的是，越是深入接触，越是发现：迈克除了有点内向，其他都很正常，压根没有犯罪的意图。

于是，洛克又换了一招。他去探视迈克父母，以警察的身份告诉他们："你们的案子给迈克的童年蒙上了阴影，他很有可能会犯罪。但是，如果你们愿意坦诚地和他谈一下当年……"

话没说完，一直冷漠平静的迈克父母竟然惊声尖叫，并且拒绝再和洛克对话。

洛克只得失望地离开，他心想：如果迈克能有他父母一半的神经质，事情就好办了!

不久,洛克的妻子生了个漂亮的小公主。

洛克非常高兴,特意请了半个月的年假在家当奶爸,他甚至把迈克的事也抛到了脑后。

这一天,迈克神情沮丧地来找洛克。

此刻,洛克正沉浸在初为人父的喜悦里。他抱着女儿和迈克打招呼,絮絮叨叨地讲女儿的事,最后还说:"迈克,她真的是这世界上最可爱的小天使。我简直无法想象没有她的生活。"

半个月的假期很快结束了,洛克依依不舍告别妻女,上班去了。

下午,迈克来了,不过他不是来探监,而是来找监狱长的。

洛克又来了兴趣,在办公室外偷听起来。只听迈克冷静地说:"我是来自首的,我犯罪了,应该进监狱!"

监狱长的声音一下子紧张起来,让他老实交代。

洛克则兴奋到了极点,他暗自得意:我果然是专家,没有看错迈克。

只听迈克继续说道:"我知道我不可饶恕,可是我真的很妒忌。在妹妹出生之前,我是父母唯一的宝贝,可自从妹妹出世,他们眼里只有妹妹,还说她是世界上最可爱的小天使。那天晚上,我的父母喝了点酒,早早睡下了。妹妹开始哭,我哄她,她还是一个劲地哭。于是,我把她抱到厨房,像电影里演的那样,拿起刀,捅了下去,一下、两下、三下……然后,我回到了原来的世界,仍是父母唯一的宝贝。"

监狱长倒抽了一口冷气,他不敢置信地追问:"根据档案,你失去了八岁之前的所有记忆,难道你一直在说谎?"

迈克立刻否认道:"不,我没有说谎,我的确失忆过,但是今天当我拿起刀,捅下去,记忆便恢复了。"

洛克听到这里,心脏猛地一抖。办公室里传来了迈克冷冷的声音:"我的邻居,这儿的资料员洛克警官,之前他一直很关心我,可自从他有了女儿,便抛弃了我们的友谊。前几天我到他家去,他对我毫不关心,眼里只有他的女儿。今天,我又去了他家,他的女儿也是一个劲地哭,她和妹妹的脸是那么相似。于是,我拿起刀……"

洛克听到这里,"扑通"一声,晕倒在地。

(翰林书僮)
(题图:佐　夫)

谁动了我们的孩子

张辉在城西火车站当保安，这天，他正在执勤，远远看见出站口围了一大群人。一个衣着时髦的年轻女人，正在从一位老太太手里抢一个半岁左右的婴儿。老太太看上去六十多岁，穿着朴素，她手里抱着一个婴儿，还带着一个七八岁的男孩。男孩长得瘦弱却很机灵，看样子是老太太的小孙子。婆孙俩异口同声地说那女人是疯子，硬要抢他们家的孩子，而那女人却口口声声说婴儿是自己的，还说老太太是人贩子。

那个小男孩哭哭啼啼地说："阿姨，求求你，快把妹妹还给奶奶。"这婆孙俩，咋看也不像人贩子。而那女人，虽然头发散乱，但穿着时髦，说话条理清晰，也不像是疯子。

张辉喊道："都给我住手！"那老太太见张辉穿着制服，仿佛像见到了救星，一迭声地嚷道："同志，你可要替我做主啊，你看这个疯女人抱着我的孙女不肯还！"那女人不依不饶："谁是疯子？你才是骗子，人贩子！"

张辉犯难了，只好准备报警，但双方都不同意，怕麻烦，天快黑了，都要急着赶回家去。张辉怕伤害婴儿，要求先把婴儿交给他抱着，双方犹豫了一下同意了。婴儿还小，自然不知道发生了什么事，沉沉地睡着。

张辉抱过婴儿，说："你们都说说这究竟怎么回事。"那老太太自称姓田，说人家都叫她田婆婆，她先向张辉讲起了事情的经过……

田婆婆是个苦命的女人，老伴死得早，她一个人辛辛苦苦地把儿子抚养大，娶了媳妇生了娃，夫妻俩却都跑到外面打工去了，把孙子豆豆留给田婆婆照顾。前不久儿子打电话回来，说媳妇又生了个丫头，取名叫笑笑，要田婆婆过去照顾些日子，顺便把豆豆也带过去，一家人聚聚。

田婆婆很高兴，心想儿子一定是在城里挣到钱买了房子，可是到儿子那儿一看，傻眼了，儿子租个单间，一大家子几口人挤在一块儿，啥都不方便。为了挣钱，媳妇早就给笑笑断了奶，去上班了。田婆婆住了几天实在住不下去了，就想把笑笑也带回老家照顾。儿子媳妇虽然舍不得，但也没办法，于是就给田婆婆买了火车票，把婆孙仨送上了火车。

田婆婆找到座位，发现靠窗的位子已经坐着一个女人，穿着时髦。那女人自称叫梅朵，看见田婆婆带着两个小孩，就把身体向里挪了挪。一路上梅朵挺热情，问这问那，还给了豆豆一个苹果，豆豆一直舍不得吃。

路上，梅朵几次提出要抱孩子，田婆婆带着俩孩子确实累了，何况人家也是一番好意，不好扫兴，于是就把笑笑交给了梅朵。梅朵抱着孩子摇啊摇，还不停地逗孩子："宝宝乖，叫妈妈——"田婆婆说："应该叫阿姨。"梅朵说："我就要她叫妈妈。"田婆婆听了心里有些不舒服，但没多想。

下车的时候田婆婆想把孩子抱回来，梅朵却笑着说："下车人多，别把孩子弄丢了，你牵着豆豆，我帮你抱笑笑。"谁知到了出站口，梅朵却死死抱着孩子不肯放手，还口口声声说孩子是她的，可把田婆婆给急坏了。

说到这里，田婆婆情绪激动了，她对张辉说："同志，我老婆子一辈子没撒过谎。对了，我们走的时候，我儿子买了一对玉佩给孩子们，上面刻着'平安'和'健康'，笑笑戴'平安'，豆豆戴着'健康'。"

张辉仔细一看，笑笑脖子上的确戴着一块很普通的玉，上面刻着"平安"；再看豆豆脖子上那块玉，也确实刻着"健康"两个字。

田婆婆努力克制了一下情绪，让豆豆把梅朵给的苹果拿出来。豆豆立刻从衣兜里掏出一个苹果来，哭着说："阿姨抢我的妹妹，是坏人，我不要她的苹果了！"说完，他就把苹果扔在地上，摔得稀烂。

小男孩这么一说、一摔，人群中对梅朵指指点点的立刻多起来。这时，梅朵急得快哭了，她指着田婆婆骂道："呸，老骗子，还唆使这个小孩子撒谎！"说着，梅朵急不可耐地对张辉说："同志，事情是这样的……"

梅朵一直在城里，最近乡下父亲病重，怕不行了，老公单位不好请假，梅朵只好一个人带着孩子回老家。

今天，梅朵挤上回老家的火车，突然有些后悔带着孩子，要不是父亲说想见见外孙女，她真的不想带，幸好孩子很乖，在怀里睡得沉沉的。

梅朵刚在靠窗的位子上坐好，过来一对婆孙，老太太朝梅朵笑笑，然后低头对小男孩说："豆豆，我们就坐这里吧。"老太太自称姓田，人挺和气，梅朵就往里面挪了挪身子。

一路上，田婆婆不停地和梅朵聊天，得知梅朵是一个人带着个小孩出行的，就对她挺照顾，还不时提醒火车上人多，小心坏人，注意财物。

聊天中，田婆婆问孩子是男孩还是女孩，多大了，叫什么名字，梅朵也没戒心，都一一说了。田婆婆让豆豆喊梅朵阿姨，梅朵就拿了个苹果给豆豆，豆豆接过苹果想吃，被田婆婆狠狠瞪了一眼，豆豆很害怕，立即把苹果揣进兜里，田婆婆马上又笑了，对梅朵说："这孩子不管严点不行的。"然后，她又笑呵呵地说，"你看我跟笑笑挺有缘的。"说着，她就摸出一块粗糙的玉来，上面刻着"平安"字样，说要送给笑笑保平安。梅朵不想要，田婆婆却很热情，梅朵也不好说什么了。

这田婆婆越对梅朵好，梅朵就越觉得哪里不对劲，果然下了火车，一出出站口，田婆婆就上来抢孩子，还一个劲地说："谢谢姑娘帮我抱孙女，现在可以把她还给我了！"然后，那个叫豆豆的孩子突然从后面跳起来，一把就将梅朵的头发扯散了，婆孙俩口口声声说梅朵是个疯子，梅朵知道自己遇上骗子团伙了！

梅朵说："我有证据，笑笑那孩子的背上有一小块红色的胎记，这个外人是不知道的。"张辉查看了一下，果真如此，不料田婆婆说："这不过是你抱我孙女的时候看见的。"

田婆婆和梅朵又都扑上来抢张辉怀里的笑笑，田婆婆指使豆豆去抱孩子，豆豆冲上前来，死死抱住张辉的腿，哀求道："叔叔，把妹妹给奶奶……"张辉一时不知如何是好。

就在张辉手足无措之时，人群中突然冲出一个穿红衣服的女人，一把拉住豆豆的手，激动地说："我的孩子，妈妈可找着你了。"然后，她抱着豆豆亲吻起来……

真是一波未平一波又起，这儿又冒出一个抢孩子的，这一下可把张辉给搞懵了。还是田婆婆反应快，赶紧先放下笑笑这一头，一把抢过豆豆，生气地说："你谁啊？敢冒充我们家豆豆的妈妈？"红衣女人瞪了田婆婆一眼，说："我真是孩子的妈呀……"

六年前，在本市有个年轻的妈妈，叫刘珍。有一天，她一个人推着童车，车上坐着才八个月的儿子，像往常一样去广场玩。突然，不知从哪里走出一个男人，上前就给了刘珍一耳光，男人骂骂咧咧地说："你这个女人是怎么当妈的，孩子感冒这么严重，还出来吹风！"然后，又连推带搡地把刘珍推在地上。儿子吓哭了，这时，有一个老太太过来，抱起孩子对那男人说："别跟她废话，你看我孙子额头那么烫，又发高烧了，还不赶快去医院！"说完，老太太抱着孩子，坐上了男人的摩托，飞快地跑了。

这一切全发生在眨眼之间，刘珍懵了，她又哭又闹说抢孩子了，但周围的人都以为是家庭矛盾，谁也没上前管。就这样光天化日之下，两个骗子把刘珍的孩子大模大样地抱走了。刘珍的老公怪她没照顾好孩子，一怒之下跟她离了婚。刘珍失魂落魄，可从来没有放弃，这些年她一直在苦苦寻找儿子。前段日子，有网友给刘珍发消息，说在市火车站看到过一个男孩，跟刘珍描述的儿子样子很相似。于是，刘珍就经常在火车站转悠，皇天不负苦心人，今天终于找到儿子了！

"我的儿子右手有六个手指，在大拇指处斜长了个指头，你们看，这个男孩就是我的儿子！"刘珍说着，把豆豆的右手举给众人看，然后蹲下身来激动地说，"豆豆，我是你妈妈啊！"豆豆非常害怕，拼命挣扎着喊："你不是我妈妈。"

田婆婆立刻冲过来，拉起豆豆就走，刘珍把她拦住，喝道："这么多年来，我一直在找抢我儿子的人贩子，我记得清清楚楚，那个老太婆嘴角有一颗大黑痣，就是你！"

田婆婆的脸一下子白了，惊慌地往人群外退缩着，就在这时，警察来了，原来刘珍早已报了警。面对警察，田婆婆承认了，她是人贩子团伙成员，豆豆的确是她六年前从一个女人那里抱走的，因为豆豆右手长着六指，没有人愿意买，他们就把豆豆留下，教唆他一起骗人。

梅朵流着泪，一个劲儿向张辉和刘珍道谢："要不是你们，今天笑笑就真的没了。"

警察本想带梅朵回去做笔录，但梅朵哭得更厉害了，说如果晚了她可能就见不到父亲最后一面了，警察简单核实了一下，就让她抱回了孩子。

这时，刘珍突然像是想到了什么，拦住了梅朵说："你不能走！"

梅朵很气愤，问："又怎么了？"其他人都围了上去，众目睽睽之下，刘珍问梅朵："妹子，这孩子怎么一直在睡啊？对了，你给她吃人奶还是牛奶啊，她该换尿布了吧？"

"这孩子就是贪睡，待会儿我会在车上喂她，给她吃母乳，这里人多不方便，尿布我也到车上再换，谢谢大姐你的提醒，没事我走了。"

张辉觉得这刘珍不是热情过头就是没事找事，正想开口，刘珍又说了："妹子，我能抱抱笑笑吗？"梅朵犹豫着，刘珍，"别怕，这里有保安，有警察呢，我就想抱抱。"刘珍伸出手把笑笑抱了过去，突然，她后退几步，大叫："警察同志，她也是坏人！"

梅朵急了："你凭什么这么说？"

刘珍冷冷笑着，说："一、孩子一直在睡，包括抢来抢去的时候，这很不正常；二、你说你喂母乳，那么你坐了一天的火车应该给孩子喂好多次了，但你身上却没有奶味，反而有很浓的香水味，喂母乳的妈妈是不会用香水的；三、这孩子的尿不湿已经非常的胀了，你说你上车换，可是你除了一个小挎包，根本没有其他行李，那么，你出远门给孩子备用的东西呢？所以，我认为你根本就不是笑笑的妈妈，而且没有当过妈妈。我刚才就怕你一急伤害笑笑，才把孩子抱了过来。"听到这里，梅朵低下了脑袋，她说笑笑的确不是她的孩子。

原来，梅朵在城里给人家当保姆，和男主人好上了，她想让那男人离婚，然后娶她，可是那男人不同意。梅朵觉得自己被骗了，一气之下就偷了主人家的孩子，慌慌张张想跑回老家去，找以前的男朋友合谋敲那个男人一笔钱。她怕孩子在路上哭闹，就给孩子吃了安眠药，谁知在火车上碰到了人贩子田婆婆，把事情闹开了，现在又被刘珍识破了。

后来，警方根据田婆婆的交代，顺藤摸瓜揪出了一个人贩子团伙，救了很多小孩，笑笑的父母也很快赶了过来，抱走了笑笑。经确认，豆豆的确是刘珍的儿子，为这事，站里对张辉进行了表彰，张辉心里美滋滋的，从那以后他对工作更认真了。

(赵晓波)
(题图：谭海彦)

吵醒全城的电话

故事发生在1953年,在丹麦首都哥本哈根,这天凌晨两点来钟,正在当班的见习消防队员拉斯马森听到报警电话在响,连忙拿起话筒,电话通了,但话筒里却没有声音。

拉斯马森大声问:"喂!我是消防队,你那里发生了什么事?请详细告知地点!"

电话里还是没有任何声音。

同伴忍不住打断拉斯马森,说:"你别管了,经常会有一些无聊的人打报警电话消遣人!"

拉斯马森正要挂上电话,却突然听见话筒里传出一声猫叫,虽然猫的叫声很细弱，但能听出那只猫叫得很焦急。

年轻的拉斯马森马上想到，可能是猫的主人受了重伤，刚拨通报警电话又很快昏迷过去，只剩下猫在旁边叫唤。他决定不挂电话，继续仔细聆听。果然，又过了一会，他听到话筒那边一个人的轻微喘息声。

拉斯马森用洪亮的声音朝电话那头喊道："喂！您是谁？要是您在开玩笑，请别占这条线！要是有事就请快讲！"

终于，拉斯马森听到一个老太太的声音："我受伤了……救命啊！"

拉斯马森非常急切地问："您在哪里？您叫什么名字？"

对方回答说："我在家里，只能听到门外的车笛声，房子里没有人，只有猫咪陪着我……"

拉斯马森确信打电话的人遇到了危险，他接着问："您家的地址？"

对方的声音却越来越微弱："我在流血，躺在地上动不了，我忘记了我家的地址……"

拉斯马森正想继续问下去，那边的电话却突然断了。

这下把值班的两个消防员急坏了，拉斯马森正要拿起电话向上级报告，另一位队员却拉住他，说："上级并不是上帝，这个电话不能动，对方很可能再打进来……"

足足过了一刻钟，电话铃终于又响起来，拉斯马森拿起电话，听筒里又传来同刚才一样微弱的声音："我刚才又晕过去了，四周有血……你们快来啊！"

拉斯马森大声吩咐："请您不要挂断电话，请把话筒放在地上，我马上通过邮电局查到您的地址，然后派人来营救您！"

值班室顿时忙起来，拉斯马森通过内部线路接通了邮电局的电话，要求邮电局值班人员迅速查到那个报警电话的地址。

又等了好一阵子,邮电局值班人员报来了查询结果:那个电话号码是城市最早的一批老号码,因为老城区改建,原来的街区和住宅全部消失,当时登记的住址资料已经没有任何意义了……

拉斯马森的电话一直与对方保持着联系,但话筒里对方的呼吸却越来越弱。时间又过了半个小时,拉斯马森跑到休息室,把富有经验的队长叫了起来。

队长听完拉斯马森的报告后说,目前只有最后一线希望:设法继续跟老人对话,进而推测出她的位置,或唤起她的相关记忆!

接着,队长从拉斯马森手中接过话筒,柔声问道:"夫人……您还在流血吗?您的房子有什么特征?"

那位老太太渐渐有了些力气,吃力地说:"我满脸都是血,我家房子的大门是三扇黑桃木门……我快没力气了……"也许是一下说得太多,她的声音又停了下来,一下子变得毫无动静。

队长又问了很多话,但都没有回音了,他突然回过头,问两个值班员:"你们谁会学猫叫?"一个消防队员举起手,队长命令他:"你朝话筒里学猫叫,引起那边的猫叫!"

这位消防员于是朝话筒里连学了几声猫叫,那边的猫果然回应了几声。队长侧耳听了会,说:"那只猫的叫声很特别,很像是加拿大无毛猫,你们现在马上打电话给老城区的兽医诊所,问他们是否清楚哪位老年妇女养这种猫。"

拉斯马森和另一位消防队员马上行动,终于打听到老城区只有汤姆森医生能够诊疗加拿大无毛猫。队长从电话簿上找到汤姆森的电话,马上拨了过去,却又无可奈何地放下电话,原来这个电话里只有录音:对不起,汤姆森先生已经外出度周末,有事请留言。

这个努力又成了泡影。时间在一分一秒地过去,那位老太太可能又昏过去了,一点声音也没有,只有那只猫还在焦急地叫着。

这时,拉斯马森说:"队长,我有个想法,老人说在她的房子里能听到外面的车笛声……"在场的人听了拉斯马森的想法都大吃一惊,但队长摸了摸下巴,坚定地说:"虽然你这个办法会影响整个城市,但我决定采纳你这个办法,我这就去叫醒局长!"

二十分钟后,消防局局长率领十四辆消防车集中在大院门口,整装待发。拉斯马森让十四辆消防车装上十四首不同的童谣,再让每辆消防车边行驶边播放车上的童谣。

清晨五时半,十四辆消防车同时出动,开往依旧沉睡着的各个街区,警笛不断响着,每一辆车都得跑遍一个区的大小街道,同时要与指挥部保持联系。不一会儿,整个哥本哈根城都被惊动了,居民们不知道发生了什么事,纷纷起床,一家接一家的灯亮了起来。

时间又过去了半个小时,拉斯马森还是没有在电话筒里听到童谣声,大家都觉得没希望了。突然,拉斯马森叫了起来:"局长,听见了,我听见童谣声了!声音很低,我还没听出是哪一首童谣,但消防车一定就在离那儿不远的街上!"

队长马上给所有的消防车下达命令:"所有的消防车把音量调到最大!"拉斯马森又一次兴奋地叫了起来:"听出来了,我听出来了!是《雪绒花》的曲调!"

队长冷静地命令:"播放《雪绒花》的消防车注意,请马上汇报你的位置!"

很快,12号消防车传来回应:"我在播放《雪绒花》,我们行驶在老城区的猎德路!"

队长继续命令:"所有消防车全部开往猎德路,寻找一个大门为三扇黑桃木门的住宅!"

所有的消防车又开始搜索起来,它们把整个街区都惊动了,几乎所有住户的窗户都亮起了灯。但是,整条路上有很多三扇黑桃木门的房子。

拉斯马森思考了一下,又告诉队长一个办法,于是,队长命令消防车:"你们用扩音器朝住户喊话,请所有的住户关掉房间的灯,最后还亮着灯的一定是那位受伤老太太的家!"

很快,拉斯马森左边耳机上传来清晰的扩音器的声音:"请把家里的灯关上……再说一遍……请关灯,我们在寻找一位严重受伤的妇女,她家里亮着灯!"

十五分钟后,拉斯马森的脸上终于露出了微笑,他把电话筒递给队长。通过电话筒,队长清楚地听到老太太家里发出撞破房门的声响,还有许多人的脚步声,接着,话筒里传来一个响亮的声音:"我是12号车的消防员,我们已经到达现场!老太太仍在昏迷中,但脉搏还在跳动,我们现在就送她去医院!"

值班室所有的人都舒了口气,拉斯马森如释重负,把耳机摘了下来。队长朝拉斯马森眨眨眼,拍了拍他的肩膀,说:"小伙子,你接的这个电话吵醒了全城,可是很值得哦!"

(改编:华登喜)
(题图:佐 夫)

看不见的母爱

张珊珊是个懂事的小女孩,可不幸的是,她生下来就是个盲人,爸爸因为这一点,和妈妈张灵离了婚。从此,妈妈就把张珊珊当成宝贝一样,寸步不离地带在身边。妈妈在纺织厂工作,张珊珊小的时候,妈妈就骑车把她带到厂里,找个地方让她待着。张珊珊上学后,妈妈每天都准时将她送到盲人学校。

这天,盲校放学了,孩子们一个个被家长领走。最后,院子里只剩下四年级的张珊珊和她的老师。

老师刚从师范学校毕业不久,这会儿她看着初冬阴蒙蒙的天色,有些焦急地问:"张珊珊,你妈妈今天上夜班吗?"老师对张珊珊家里的情况挺了解,知道张灵上夜班的时候,通常会托同事来学校接孩子。

张珊珊答道:"不,老师,我妈妈今天是白班,她下午五点下班。"

五点?老师看了一眼腕上的手表,现在已经五点十分了,自己下班后还有事呢。不过张灵接送孩子都是骑电动车,估计也快到了。于是,老师陪张珊珊继续等着。

五点半了,张灵还没有来。老师正想掏出手机给她打电话,一辆电动车驶了过来,停在学校门前。一个穿羽绒服的中年妇女下了车,走到铁门边,朝里面瞄了两眼,大声说道:"珊珊,你妈妈让我接你来了。"

张珊珊愣了愣,这时老师开口问道:"你是哪位?"

那个妇女答道:"哦,我是珊珊妈妈纺织厂里的同事。今天她那一班临时加班,她怕孩子着急,让我替她来接一下孩子。我叫白玉。"

以前常接孩子的那几个同事老师都认识,这个妇女她却没有见过,但见妇女答得流利,情况也都能对上,老师消除了仅有的一丝疑虑,说:"那好,张珊珊,你就跟这位阿姨走吧。"

老师牵着张珊珊走出门卫室,将她交到白玉手中,正要转身往学校里走,张珊珊叫了一声:"老师,能给我妈妈打个电话吗?"

老师下意识地停下了脚步,这时白玉笑了,说:"这孩子,倒挺有心思的。我告诉你吧,要不是你妈妈今天忘了带手机,联系不上常接你的那个阿姨,就不会让我来接你了。"说着,白玉将张珊珊抱上了电动车的后座。

老师见张珊珊没再提什么要求,就转身走进了学校。

张珊珊坐上了电动车后,用手摸了摸车子,有些惊讶地问道:"白玉阿姨,这车不是我妈妈的?"

白玉"嗯"了一声,说:"是呀,我来接你,当然骑我自己的车啦。"说话间,白玉跨上了电动车,拧动车把手,车快速地开动起来。

张珊珊沉默了一会儿，又问道："白阿姨，我们这是去哪里呀？"

白玉答道："去纺织厂，你妈妈还没有下班呢。"

张珊珊想了想，问："阿姨，我今天有点感冒，我妈妈告诉你了吗？"她一边问话，一边用心地听着，耳边不时传来汽车在闹市区鸣笛的声音。

白玉似乎有些不耐烦，说："哦，这个呀，你妈说了。"纺织厂在城南，可她现在骑车的方向却是往城东而去。当然，这一点张珊珊是不知道的。这个可怜的孩子，她可是一点儿也看不见呢。

张珊珊孩子气十足地问道："除了感冒的事，我妈妈没告诉你别的什么吗？"

"没有。别说了，等见到你妈妈，你再慢慢问也不迟。"白玉收起了脸上的笑容，开始呵斥张珊珊了。

张珊珊像是被吓着了，不再问什么了。过了一会儿，她轻轻地将背后的书包斜拉到一侧，小手慢慢地摸索着，伸进了书包，拿出一沓便利贴纸，又拿出了一支铅笔。这时，她听不到汽车鸣笛的声音了。张珊珊知道，驮着自己的这辆电动车已经快要出城了。

话分两头，此时盲校那边，老师正要锁门回家，办公室里走进一个女人，正是张珊珊的妈妈张灵。她说自己是来接女儿的，老师大吃一惊，连忙问道："你不是让你们厂的白玉来接孩子了吗？"

张灵一听这话，顿时慌了："没有啊，我们厂里没人叫白玉，我也没让任何人来接孩子啊！"

原来今天厂里临时加班，张灵以为很快就能结束，谁知足足延长了半个多小时。一下班，张灵就风风火火地赶到了学校，她本来准备向老师道歉，可是现在女儿张珊珊竟然被人接走了。张灵一下子就懵了，她哭着责问老师："我根本没让人来接孩子。你、你作为老师，怎么能让陌生人轻易把孩子接走呢?"

面对张灵的质问,老师哑口无言,这件事,她确实是太大意了。学校领导很快也得知了消息,一边安慰着张灵,一边给公安局打电话报了案。这时,张灵的情绪已经完全失控了,她一屁股瘫坐在学校的院子里,号啕大哭起来:"我的珊珊,苦命的孩子,你到底在哪里呀?"

夜幕缓缓地降临了,附近居民听到动静,也纷纷赶到学校门前,你一言他一语地议论着。有人说,听说现在有些人贩子就爱拐卖有残疾的孩子,然后逼这些孩子去乞讨,这样好控制,还容易要到钱。正在大家忧心如焚的时候,公安局打来了电话,说找到张珊珊了,那个拐走她的人贩子也抓到了!

老师听到这样的好消息,激动得都有些语无伦次了:"啊,太好了,太感谢你们了,真是破案如神啊!"

警察在电话里笑着说:"不用谢我们,能这么快破案,还要归功于被拐的小女孩呢。不说这些了,你们尽快和孩子家长到公安局来吧。"

张灵和校领导、老师一起来到了公安局。看到女儿好端端地坐在那里,张灵忍不住喜极而泣。张珊珊扑到妈妈怀里,说:"妈妈,放学后有个阿姨来接我,说是你让她来的,可一坐上她的电动车,我就知道她在撒谎。"

张灵抱着女儿问:"后来呢?"

张珊珊说:"后来我就摸出纸和笔,不停地写求救信号 SOS',写一张,丢一张。"

警察告诉大家,因为电动车速度不快,张珊珊一路丢下纸来,很快被人发现,有人报了警。不过有一点警察也很奇怪,孩子双目失明,怎么知道接她的是坏人呢?

最后还是张珊珊说出了原委：因为自己看不见，妈妈特地让焊工在电动车后座上焊接了一个护架。坐车时自己双手紧紧地握住护架，就不会摔下车。以前即使妈妈有事来不了，也会让同事骑这辆改装过的车来接自己，而今天自己一上电动车，发现没有护架，就觉得有些奇怪。

张珊珊体质特别弱，天气冷的时候，妈妈会将自己的外套脱下来，反穿在她身上，这样坐在电动车上时可以挡风。张珊珊对妈妈说："今天突然降温，我又感冒了，以前碰到这种情况，你都会让接我的阿姨带件外套来，或者让阿姨帮我反穿外套。可今天那个阿姨说，你什么也没嘱咐她，我就知道她在撒谎。"

张灵听完女儿的叙述，泣不成声，连声责怪自己没把女儿带好。张珊珊扑到妈妈怀里，撒娇地说："不，妈妈是好妈妈。"

这时，边上的人们都感动了，有位警察向张灵说道："是啊，你是位好妈妈。你对孩子的爱，是任何人都比不了的。正是这种爱，让孩子成功得救了。"

(焦松林)
(题图：安玉民、梁 丽)

大海的禁忌

俗话说,亲人永远是最好的避风港。这不,有个失意的年轻人飞子,千里迢迢地来到海边的一个渔村,投奔他的二叔。飞子可怜巴巴地告诉二叔,自己做生意失败,又被女朋友蹬了,父母也不幸过世了,只好来投靠他。

二叔是渔村里一个老实巴交的老渔民,大家都叫他老海怪。他听了飞子的哭诉后,叹着气拍拍飞子的肩说:"放心吧,你就安心在这儿住下吧,你是我亲侄儿,我哪能不管你呢?"

叔侄俩正聊着,外面风风火火地走进来一个人,大声喊道:"老海怪、老海怪,我烧了你最爱吃的猪头肉,你马上过来吃……嗨,家里来客人了?"

飞子抬头一看，是一个跟二叔差不多年纪的女人，大身板、黑脸膛，再看二叔，神色竟有些扭捏起来，说："他婶子，这是我城里的大侄儿，专门来看我的。"

那女人竟也有些难为情地说："噢，那你们叔侄好好聊聊吧。"说着就出去了。

飞子把两人的表情全看在眼里，心里暗暗诧异，二叔因为腿脚不便一直没有过女人，看刚才那场景，二叔莫不是要老树开花了？

一晃过去了几天，飞子每天跟着二叔补补渔网、修修渔船，再陪二叔喝点小酒、聊聊往事，日子倒也过得轻松自在。

这天一大早，飞子听完天气预报后，说："二叔，收音机里说今天天气很好，咱们下趟海吧，说实话，我还从来没有下海捕过鱼哩。"

二叔抬头看看天，呵呵笑着说："行啊，我也正有这个想法哩，不过出海之前我还要办两件事，一是上街采办些熟食来，今天我们一定会大丰收的，就不回来吃午饭了；二是，你跟我一起烧炷香。"

飞子纳闷地问："烧香干什么？"

二叔一脸的郑重，说："今天是阴历十五，出海之前要祷告海神老爷保佑我们一帆风顺，这是规矩，懂不懂？"

飞子眼珠子转了转，点了点头。办好了事，叔侄俩就出海了。海上的天空艳阳高照，海面上风平浪静，飞子手脚勤快地帮着二叔左一网右一网地下网、收网、起鱼，哈，真被二叔说中了，到了中午，那些大大小小的鱼儿几乎装满了硕大的船舱。

该吃午饭了，飞子一边吃一边笑着问："二叔，我想问你一句话，你可不要不好意思噢，前几天有个胖婶子进过咱家，就是喊你吃猪头肉的那位，她是你的相好吧？"

二叔一听，黑脸膛一下子红了，说："坏小子，这倒挺留心的。嗯，告诉你吧，她要和我结婚了。实际上年轻时候她就和我好过，可她父母不同意，后来她嫁人了，我也就死了心。不想前几年她男人死了，我这心啊，就又活了，然后，嘿嘿嘿……飞子，我们已经定下了，一等过了年开春我们就结婚……你不会笑话二叔我吧？"

飞子一脸高兴地说："这是喜事啊，我怎么会笑话你呢？二叔，结婚要花不少钱吧？你看你那房子也太破了，怎么做新房啊？该盖个新的了。对了二叔，你大半辈子下来，手里应该存下不少钱吧？就像今天捕鱼的经过我全看到了，这一天下来，收入可不是个小数啊。"

二叔的黑脸笑开了花，痛快地说："那是当然，别人都嫌渔民苦，身上有股子洗不干净的鱼腥味，实际上现在渔民的收入都挺高的，这一切全拜大海所赐啊！你刚才问我存下多少钱？嘿，你是我侄儿，我不瞒你，有这个数……"说着一脸得意地张开右手五指晃了晃。

飞子试探地问："5万？这么多！"

二叔摇摇头，脸上更得意了，飞子惊叫起来："难道是50万，不会吧？"

二叔哈哈大笑道："就是50万，你想想看，我捕了几十年的鱼了，一直都顺风顺水的，这点钱还多吗？我马上就要请人砌房子了，再打套家具，我和你婶子虽说老了，可也要像你们年轻人一样，享受享受生活哩。"说话间，二叔一脸的陶醉。

飞子三口两口扒拉完饭，说实话他吃得没滋没味的，全然不知吃了什么，好像有一肚子的心思，然后照往常在家里一样，把筷子搁在了碗上，不想二叔手疾眼快，一伸手把筷子拿了下来。

二叔说："飞子，在船上吃饭可不作兴把筷子搁在碗上，这是船上的禁忌！筷子要放下来，这叫'落实'，懂不懂？"

飞子一愣，然后点点头明白了，船最怕搁浅、搁岸。

二叔又说："飞子，咱们打鱼的祖祖辈辈向大海讨生活，大海就是我们的饭碗，所以人人敬重海神，慢慢地形成了好多禁忌，等有空了我会跟你细讲的。你记住一点，这些禁忌一定不能违背，否则会遭到天谴的。"

二叔只顾说，没注意到飞子的眼神变得怪异起来。

其实，飞子一直在扯谎，他从没做过正经生意，是个在道上混的人，这么着活活气死了父母。这一次他欠了黑道上一个老大60万，要他限期交付，否则就砍他手脚。飞子哪有这么多钱啊，他把所有关系在心里排了无数遍后，瞄上了远在渔村不知他底细的二叔。他有两个方案，一是跟二叔开口借，如果借不到就实行第二个方案，所以今天他要跟二叔出海。刚才套出了二叔的存款，可二叔要结婚了，怎么可能借给他？眼看跟黑道老大约定的期限就要到了，只有实施第二个方案了……飞子的呼吸一下子急促起来。

这时二叔站起身来，说："我得撒泡尿。"说着走到船舷边。他不知道，身后的飞子也站起身来，瞪着一双血红的眼睛，悄悄地掏出一把锋利的尖刀，往二叔身上狠狠地刺了过去。二叔的表情一下子僵住了，随即"扑通"一声掉进了大海。

飞子看着二叔沉了下去，得意地想着：二叔除了自己没有一个亲人，他死后，所有的财产自然顺理成章地就归自己了。

不过，当船靠岸后，飞子却声嘶力竭地哭诉道，二叔到船头小便时，因为腿脚不便，一个浪头打来站立不稳，一下子跌到了海里，沉了下去。飞子一边说一边疯狂地抽打着自个儿的脸："我本来想跳下海救二叔的，可是我不会游泳啊，二叔，你让我跟你一块儿去吧，我不想活了……"

说着，做出要跳海的样子，周围善良的村民们赶紧拉住了他。

突然，人群中有人"啊"的一声倒了下去，飞子偷眼看到，正是要跟二叔结婚的那个胖婶子。

晚上，飞子把二叔的家细细捋了一遍后，不由得心花怒放，二叔没有吹牛，家里现金加上存折，真的有50万，再加上一条装备优良的渔船，60万是肯定不止了。正高兴着，院门被人敲响了，只听有人喊道："飞子，你开开门！"

飞子连忙收好东西，打开院门借着月光一看，来的不是别人，正是那胖婶子。

胖婶子踏进院门，哑着嗓子问道："飞子，我跟你二叔的关系想必你也知道了，现在，你把你二叔怎么掉进海里的过程再说一遍，我要听这个，我心里难过啊，呜呜……"

说着，胖婶子又哭了起来，飞子忙轻声劝了几句，然后背书似的说道："中午吧，因为打了不少鱼，又闲聊到和婶子你的婚事，二叔心里高兴，喝了一点酒，身体就有点打晃了，然后到船头小便时一个不稳……"飞子记得二叔上午准备午饭时是买了酒的，可是中午并没有喝，为了让胖婶子相信二叔确实是自个儿跌下海的，他便顺口说二叔喝酒了，况且二叔平时几乎每顿都喝酒。

胖婶子插了一句："你说你二叔中午喝酒了？还到船头撒尿？"

月光很暗，飞子看不清胖婶子的表情，他点点头说："是的，大概喝了有半斤酒哩，唉，平时他都喝这么多的，什么事也没有，谁知道会出这样的事呢？都怪我……"

胖婶子又插了一句："你二叔中午饭菜都备了什么？是红烧肉、卤牛肉，还是猪头肉？他最爱吃这三样菜了。"

飞子听了，不由得一愣，中午二叔吃了什么，他真的记不清了，那时他只顾盘心思，根本没注意。对了，第一次到二叔家时，这胖婶子就说过二叔爱吃猪头肉，再说，平日里二叔每顿都有酒有肉，想到这儿，他顺口说道："我记得这三样菜都有的……"说着说着，飞子隐约觉得有点不大对劲，借着朦胧的月光，他感觉到胖婶子正斜着眼打量自己，那眼神怪极了。

突然，胖婶子伸出双手揪住飞子大叫起来："是你杀了你二叔，你是杀人凶手！天杀的，你不要以为在大海上杀人就神不知鬼不觉的，海神会说出一切的！你这个害人精，你知不知道我们好容易要在一起了，你却杀了他，你要遭天打五雷轰的啊！兔崽子！"

飞子吓坏了，结结巴巴地说："婶子，你说什么啊？我怎么会杀了我亲叔叔呢？"

胖婶子完全疯了，挥舞着双手拼命抓着飞子的脸，放开喉咙吼道："就是你杀的，你瞒不了的。你说他喝了酒，可你知道今天是什么日子吗？今天是阴历十五，渔民上了船是不能喝酒的，他买了酒是要洒到海里给海神喝的；你说老海怪还吃了肉，你这个天杀的，渔民在家里可以吃肉，可月半在船上吃肉，那不是咒自个儿的船漏吗？你还说他在船头撒尿，我们这里连三岁的小孩都知道，只能在船尾撒尿，在船头撒尿是大忌，海神会发怒的。你这千刀万剐的杀人犯，来人啊，抓杀人犯啊……"

飞子给胖婶子抓得血流满面，恼羞成怒，同时又目瞪口呆，他万万没想到船上有这么多的禁忌，更想不到这个胖胖的女人竟心细如发！不能再让这个疯女人喊了，被人听到大事不妙，这么一想，他顿时恶向胆边生，再次掏出尖刀来。

就在这时，"呼啦"一下，外面突然涌进来好多人，全是村里的老少爷们，个个跳脚大叫："胖婶子，你先前说是这小子害死了老海怪我们还不信，你让我们暗中偷听，现在我们信了！怎么着？这小子还想再杀人不成？快抓住他！"

混乱中，有人用棍子打掉了飞子手中的尖刀，然后，雨点般的拳头狠狠落在飞子的头上、身上。在昏过去的一刹那，飞子终于醒悟了：二叔的话是对的，大海的禁忌是违反不得的！

(徐树建)
(题图：谭海彦)

灵魂并未亵渎

考斯特是个警校毕业生。让他没想到的是，刚到警察局，局长就让他和卡尔警官做搭档。这让考斯特非常兴奋，因为卡尔和搭档约翰是本地警界的精英，也是考斯特的偶像。约翰前不久牺牲了，考斯特便成了他的接替者。

可是，跟卡尔一起工作了半个月，考斯特却越来越摸不着头脑：自己跟的这个人，真的是传闻中那个厉害的卡尔吗？现实中的这个卡尔，似乎总是做些破坏纪律的事。比如四天前，考斯特抓到了小混混托马斯，可是卡尔却满不在乎地让他把人放了。

考斯特实在看不惯卡尔的所作所为，打算与卡尔详谈一次。这天早晨，考斯特开车去卡尔的家，他知道卡尔每天起床后会在院子里锻炼，这正是谈话的好时机。可快到卡尔家的时候,考斯特突然听到三声枪响。

考斯特一惊,急忙加大油门开过去,远远就看见卡尔像木头一样站在院子里,一动不动。考斯特跳下车奔进卡尔的院子,他简直不敢相信自己的眼睛:卡尔的脸色惨白,头发被烧出一道沟,而他大腿内侧的裤子上左右各有一个洞,还在冒着青烟。卡尔面如死灰,嘴唇剧烈地颤抖着。

什么人的枪法这么好?子弹飞得那么近,卡尔竟然皮都没破,明显是故意的。考斯特急忙扶住卡尔问:"卡尔,你没事吧?"

卡尔惊醒过来,抬头向前方看了一眼,拔出手枪发疯一样向街对面冲过去。考斯特也醒悟过来,子弹从前方射来,枪手一定埋伏在对面的屋子里,于是他也拔出枪跟了上去。他们刚冲过马路,突然从一座房子后面蹿出一辆摩托车,一转眼便开远了,他们仿佛听到车上的人正在得意地大笑。

卡尔追了几步,最后只能眼睁睁地看着车从视线里消失了。考斯特说:"卡尔,我们进屋搜查一下,或许他留下了什么线索。"

"线索?"卡尔喃喃地说,"这是一间空屋子,房主早搬走了,能留下什么线索?考斯特,你去把车开过来。"

考斯特不解地看着卡尔,可是他什么也没说,走回街对面卡尔的家。当考斯特把车开过来时,卡尔已经从那间屋子里走了出来,然后面无表情地上了车。正在这时,卡尔的手机响了,他慢慢接起手机,手机里传来一个经过技术处理的声音:"卡尔,我不想杀死你,所以也不希望你被吓死,我要的不是你的命,我……"

卡尔蓦地涨红了脸,疯狂地大喊:"王八蛋,你死定了,我要把你的脑袋切下来喂狗。"说完"啪"地把手机摔在一边。

考斯特觉得卡尔太冲动了，至少他应该听一听对方想干什么，可是考斯特也理解，卡尔刚刚受到袭击，内心没办法保持冷静。卡尔愤怒地大吼道："肯定是汤姆斯，这个刚出狱的杂种。"

等到稍稍平静之后，卡尔告诉考斯特，半年前他在一次行动中击毙了汤姆斯的弟弟，而他的搭档约翰也在那次行动中丧命。当时汤姆斯还在监狱里，卡尔料到汤姆斯出狱后会为他弟弟报仇，但没想到居然是以这种方式。

卡尔让考斯特开车来到一个贫民区，指着远处一所破房子告诉考斯特，这是汤姆斯的一个隐秘据点，只要等在这里，一定可以找到汤姆斯。考斯特奇怪地问他怎么知道，卡尔叹了口气说："还记得前几天你抓的托马斯吗？我当时让你放了他，因为自从汤姆斯出狱后，托马斯就一直帮我打探汤姆斯的消息。"

看来卡尔一直在防范汤姆斯的报复。可考斯特还是觉得有些不对劲，既然汤姆斯想为弟弟报仇，为什么不干脆一枪打死卡尔，反而要这样恐吓他呢？

考斯特走过去敲了敲门，里面没有任何动静。卡尔偷偷潜进了屋子，让考斯特在外面帮他监视情况。

下午时分，汤姆斯果然回来了，他拿出钥匙打开门走了进去，考斯特紧张地望着房子，汤姆斯枪法很好，卡尔能顺利地抓住他吗？就在这时，房子里枪声大作。考斯特忙跳下车，飞快冲进屋子，只见卡尔倒在地板上，肚子上中了一枪，血流如注。卡尔指着窗子对考斯特喊道："他从这里逃走了，快追！他胳膊中了枪，你一定要杀了他！"

考斯特一边呼叫救护车，一边跳出窗子追了上去，不久就看到汤姆斯摇摇晃晃的身影，考斯特举起枪来，让汤姆斯站住。汤姆斯根本没听他的，回过身，用左手持枪向考斯特射击，可是准头太差，子弹都打飞了，考斯特开枪还击，击中了汤姆斯。

汤姆斯倒下了，考斯特跑到他身边，只见汤姆斯大口喘着气，脸色变得惨白，不甘心地说："要不是我右手受了伤，你早就死在我的枪下了。"考斯特急切地问："你想为你弟弟报仇，为什么不干脆杀了卡尔？"汤姆斯用尽最后的力气说："我现在还不会杀他，我要让他……"

汤姆斯没能说完他最后的话，他的声音越来越低，脑袋一歪死了。

考斯特感到很疑惑，汤姆斯死前的话是什么意思？他想让卡尔干什么？考斯特越想越不明白，但他确定一点，汤姆斯不单单是想报仇，他还有其他的目的，而答案就在卡尔身上。

考斯特回忆起刚才的情况，心里又升起另一个疑问：按照正常程序，卡尔开枪前应该先警告汤姆斯，遇到反抗才可以还击。可刚才汤姆斯刚进屋，枪声就响了起来，自己冲进屋子里的时候，卡尔让自己一定要杀了汤姆斯。卡尔为什么一定要杀死汤姆斯？难道其中有什么不可告人的秘密？

考斯特隐隐感到不安，自己的偶像，竟然有着这么多让人疑惑的地方，自己一定要弄清楚是怎么回事。他突然想起一个细节，卡尔在自家院子里遭到袭击后，两人追到街对面，当时卡尔并没有让他进屋子，而是让他去开车，卡尔却独自一人跑了进去，难道卡尔知道屋子里有什么线索，不想让别人看到？想到这里，考斯特开车径直来到卡尔家对面的屋子。

屋子里面空空荡荡的，什么都没有，只在屋子的墙上，用红漆歪歪扭扭地写着：还钱。

还钱？难道，卡尔欠汤姆斯的钱？一个警察又怎么会欠一个罪犯的钱？莫非这里面另有玄机？考斯特觉得这件事情越来越扑朔迷离了。

考斯特赶到医院去看受伤的卡尔，此时，卡尔的伤口已经处理妥当，并没什么危险，一见到考斯特，卡尔就急切地问："你没事吧？汤姆斯呢？抓到他了吗？"

考斯特点点头："放心吧，你打伤了他的右臂，枪法再好他也发挥不出来，我又打断了他的腿，现在已经被抓起来了，他再也不会威胁到你了。"

卡尔一把抓住考斯特的手，大喊："你是说，你没打死他？"

考斯特凝视着卡尔的眼睛，慢慢地说："我为什么要打死他？难道，你怕他说出你吞了他的钱吗？"

卡尔脸色大变，好半天才颓然松开抓住考斯特的手，小声说："汤姆斯跟你说什么了？"

考斯特轻蔑地说："他什么都跟我说了，怪不得你早晨接电话时那么古怪，又那么盼望汤姆斯死掉，你想第一时间灭口，可是汤姆斯命大，他会把真相原原本本地说出来，卡尔，你完了。"

卡尔愤怒地大喊："什么是真相？是我拿了他们的一百万吗？可是，他弟弟拿走了我好兄弟约翰的命。他弟弟是个人渣，约翰已经中枪倒地，他还要对着约翰补上几枪，我的兄弟约翰啊……"卡尔忍不住哽咽了，他指着考斯特问，"这样的人我难道不该杀他？杀了他，就没人知道赃款到底有多少。我把四百万交到了警局，只留了一百万，而这一百万不是为我，是他弟弟为自己的凶残所应付的代价。"

考斯特大声地问："约翰死了，对他的妻子儿女，政府会有补偿，他不需要这肮脏的一百万，你亵渎了约翰的灵魂。"

"这一百万，我并没有交给约翰的妻子儿女。"卡尔露出一个得意的笑容,"你不会知道,你永远也不会知道。就算是把我送上法庭,我也不会说的。"

考斯特刚想斥责卡尔,突然听到身后传来一阵啜泣的声音,卡尔也听到了这声音,两人不约而同地向门口望去。不知什么时候,门口多了一个漂亮的女人和一个五六岁的小男孩儿,卡尔和考斯特都太激动了,居然没有发觉他们的到来。女人满脸泪痕,喃喃地说:"原来,这一百万是这样来的,卡尔,你为什么要这样做?这会毁了你啊。"

卡尔着急地喊:"你怎么来了?快走快走,钱的来源跟你们没关系,只要你把小约翰照顾好……"说到这里,卡尔的声音戛然而止,他意识到自己说错了话。

考斯特一愣,问道:"卡尔,你是说这是约翰的妻子和儿子吗?不不不,在约翰的葬礼上,我见过他的妻子和儿子,这不是他们,你在骗我!"

"我命令你不要再问下去了。"卡尔愤怒地对考斯特喊,然后他转过头去对女人说,"赶紧离开这里,你不要跟这件事扯上关系……"

女人哭着把小男孩往前推了一下,小男孩儿捧着一枚奖章,上前戴在卡尔的脖子上,他小声说:"卡尔叔叔,我妈妈说,你才是最有资格接受这枚奖章的人,奖章送给你,我爸爸在天堂里也会为你祝福的。"

女人坚定地说:"卡尔,不要再隐瞒了,一个死人的荣誉,比不上一个活人的清白。你为我们做的,我们无比感激,可是,这一百万你应该交出去。我宁可让人知道约翰是个出轨的男人,宁可让他的妻子和儿子恨他恨我,我也不愿意看着你进监狱。"

考斯特隐隐明白了什么,他俯下身去,拿起卡尔胸前的奖章,翻过来,后面刻着约翰的名字。

"这是约翰生前得到的最大荣誉。"考斯特听到卡尔平静而又疲倦的声音,"约翰临死的时候,让我把这个交给玛丽和小约翰——他的情人和他见不得光的儿子。"

考斯特惊呆了,眼前的这个玛丽和小约翰,是约翰的情人和私生子。

"约翰希望我保守这个秘密,我答应了,可是,这样他们就得不到任何的赔偿,我不能让他们被金钱所困,也不能让约翰的名誉受损,所以我只能私下藏匿了一百万给他们。"卡尔瞪着考斯特,"作为一个警察,约翰无比优秀,玛丽和他的儿子,不过是他生活的另一面,我希望,你永远不要把这件事情说出去,任何时候。"

"不,我们不能再连累你了。"玛丽哭喊着,"我会跟警方说明这一切,我会……"

考斯特突然笑了起来:"不好意思,卡尔,我刚才跟你开了个玩笑,其实汤姆斯已经死了,死前他什么都没对我说。还有……"说着,考斯特从口袋里掏出录音手机说,"刚才我不小心录了些东西,我这就把它删掉。"

卡尔望着考斯特,哭了:"考斯特,约翰是我的兄弟,你也是……"

(楚横生)
(题图:佐　夫)

现场闪回

这天晚上,麦田警官处理完手头最后一个案子,抬手一看表,不由暗叫一声:不好,已经九点半了。他匆匆离开办公室,开车往家里赶。

麦田要赶回去给妹妹麦穗过生日,去年这个时候,自己因为在下班路上追捕一个凶手,没及时赶回去,惹得妹妹不开心了好几天,今天说什么也要在十二点以前赶回去。麦田想着,不由加大了油门。

正在这时,麦田的手机响了,他一看号码,是妹妹的手机打来的。于是他打开自己的蓝牙耳机,说道:"麦穗,等急了吧,哥哥正开车往家赶呢,保证十二点之前能到!"

"哼哼哼,真是兄妹情深啊,不过这次你妹妹的生日恐怕要换个地方过了……"电话那头传来一个阴森冰冷的声音。

麦田吃了一惊,问:"你是谁?"

对方冷笑了一声，说："你妹妹现在在我手里，如果你不想生日变忌日，就得按我说的做！"

麦田极力保持镇定，问道："我怎么能相信你？你先让我妹妹说话。"

"哥，哥，快来救我啊……"电话中传来麦穗惊慌失措的呼救声。紧接着又是那个冰冷的声音："怎么样？这次相信了吧！"

麦田努力用沉着的语气说道："好，好，我听你的，现在要我干什么？"

对方用命令的口气说道："你现在开车上罗盘山！"

"罗盘山那么大，我上哪里找你啊？"

"你顺着盘山公路往山顶开，到时候我会再通知你！"对方说完就挂了电话。

罗盘山在郊区，一到晚上就变得冷冷清清的，还有不少闹鬼的传闻。不知道对方让自己上山到底想干什么。为了救妹妹，麦田也顾不了那么多了，他掉转车头，直奔罗盘山而去。

山路上一片昏暗。电话也没再响起，麦田只有一直往里开。开着开着，前面渐渐浮起了一大片夜雾，什么都看不清楚了，麦田只能凭着感觉驾驶着汽车，小心翼翼地往前！

忽然之间，夜雾逐渐消散了，一条阴暗狭窄的小巷出现在麦田面前，在两盏残破的路灯照射下，显得格外的诡异。

这里是座荒山啊，怎么会出现一条小巷？麦田简直不敢相信自己的眼睛！正在惊疑之间，他突然听见一声枪响，紧接着又传来"啊"的一声惨叫！

麦田条件反射似的刹住车，跳下来，冲进巷子里，同时掏出了枪。突然，他看见一个人倒在地上，身前流了一大摊鲜血，似乎是中了枪。麦田蹲下身子，去摸那个人的胸口，没有心跳，再探他的鼻息，也没有呼吸，看来是死透了。

借着微弱的灯光，麦田看见了死者的脸，全身猛地一颤："是他？怎么会是他？"

麦田认出了这张脸，这就是去年那起凶杀案的死者。去年的今天，这个人也是这样倒在了自己的面前。麦田心里一惊，抬起头看去，不由感到一阵寒意，眼前的情景和去年凶杀案发生的现场竟然一模一样！

麦田慢慢站起身，内心一阵阵发颤：昏黄的路灯，阴暗的小巷，完全就是一年前的杀人现场！怎么会这样？

忽然，一个黄色的身影从巷口一闪而过，麦田飞快地追了上去，一转弯，和一个人撞了个满怀。麦田一伸手，将对方死死地压住，"咔嚓"一声，给他戴上了手铐。

麦田稍稍松了一口气，稳了稳心神，看清了来人是个中年胖子。那个人也是一脸惊慌失措的表情，看到麦田的脸，忽然大叫道："警官，你是麦田警官！你不认得我了？我是唐吉。"

麦田也认出了对方，正是去年那起凶杀案的目击证人："你怎么会在这里？刚才是不是你开的枪？巷子里那个人是不是你杀的？"

中年胖子连连叫苦："警官，真是冤枉啊，我哪来的枪啊？我是被人威胁来的啊！我刚看到这场景也吓了一跳，接着就听见枪响，又看见你拿着把枪蹲在死者身边，我还以为是你开枪杀的。我想逃，可谁知道这巷子七拐八拐，转来转去又和你撞上了！"

麦田把唐吉拉到死者身旁，指着那人问道："你认不认得他？"

唐吉定睛一看，不禁惊叫起来："这、这不是去年的那个死者吗？他怎么会在这儿？这场景和上次的一模一样，早就听说这罗盘山闹鬼，该不会是那人阴魂不散，来找我们了吧？"唐吉一边说，身体一边哆嗦起来。

麦田沉思道:"不可能,凶手当时就被抓住了,还判了刑,听说入狱不久就死了。被害人即使要报仇,也不会找我们啊。"

麦田镇定下来,仔细一思考,发现有些不对劲:"不,这不是闹鬼,而是有人在捣鬼!唐吉,你说说你怎么会到这儿来的?"

唐吉愁眉苦脸地说:"我妈住院了,手术需要一大笔钱。我想起家里有块祖传的金表,就想把它卖掉,本来和别人说好今晚交易的,可我在家里怎么都找不到这块表。后来我接到一个电话,对方说金表在他手上,让我穿一件浅黄色的衬衫开车来罗盘山找他,他会把表还给我,并警告我不许报警,否则后果自负!我想靠这块金表来救我妈啊,只好听他的话来了!"

麦田皱起了眉头:"奇怪,那人为什么要你穿浅黄色的衬衣过来呢?真想不通。"

唐吉把被铐着的双手伸了过去:"麦田警官,您能不能先把手铐解开啊?"

麦田这才想起唐吉还被铐着,忙从衣兜里掏钥匙,一伸手,碰到了兜里的手机,他顿时有了主意。

麦田给唐吉打开手铐,拿出手机,找到刚才的来电记录,拨了回去。电话通了,只听到一阵悦耳的铃声从巷口传来,麦田与唐吉循声望去,在巷口出现了一个又高又瘦的身影,等这人走近,两人发现原来对方是个头发斑白的老人。

老人按掉了手机铃。麦田立刻认出了手机的挂件,没错,是妹妹的手机。他一边大声嚷着:"你究竟是谁?我妹妹在哪里?"一边冲上前去。

身后的唐吉忽然惊叫起来:"我认得他,他就是那个凶手的父亲!"

老人愤怒地叫道:"胡说!我儿子不是凶手,他是被冤枉的!我今天要证明他是清白的。"

麦田停下脚步,冷冷地说:"你凭什么来证明?就凭你的几句话?"

老人没有回应麦田的话,低下头,慢慢地讲了起来:"一年前的今天,我儿子路过一条小巷,忽然听见一声枪响,接着看见一个男子倒在血泊之中。他一时好心,蹲到那人的身旁,想看看他还有没有救。就在这时,他忽然听见巷口有人惊叫,害怕被误会为凶手,就连忙向巷子另一头跑去。没想到,没跑几步,就被一个警察抓住了。那个惊叫的就是唐吉。而那个警察……"老人说着一指麦田,"就是你!"

麦田说道:"这些都是你儿子的一面之词!当时我们有确凿的证据,容不得他抵赖!"

老人怒道:"什么证据?当时根本没有物证,法官之所以给我儿子定罪,全因为你们两人的证词!唐吉,你口口声声说当时看见我儿子蹲在死者身旁,可是刚才,你也看见麦田拿着枪蹲在死者身旁,难道是他开枪杀人吗?"

唐吉的脸一阵红一阵白:"嗯,这个……可能当时是巧合……"

老人"哼"了一声,转过头又问麦田:"你当时听见有枪响,就追了过去。你说你转过小巷口时,曾看见有两个人影向两个方向跑,你为什么偏偏要去追我儿子,认定他就是凶手?"

麦田道:"当时的确有两个人分开跑,不过在凶手转弯前,我看到他穿着黄色的衣服。等转过弯,我看见有一白一黄两个身影,我当然去追黄衣服的人,而那就是你的儿子!"

老人指了指身上的衣服:"那你看看,我现在穿什么颜色的衣服?"

麦田打量一眼:"浅黄色!"

老人转过头，招了招手："你们两个跟我来！"说着，领着两人转到小巷另一头的出口，"你好好看清楚我的衣服！"

麦田定睛仔细一看，不由一愣，他揉了揉眼睛，又打量了一番，奇怪，老人穿的竟然是一件白色的衬衫！

"这，这……"麦田惊讶得说不出话来。

老人冷笑道："你们没想到吧，原因其实很简单。杀人现场那两盏旧路灯发出的光是黄色的，光线照到白衣服上时，衣服就会被映成黄色。而转过弯，这边的路灯却是白色的，原来的颜色就会被还原。当时情况那么紧急，你们在慌乱之中难免会看错！刚才，我穿着白衬衫在巷口闪过，但是麦田警官却看成了黄色，所以转过弯，撞上了穿黄衬衫的唐吉，就立刻把他抓住了！"

"这，这怎么会是这样？难道一年前那一场审判，真的是一起冤案？"麦田额头上冒出了一层汗珠。

老人用哀伤的语气说道："当时，就因为你们两个的证词，我的儿子被判了刑。后来，我和律师反复研究了案情，终于发现了这两个疑点，可是正当我们准备上诉的时候，我的儿子却在狱中意外身亡了！"

老人此时已经泣不成声："我不甘心儿子背着一身冤屈离开这个世界。虽然人死不能复生，但我也要帮他洗雪不白之冤，否则他一定会死不瞑目！"

麦田叹了一口气："于是你就费尽心机布下了这个迷局，用案件重演来证明他的清白？"

老人道："没错，我用尽了毕生的积蓄，雇人在这座荒山里搭建了和案发现场一模一样的布景。别人都以为这里是为电影搭布景，谁都没有在意。而我却是要用它来重演犯罪现场，让你们亲眼见证你们的错误。倒在那里的不过是我定制的假人,刚才情况紧急,灯光又这么昏暗,你们竟然都没有发现……我费尽心血做的这一切,只是为了求一个公道,还我儿子一个清白。我已经决定替儿子翻案,作为父亲,我只希望你们两个人把今天晚上经历的这一切在法庭上如实作证!"

麦田心有愧疚地点点头:"我愿意作证,并且,我希望能亲自侦破此案,找出事实的真相!"

唐吉也感叹道:"想不到您老人家为了儿子竟耗费如此心血,真是可怜天下父母心啊!"

老人叹了口气:"亲情是这个世界上最为宝贵的东西。你们两个人,宁愿冒着生命的危险来到这阴森可怕的荒山,还不都是为了自己的亲人?"

老人的话提醒了麦田和唐吉,不等他们追问,老人拿出一块金表递给唐吉,并对麦田说道:"我并没有绑架你的妹妹,我只是把她绑在了你们自己家里,然后拿走了她的手机。你现在赶回去,应该还来得及在十二点之前和她过生日的!我相信你们会出现在法庭上,为我的儿子作证。如果给你们造成了什么烦恼,请你们体谅,理解我作为一个父亲的心!"

(寒　汐)
(题图:佐　夫)

新婚照之谜

新婚之谜

智美和典子是大学同学，毕业后，典子回了老家金泽，两人少有来往。一天，智美收到典子的来信，信上说典子结婚了，丈夫是她父亲公司里的员工，喜欢收集蝴蝶标本，他们现在在金泽租房住，欢迎智美到他们家里玩。信封里还附上了一张合影，智美取出照片，却"啊呀"一声叫了出来，照片上的女人不是典子，这是怎么回事？

智美苦心思索，却想不出合理的解释，于是她打电话给典子，可是电话那头无人接听。第二天一早，智美又给典子打电话，却依旧无人接听。智美担心起来，决定去金泽找典子。

她按照信上所写的地址，来到典子家，按响了门铃，却不见有人应门。正在不知所措之际,一名身材消瘦的男子走过来,他在典子隔壁那家门前停下,朝智美瞥了一眼,便掏出钥匙开门。智美向他招呼道:"您好,您知道住在这里的夫妇到哪里去了吗?"

男子粗鲁地回答:"这种事情我怎么知道?"

智美又问:"那么您与这对夫妇见过面吗?"

男子皱了皱眉,说:"这个嘛,他们刚搬来的时候,到我家来打过招呼。"

智美把那张照片递给男子,问:"是这两个人吗?"

他瞅了一眼便道:"是啊,没错。"

智美有些诧异,又说道:"请您仔细看看,应该不是这个女人吧?"

男子变得很不耐烦:"你这个人,到底想说什么?就是这个女人,没错!"说着,他粗暴地把门关上了。

智美没有找到典子,于是在她家附近的旅馆住下,等到晚上,她又给典子家打了电话。这时电话居然通了,接电话的是典子的丈夫昌章,智美自报了家门,昌章似乎对智美并不陌生。他听说智美特地来到金泽,"啊"地叫出声来。

智美问:"典子在家吗?我本想来见见她的,可是白天你们都不在家。"

昌章说,自己前几天在公司加班,典子出门旅游去了,要三天后才回来。智美觉得有些奇怪,问他要典子的联系方式,昌章却支支吾吾地说不出来,然后就把电话挂了。

之后,智美往自己家里打电话,查看电话留言,留言里却出现了典子的声音,典子说自己来东京找智美,可惜智美不在家。智美一脸愕然,她打了大学同学的电话,终于在一个同学那儿得到答案。原来典子今天去东京,和大学同学碰面了。智美让那位同学告诉典子,尽快与自己联系。

第二天清晨,智美房间的电话响了,是典子打来的。智美立刻接起了电话:"我找你好长时间了!"

典子说:"是啊,咱们总是擦肩而过呢。"智美小声说:"典子,我有事想问你,我收到你那封新婚喜报了,可是有点蹊跷呢!"

"新婚?"典子的声音沉了下去,随即说道:"智美,你怎么知道我结婚的事?"

智美有些茫然:"嗯?你不是给我寄了封信吗?信里说的。"

"信?"典子顿了顿,接着说,"我没有寄过什么信啊!"

顿时,两人都说不出话来了。

照片之谜

智美和典子约在宾馆见面,智美把信和照片放在桌上,问典子:"你说没有给我寄过信?"

典子看后,睁大了眼睛:"你怎么会有这些东西?这可不是我寄的,信倒是我写的。"

智美有些茫然:"这是怎么回事?那这信究竟是谁寄出的?"

典子侧过脸,说:"我想大概是那家伙吧。"她向智美耸耸肩。

智美一脸惊讶:"不会吧,那你先生可真是个冒失鬼,居然把不相干的照片附在信里。"

典子的眼睛开始湿润了:"我怎么知道他是怎么想的?那女人可是我丈夫的前女友,或许他们俩现在还好着呢。上周五,我正在给你写信,连收信人的姓名和地址都填好了,这时,那个女人上门来了。她叫秋代,说是昌章的女友，于是把那张照片摆到我面前。她说昌章本来是要和她结婚的，因为怕拒绝我，会让他在公司里不好做人，所以才被迫和她分手，她还把昌章送她的金戒指拿给我看呢。"

智美问："为什么不和你结婚，他在公司就不好做人了？"

典子说："大概因为我爸爸是经理吧。反正那天把我气得半死，我刚想把那女人撵出家门，就接到昌章的电话，说是外面下雨了，让我到车站接一下。所以我就让她在屋里待着，自己到车站接昌章。我倒要听听他有什么话说。结果昌章一听说那女人找上门来，脸一下子就青了。"

智美又问："接下来呢？"

典子说："等我们回到家里，那女人已经走了，但是我咽不下这口气，我盘问昌章跟那女人是怎么回事。昌章开始还支支吾吾的，后来总算说了实话。他们曾经是恋人，后来分手了，不过，两人现在还有见面呢。"

智美听了也是一脸愤怒："真是个卑鄙的家伙啊！"

典子突然握紧拳头，说："是呀！我实在气不过就从家里跑出来了，星期五晚上就回了娘家。"

"原来是这样啊！怪不得你家的电话老是没人接听呢。"智美突然想到了什么，对典子说，"你那个邻居也挺古怪的，他一口咬定照片上的女人就是你。"

典子皱了皱眉，说："奇怪，我和隔壁那个人又没见过面。刚搬来的时候，是我丈夫去跟邻居打招呼的。"

智美心想：那个男人可能只是随口答应一声吧。

不一会儿，典子又抱怨起来："跟昌章结婚以后，我们经常有矛盾，他是个工作狂，而且喜欢收集蝴蝶标本，家里堆满了他的标本。我这次去东京，主要想物色一份新的工作，我准备和他分手，打算搬去东京。

不过现在，我得先把照片的事弄明白！"

失踪之谜

智美和典子来到公寓，昌章出来迎接。典子面无表情地进了屋，智美跟在典子身后，一进屋就发现成堆的蝴蝶标本。她们并排坐着，智美拿出了那封信和照片，对昌章说："请问这信是您寄给我的吗？"

他瞥了一眼，微微摇头说："不是我寄的。"

典子不满地说："不是你是谁？"

昌章黑着脸，说："我干吗要寄这种东西？这绝对不是我干的……"

典子声嘶力竭地叫道："我知道了，肯定是你和那女人玩的把戏。她就是要故意找茬，是她干的！"

昌章说："秋代不会那么做的，而且我跟她已经分手了。跟我分手后，她的精神状态很差，前一阵子还企图自杀，幸好没有生命危险，她打电话找我，说是见不到我就要去死，我只好跟她见面。"

"骗人，全是骗人的！"典子哭了起来。

智美开解道："我们还是先问问那位秋代小姐吧，既然不是你，也不是昌章先生寄的话，除了她之外，再没有旁人可想了。"

昌章点点头，站起身来说："就照你说的做吧。这样下去，我也洗刷不了冤枉啊！"说着，他就打电话去了。过了一会儿，昌章一脸惊惶地走出来，说："秋代失踪了，上周五开始就下落不明了。"

下午，警察来到典子家调查情况，听完典子的陈述，警官话里有话地说："到目前为止，你可能是最后一个见到秋代的人。"接着，警察又刨根问底地问了很多，典子和昌章一一作答。然后，警察取走了三人的指纹,还有那封信和那张照片。

等警察们走后,典子委屈地说:"警察不会是在怀疑我吧?他们肯定认为是我害了那个女人!"

智美安慰道:"你别这么想。搞清楚事情的来龙去脉也是他们的工作嘛。他们推测秋代大概已经……"

"自杀身亡了。"昌章突然破口而出,三人同时陷入了沉默。

第二天早晨,典子家门前停了好几辆警车,典子他们看到,隔壁的那个男子被警方扣押,进了警车。他们刚想出门,问清真相,这时,几个警察走进房间,直奔卧室调查起来。

"怎么回事?"典子一脸疑惑,"我们家好像就是杀人现场呢。"

其中一个警察对典子说:"辛苦你了,秋代的案件已经查出真凶了,住在你们隔壁的樱井已经交代了自己的罪行。上个星期五,樱井听到你出门的声音,误以为房里没人,便偷偷溜了进来。"

典子问:"他干吗要偷跑到我家来?"警察指了指蝴蝶标本说:"因为他看中了那些蝴蝶标本。樱井也很喜欢蝴蝶,他看到你先生的收藏,就老打算着要把它们弄到手。"

典子又问:"那他又是怎么进来的呢?我可是把门锁好才出去的。"

警察说:"那家伙去房地产公司付房租时,趁着老板不注意,偷走了你们家的备用钥匙。他偷进你们家后,秋代突然从卧室里走了出来。他大惊失色,怕她叫嚷,便掐死了她。"

典子他们听着,冷汗直冒,警察接着解释道:"樱井杀了秋代后,早已顾不上蝴蝶标本了。他忙着处理尸体,还得给自己制造不在场证明。就在这个时候,他发现餐桌上的信和照片,他把信通读一遍之后,误以为秋代就是典子,于是就把信和照片一起装进了信封,寄了出去。随后他就处理了尸体,然后第二天就和朋友出门旅游了。"

智美说:"接着我就收到了这封信,樱井的目的就是让收到信的人以为,死者周五的时候还活着,是后面几天被害的,而他那段时间在旅游,有不在场证明,在他看来,这个方法是天衣无缝的。"

昌章听了,说:"太可笑了,如果失踪的真是典子,我在周五就会向警察报案的。"

警察幽幽地说道:"可是据樱井说,他很少看到你回家,所以才觉得自己的考虑万无一失。"

"都怪你啊,老是深更半夜才回来。"面对典子的指责,昌章不吱声了。

警察走后,典子开始检查梳妆台上的首饰,她打开首饰盒,看见里面有一张白纸,白纸里裹着一枚金戒指。那是秋代的东西,白纸上用口红写着:"对不起!再会了!"

智美说:"她似乎不想打扰你们生活了。如果她再早一点走,也不会惨遭杀害了。"典子沉重地点了点头。

那天傍晚,智美回到东京。临行前,她对典子夫妇说:"你们一定要好好过哦,再有什么问题就跟我联系。"

典子有些害羞地说:"已经没事了,有空来我们家玩。"

智美终于安心地吐了一口气。

(改编:杨 君)
(题图:佐 夫)

穷秀才暴富

话说这一年夏天,久旱无雨,禾苗焦枯,县老爷在十字街头贴了一张布告,重金募人祈天求雨。

布告一贴就围了不少人,其中有一位白秀才。他看过布告后,心情再难平静。天哪,不管哪路高人奇才,只要祈出一场雨来,县老爷就赏白银一百两!想想自己也就一个落魄秀才,一事无成,每天在这街头摆张破桌,给人写些对联,挣几文小钱度日。唉,早年自己如果钻研奇门遁甲之术,学一些呼风唤雨的本事,此刻不就能把这一百两银子弄到手了吗?

回到家里,白秀才还是心神不宁,唉声叹气。老婆黄菊花是个巧妇,烧得一手好菜,在西街的马大户家当厨娘。此时,她被丈夫的叹息声弄得很心烦:"不就是想得到那一百两银子吗?明天你去把那布告揭了就是!"

白秀才诧异地说:"我去揭布告?你开什么玩笑,你能让老天爷下雨?"

黄菊花神秘地一笑,说:"我保证,三天内一定会下一场雨!"

白秀才还是不放心:"如果不下雨呢?"黄菊花不屑地说:"如果天不下雨,大不了挨一顿板子,你一个落魄秀才,脸面有什么要紧?从此你也好死了盼着天上掉馅饼的心!"

到了第二天早上,发财心切的白秀才还真去把布告揭了。

这县老爷正为全县干旱的事急得嘴角起泡,老早在郊外的一处高地上筑起了祭坛,就等有人揭榜救民。现在白秀才站了出来,县老爷一刻也不停顿,请他马上登坛作法祈雨。大家一听白秀才要祈雨,那真是人人吃惊,个个诧异。从来没有听说这个灰头土脸的白秀才会作法,只怕是财迷心窍找打吧?街坊邻居纷纷奔往郊外,等着看祭坛上白秀才出丑。

白秀才当然不会作法。可他读过四书五经,这会儿就微闭着双眼,装模作样地念念有词。远远看去,还真有些法师作法的样子。

两个时辰过去,天边突然飘来一块乌云,不偏不倚地遮住了太阳。接着温度骤然下降,冷风飕飕地让人身上直起鸡皮疙瘩。再接着是狂风大作,豆大的雨点噼里啪啦就砸了下来。

一场甘霖,旱情顿解。县老爷也不食言,把白秀才请进县衙好生招待了一顿,临走又如数奉上一百两赏银。

突然得了这么多银子,白秀才几乎要高兴疯了,回家就砸了那张破桌,再不去十字街头摆摊写对联了。他又去西街找到马大户,自作主张替老婆黄菊花辞了工。咱如今是有钱人了,为什么还要替别人打工?他还买了些鸡鸭鱼肉,让老婆回家大显身手。

黄菊花却没有给白秀才好脸色,埋怨道:"你也不和我打个招呼就把工给辞了?我们两个人什么都不干,就指望那一百两银子过生活,日子长了还不是坐吃山空?"

一夜暴富的白秀才却不这么看:"俗话说运气来了,门板都挡不住,咱们今年明摆着是交了财运,今天挣一百两银子,明天可能就会有二百两银子飞入咱家呢!"

这话还真被白秀才言中了。没过三天,省城的巡抚老爷就派了一匹快马把白秀才接走了。这巡抚老爷肩负着全省的抚军安民重任,时刻把春种秋收挂在心上。可眼下全省旱情严重,正在心急火燎的时候,突然得知本省有个白秀才能够呼风唤雨,不由喜出望外,立马把白秀才接到了省城,开门见山地说:"你尽快给我祈出一场雨来,如果在三天内解了旱情,我就赏你五百两银子!"

五百两银子?下半辈子的吃喝都有了!这可真是时来运转,好事连连。白秀才惊喜异常,几乎要跳起来了。可三天内会下雨吗?白秀才心中没有一点数,这事必须问老婆才行。

巡抚老爷见白秀才没有马上答应,脸上有些不悦:"救灾刻不容缓,你就不要磨蹭了!"白秀才只好委婉地说:"大人有所不知,这事儿必须有我老婆的配合才行。"

巡抚老爷更加不悦:"据我所知,大凡请神作法,必先沐浴斋戒,远离女色,以示虔诚。你倒与众不同,首先想到的竟是女人!也罢,只要能祈雨解旱,什么条件我都可以满足你。不就是想找女人嘛,何必非得老婆？这省城明妓暗娼多的是，环肥燕瘦任你挑！"

白秀才见巡抚老爷误会了，急忙编造理由解释说，天为阳，地为阴，阴阳交合则生雨。这道理简单，男女交合不是都叫云雨吗？所以法师祈雨之前，也须男女交合。而这个女人，必须是自己的老婆。如果滥交，则是对神灵的不敬。亵渎了神灵，自然是祈不来雨的。

巡抚老爷将信将疑，但为了祈雨救民，也只能照办。他当即派人带了一顶轿子，去白秀才家接黄菊花。巡抚衙门的官差日夜兼程，第二天下午就把黄菊花接到了省城，送进了白秀才下榻的客房。白秀才急忙掩上门，拉着老婆问："你快说说哪天能下雨？对于咱们来说，下雨就是下钱，只要三天内下得了雨，五百两银子就到手了！"

黄菊花问清了情况，不由瞪大了眼睛："我怎么知道哪天会下雨？你是不想要命了吧，怎么敢胡乱答应巡抚老爷？"白秀才说："上次你不就说准了吗？"

黄菊花着急地说："那时我在马大户家当厨娘，人家的厨房里挂有干咸鱼，我观察几年了，只要干咸鱼身上出汗，三天内肯定会下雨。现在我不给人家当厨娘了，咱们家又没有干咸鱼，我怎么知道什么时候会下雨？"啊？白秀才大吃一惊："你怎么不早说？"

黄菊花叹着气说："要不是你急着把我的工辞了，我天天在马大户家的厨房里看着那干咸鱼，总能看到下雨的日子。现在倒好，什么时候下雨，只有天知道了。"

顿时，白秀才急得拿头撞墙，这可怎么办呢？

（曲凡杰）
（题图：黄全昌）

染血的书签

借钱

万众开锁公司的开锁工刘小伟到锦绣苑小区去跟老乡豪哥借钱。

昨天一早,他接到老家妹妹打来的电话,说妈妈的心脏病又犯了,医生说这次必须做手术,可住院押金就要两万块钱。

刘小伟东挪西借,一共才凑了五千块钱,想来想去,他就想到了豪哥,在这个城市里,除了公司的几个同事,他唯一认识的就是老乡豪哥了。豪哥在锦绣苑小区当保安队长,平常花钱也挺大方的,他手里或许有钱。不过,找豪哥也不太好开口,因为刘小伟上次向豪哥借的五千块钱还没还呢。

但是没有别的办法了,母亲等着钱救命。所以转天一早,刘小伟就厚着脸皮去找豪哥了。

锦绣苑小区是个高档小区,一色的双层别墅。刘小伟来到小区时,豪哥刚好在保安室里。他见到小伟,非常高兴:"小伟,好久没见你了,怎么,又来给人开锁?"

刘小伟就是来锦绣苑开锁认识豪哥的。半年前,锦绣苑里的一个业主丢了钥匙,防盗门打不开了,不得已给开锁公司打了电话。刘小伟来到后,当着众人的面,只用了一分钟,就用一根细铁丝轻而易举打开了锁,令在场的几个保安佩服不已。豪哥听出刘小伟的口音,一问,果然是老乡,两人的村子相距不到十里。自此,两人就交上了朋友。两个月前,刘小伟的妈妈心脏病第一次发作时,刘小伟找豪哥借钱。豪哥二话没说,拿给他五千块钱,说先拿去用着,以后有钱就还我,没钱你就当没这回事。刘小伟很感激,豪哥也不是有钱人,能说出这种话来,显然是把自己当成了兄弟。

当下,刘小伟吞吞吐吐地把母亲要住院做手术的事情说了。豪哥没等听完,就明白了他的来意,二话没说,问:"小伟,需要多少钱?"

小伟难为情地说:"住院押金要两万,我现在只凑了五千。"

"要这么多呀?"豪哥眉头一皱,为难地说,"要是缺个三千两千,我还能帮帮忙,缺一万多我就……小伟,你别怪哥,我跟你一样,也是挣死工资的,实在是拿不出这么多钱。"

刘小伟心中略感失望,不过,也在他预料之中。别看豪哥是保安队长,挺威风的,可一个月也就两千多块钱,他也要养家糊口,一万五可不是个小数目,是自己强人所难了。他忙说:"大哥,我怎么会怪你呢?上一次向你借的钱还没还呢。你别为难,我另外去想办法吧。"

豪哥关心地问:"你还有什么办法?"

刘小伟苦笑着说:"天无绝人之路,大哥,你就别为我操心了,我回去了。"刘小伟起身告辞,心事重重地往外走。他本来长得就瘦小,被心事一压，背影更显得单薄无助。

豪哥突然喊住他："小伟，你先回来，还是我帮你想想办法吧。"

刘小伟一喜，问："大哥，你有办法？"

"老弟，你妈的病拖不得，这样吧，等我和保安队几个弟兄商量一下，让他们都伸手帮一把，无论怎样，也得给你筹到钱。"

刘小伟心中万分感激："大哥，你放心，我一定会想办法早早还大家的钱的。"

当下，豪哥让刘小伟先等一会儿，他出去筹钱。

一个小时后，豪哥回来将一个纸包交给刘小伟，说里面是一万五，弟兄们手头都没钱，我挪用了大伙的工资，先帮你把这一关过了再说。

刘小伟担心地问："豪哥，挪用工资没事吧？"

豪哥慨然道："只要早早补上就没事。现在也顾不得那么多了，救人要紧。"

刘小伟感激涕零："谢谢豪哥，我一定会想办法尽早还钱的。"

入伙

刘小伟返回老家，送母亲住院做了手术。那两万块钱根本不够，他把家里能卖的东西都卖了，又求亲告友，才勉强渡过了难关。

两个月后，刘小伟回到省城，先去找豪哥，想跟他打个招呼，说借的钱不能一下子还上，只能按月慢慢还了。

豪哥一见他，如释重负，说："老弟，你总算回来了。"

刘小伟忙问："有事？"

豪哥抱歉地说："实在不好意思，我挪用大伙工资的事情上头知道了，这几天逼着我还钱呢,再不还的话,我这饭碗恐怕保不住了。"

刘小伟一呆,期期艾艾地说:"大哥,我……我妈做手术花了五万多……你能不能再想想别的办法?"

豪哥一脸难色:"我也实在是没办法了。我的钱你还不还无所谓,可这是公款啊,还不上的话,说不定我还要吃官司。"

当然不能让恩人吃官司,刘小伟想了想,一咬牙道:"大哥,要不,我去借高利贷,先把窟窿堵上再说。"

豪哥连连摇手,说:"借高利贷绝对不行,靠你那点死工资,根本还不上,高利贷的利滚利能把你压死。"

刘小伟眼泪都要急出来了:"大哥,我该咋办啊?"

豪哥长叹一声,道:"一分钱难倒英雄汉,活在这个世上,没钱的日子难过啊。"他伸手指着窗外的别墅群,"你看看人家,住的是好房,开的是好车,日子过得潇潇洒洒,可咱们呢,区区一万块钱就快把咱们逼死了。这世界太不公平了!"

他转过头,眼睛盯着小伟,"老弟,我有个主意,只要你同意跟着我干,你不但能很快还上欠款,咱们也可以过上有钱人的日子。"

刘小伟将信将疑:"豪哥,你说的是真的?咱们干什么?"

豪哥眨眨眼,压低声音,说:"你有一手开锁的好手艺,为什么不好好利用呢?"

刘小伟一愣,不解地问:"哥,你的意思是?"

豪哥又指了指小区里的别墅,说:"小伟,这里面住的都是有钱人,对你来说,每一家都不设防,你轻轻松松就可以进去……"

刘小伟一听,连连摇头:"豪哥,犯法的事我不能干,被人抓住这辈子就毁了。"

豪哥微微一笑:"没人抓你,我是这里的保安,我不抓你,谁会抓你?"

刘小伟坚决地说:"不行,绝对不行,豪哥,我跟我师父学开锁手艺的时候,发过毒誓,如果用这手艺做违法的事情,就不得好死。"

豪哥看着刘小伟,脸渐渐沉了下来,冷冷地说:"既然你这么坚决,我也不勉强你。小伟,主意我给你出了,愿不愿意做是你的自由,可我也不能等着去坐牢啊,你别怪我不讲情面,两天内你必须把钱还给我!"

欠债还钱,天经地义,刘小伟只好说:"行,豪哥,我回去想想办法。"

豪哥拍拍他的肩膀:"小伟,富贵险中求,你回去好好想一下,我等你的消息。"

刘小伟失魂落魄地走出锦绣苑小区,他没有回开锁公司,而是来到人工湖旁,坐在湖边的石凳上,呆呆地看着水面,心中乱作一团。

不偷不抢,两天时间内,到哪里去弄一万五千块钱呢?

刘小伟家穷,父亲早逝,母亲多病,这些年家里本来就债台高筑,一切只能靠刘小伟自己。现在唯一的办法就是去借高利贷,可是,豪哥说的不假,借了高利贷,自己就甭想再翻过身来了,那帮人心狠手辣,到时候要是还不上钱,可是什么事都做得出来的。

刘小伟想来想去,自己只有两条路。一条就是站起来走到湖边,跳下去,一了百了;再一条就是听豪哥的,跟他合作,这同样是一条绝路。可如果自己只做一次呢?把债还上就金盆洗手,神不知鬼不觉,也许,不会有事的。

刘小伟在湖边坐了一下午,终于下了决心。他拿出电话,拨通了豪哥的手机:"豪哥,我听你的,不过,我只做一次。"

豪哥高兴地说:"没问题,我也不想常做,咱们这是被逼上梁山,实在没办法啊。"

刘小伟问:"什么时候做?"

豪哥说:"先不着急,你等我的电话就行了。"

刘小伟心说,怎么又不着急了,便开口问道:"可是,那一万五不是等着要还吗?"

豪哥哈哈一笑,说:"只要你肯入伙,我就可以大胆地到其他地方借钱顶上。老弟,跟着哥,你就等着发财吧,哈哈。"

夜盗

一个星期后,刘小伟接到豪哥的电话,让他今晚十点,准时到达锦绣苑小区。

当晚,刘小伟忐忑不安地溜进锦绣苑小区,与豪哥会合后,却发现豪哥身边还有其他三个保安。豪哥得意地说:"小区的所有保安都在这里了,你就大显身手吧,大家一起发财。"

刘小伟心里打了退堂鼓,看这些人的样子,个个显得很轻松,好像都是老手,绝不是第一次做这种事。俗话说上贼船容易下贼船难,自己要是加入进去,这么多人了解自己的底细,以后脱身就难了。他把豪哥拉到一旁,低声说:"豪哥,我不想做了,我以为就咱们两个人,没想到……"

豪哥拍拍他的肩膀:"放心吧,这几个都是好兄弟,绝对信得过。人多好办事,你只管按照我说的做就行了。"

刘小伟还想再说,豪哥面孔一板,说:"小伟,这几位可都是你的债主,我已经跟他们说好了,不管今晚收获如何,你欠的钱全部一笔勾销。"

刘小伟别无选择了,只好说:"那好吧,豪哥,我先声明,我只做今晚这一次,绝对不做第二次。"

豪哥一笑:"咱们一言为定。"

接下来,豪哥进行了布置:目标是18号别墅,一人负责在小区门口值班,一人负责在18号别墅外巡逻望风,豪哥、刘小伟和另一个叫大赵的保安一起进别墅动手。

十二点整,豪哥让刘小伟穿上一套保安制服,佯装巡逻,避开各处监控,来到了18号别墅门前。

别墅内黑黢黢的,一片寂静。刘小伟紧张得浑身发抖,颤声问:"里面真的没人?"豪哥低声说:"我们已经调查清楚了,今晚主人不会回来,你放心大胆地动手,动作快点,不要紧张。"

刘小伟定了定神,拿出开锁工具,伸进锁眼鼓捣了几下,"啪嗒"一声轻响,门开了。

刘小伟以为自己任务完成,说:"豪哥,门已经开了,我就不进去了。"转身欲走。

豪哥却拉住他,"你的大活儿还在后面呢,快进去。"伸手一推,就将刘小伟推进了门。

外面路灯的灯光透过窗户,不用开灯,屋内的摆设就可以看个大概,装修极其豪华。豪哥已提前探过路,对别墅内的布置相当熟悉,他说:"这是客厅,咱们上楼。"拉着刘小伟,上了二楼,径直走进一间卧室。

进屋后,豪哥直奔窗前,放下窗帘,然后才打开手电,走到衣柜前,拉开门,将衣服扒拉到一旁。衣柜内的墙壁上,竟然有一扇小门。他对刘小伟说:"把锁打开。"

刘小伟惊奇不已:"豪哥,你怎么知道这儿有道暗门?"

豪哥得意地一笑:"当初装修这栋别墅的人告诉我的。嘿嘿,不瞒你说,这个小区内起码一半的别墅我都了如指掌。"显然,豪哥是早有预谋。

刘小伟轻松地将暗门上的锁打开,拉开门一看,里面赫然是一个保险柜,周边用水泥浇铸,镶嵌在墙内。看来房主煞费苦心,除非拆了房子,不然的话甭想搬走保险柜。

看来,豪哥口里的大活儿,就是这个保险柜了。

这个保险柜是进口货,刘小伟费了半天劲,才成功打开锁。疲劳加上紧张,刘小伟几近虚脱。

等得心焦的豪哥见锁已打开,一把推开刘小伟,拉开柜门,嘴里突然发出一声欢呼。刘小伟好奇地探看了一眼,顿时惊愕得张大嘴巴:保险柜分两层,上面一层是一捆捆的钞票,下面一层是亮灿灿的珠宝首饰,还有几张银行卡,一摞证件。

豪哥拿过一个提包,将钞票、首饰全部扫入包内后,拿起一张银行卡看了看,却又放下了。大赵忙问:"豪哥,银行卡你怎么不要?"

豪哥说:"银行卡有密码,要了也没用。咱们不能太贪,他要是见啥都没剩下,说不定就要去报案,那就麻烦了。"

刘小伟听了奇怪,忍不住问:"豪哥,难道这人不会报案?"

豪哥得意地一笑,胸有成竹地道:"以我的经验,咱们只要不斩尽杀绝,这人就不会报案。"

"为什么?"

"因为这栋别墅的主人是个当官的,你说,他家里怎么有这么多现金?"

刘小伟明白了几分:"你是说这些钱来路不正?"

"那是肯定的。他最明智的做法就是吃个哑巴亏,当作什么都没有发生。嘿嘿，说不定他还会烧香拜佛保佑咱们一辈子平平安安，免得出事把他牵连出来。"

豪哥边说，边拿起那摞证件，翻看了一下。里面有四本房产证，几张存单，还有一个硬皮本。豪哥好奇地打开硬皮本，刚一打开，就从里面掉出一样东西，飘落到地上。同行的保安大赵以为是什么宝贝，忙拾起来，发现是一张书签，随手又扔了。

刘小伟在旁边也扫了一眼书签，心中猛地一动，忙弯腰捡起来，举到手电光前仔细看，只见这张书签是用枫叶压膜塑封而成，枫叶上还有字，正面写的是"快乐"，背面是"永相伴"。刹那间，刘小伟脸色大变。

这时候，豪哥已看了本子里的内容，突然双目放光，兴奋地喊道："哈哈……伙计们，咱们这次要发大财了！"

大赵惊喜地问："里面有什么？"

豪哥把本子摊开："这家伙把谁给他送钱都记在里面，日期、姓名、金额，甚至地点都写得明明白白。你们看这张。"他读道，"六月五号，昨晚在盛世酒店跟黄大发一起吃饭，饭后洗浴一条龙，临走，黄在我口袋里放了一张卡，今早让阿芳去取款机查了一下，里面是十万。这小子就得敲打，不敲打他不知道出血。"又翻了一页，读道，"七月二号，今天开了一天会，腰酸背疼，去云都按摩，刘爱玲赶到埋单，并送了五万，意思是想把工作动一动，明天开会办一下这事。"

大赵有些失望："是日记啊，记这些破事有个屁用，怎么发财？"

豪哥瞪了他一眼："你小子真是笨！这就是他受贿的证据，要是咱们公开出去，这小子就死定了。"

刘小伟神情紧张地问："豪哥，你要交出去吗？"

豪哥"嘿嘿"一笑："你以为我傻呀？只要这本子在咱们手里，咱们就拿住了这家伙的七寸,这辈子就吃定他了。"他吩咐大赵,"你快把银行卡和存折都拿了,然后让小伟把保险柜原样锁好。"

大赵说:"咱们没密码呀。"

豪哥扬了扬本子:"有这东西,你还怕他不告诉咱们密码吗?"

书签

清晨五点,刘小伟怀里揣着三万块钱,离开了锦绣苑小区。

一路上,他禁不住心惊肉跳,后怕不已,不像是怀揣巨款,倒像是揣了一颗威力巨大的炸弹。

刚才,在保安室,他们一起清点战果。现金一共是二十二万,豪哥拿了三万块钱给小伟,说这是你的。

刘小伟不要,说:"我参加只是为了还你们的钱,其余一分不要。"

豪哥硬把钱塞到他手里:"你跟钱有仇啊?以后咱们就是一条船上的人,有肉一起吃,有钱一起赚。赶快拿着!"

刘小伟只得收了。

豪哥把剩下的钱分给几个保安后,将银行卡、日记本重新装进包里,说:"这些东西先放到我家里,等风声过去咱们再进行下一步行动,嘿嘿,有了这本日记,咱们是老鼠扛木锨,大头在后边,发财的日子在后边呢。另外,这几天大家低调点,有钱了也不许乱花,别让人看出异常来。"

保安们个个眉开眼笑,齐声答应。

刘小伟一路狂奔,回到住处后,就一头栽到床上,用被蒙住头,大口呼吸。过了很久,一颗心才渐渐平静下来,他的身上,已是大汗淋漓。

平静了一会儿,刘小伟起身从床下找出一个旧鞋盒,将三万块钱放进去,盖好,重新放回了床底,他打定主意,这颗炸弹,不到万不得已,绝不能碰。

接下来,他打着肥皂洗干净了手,在床沿坐下,从口袋里掏出了一样东西——书签。

这张书签,正是从那个日记本中掉出来的那张枫叶书签。当时,他趁豪哥不注意,偷偷放进了自己的口袋——因为他认出来,这张书签,是自己当年去北京送师傅,爬香山时做的。

三年前,刘小伟在省城的一家五金厂的锁具车间打工。车间里有位从北京请来的老师傅,姓梁,生了一场重病,因为他孤身一人,厂里就安排刘小伟照顾他。两人朝夕相处,逐渐产生了感情,梁师傅将一身开锁技术倾囊相授给刘小伟,并让刘小伟发下毒誓,绝不可以用这技术干违法的勾当。

后来,梁师傅身体状况越来越差,刘小伟把他送回北京。期间,刘小伟去爬香山,看到有用枫叶加工书签的小摊,就选了一张枫叶,为妹妹做了一个书签。因为妹妹爱笑,他就在枫叶正面写上"快乐",反面写上"永相伴"。

他怎么都没想到,这张书签,竟然在他作案的现场出现了。

这到底是怎么一回事?书签怎么会出现在那人的保险柜里呢?

刘小伟反反复复看着书签,绝对没错,枫叶上的字迹肯定就是自己的,当时写字时因为用力过大,在写"永"字的第一笔时,笔尖把枫叶都戳透了。手里的这张书签上,那个位置也有一个针眼大的洞。

刘小伟想不明白,就抓起手机,打到老家妹妹的学校,请老师喊妹妹接电话。

片刻后,妹妹接了电话,气喘吁吁地问:"哥,有事吗?"

刘小伟先问了妈妈身体的情况，然后问："小妹，前年我送给你的那张书签还在吗？"

妹妹说："哥，我把书签寄给那位资助我读书的叔叔了，他是我的贵人，我没什么礼物送他，上学期就把书签寄给他了，我希望他能永远快快乐乐。"

刘小伟脑子里"轰"的一声，哑了半晌，问："那个叔叔姓什么？"

妹妹说："姓王，哥，王叔叔前些日子给我寄钱时，还写信说了，让我好好学习，他会一直资助我读完大学呢……"

妹妹后面说什么，刘小伟一句都没记住。

他的脑子里乱成一团麻：没错，别墅的主人好像叫王建国。万万没想到，自己违背誓言伸出贼手，竟然偷到了恩人的家里。王叔叔是自己家的大恩人，妹妹从上初中起，就开始接受他的慷慨资助，到如今已经六年了……可是，王叔叔这样的好人，怎么会是贪官呢？会不会搞错了？可是……那本日记里写得清清楚楚啊。

一时间，刘小伟内疚、自责、后悔，忍不住埋怨：王叔叔啊，你收钱就收钱，记下来干什么呀？这不是给自己埋了一颗地雷吗？

此时，他心里已经很清楚，豪哥以前对自己那么好，不过是看上了自己开锁的手艺，后来他明知自己还不了钱，还慷慨地借钱给自己，那是下了一个套，让自己一步步受制于他，最后不得不上了贼船。

他想：以豪哥的心机，有了这本日记，绝对不可能轻易罢休的，猎物已经入笼，只能任他尽情戏耍了。王叔叔若顺了豪哥，被他敲诈勒索，那肯定会没完没了，不得解脱；若不顺他，他把日记一公开，王叔叔肯定会身败名裂，锒铛入狱。无论顺与不顺，结局都会非常悲惨。

刘小伟看着书签，喃喃地道："王叔叔，你一定要平平安安，我妹妹快要考大学了,你是她全部的希望啊!"

归还

一切都在豪哥的预料之中,失主并没有报案。

这些天,豪哥在保安室里,每天都密切注意着18号别墅的动静。头两天,那位大腹便便的王建国还神色自如、气宇轩昂地出入,但第三天晚上,18号别墅的灯亮了一夜。次日早上,王建国经过保安室的时候,脸色灰白,眼圈青黑,虽然强作镇静,但满脸隐藏不住的惶恐和焦虑,显然,他已经发现失窃了。

这一天,豪哥心里七上八下,时刻担心警车会突然开进小区。但一天下来,平安无事,豪哥的心就放下了。

当天晚上,王建国一个人来到保安室。豪哥暗自警惕,热情地问:"有事吗?"

王建国把两条香烟放到桌子上,脸上带笑,说:"不好意思啊,保安同志,我想麻烦你件事。"

豪哥看看香烟,问:"什么事?"

"是这样,我能不能看一下前几天的监控录像?小伙子,这两条烟你分给大家抽抽,你们很辛苦的。"

豪哥说:"看监控?是不是出了什么事啊?"

王建国笑了笑:"一点小事,我家里丢了点东西。"

"这可不是小事。"豪哥表情顿时严肃起来,连声问,"请问丢了什么?贵不贵重?报案了吗?要不要报案?"

王建国慌忙摆摆手:"没那么严重,我家里也没啥值钱的,只丢了两件小玩意儿，不值得报案。我就是想看一下，是不是有陌生人进了我家，亡羊补牢嘛。"

豪哥长吁一口气，庆幸地说："不严重就好，不然的话，业主家失窃，我们保安也有责任啊。"

随后，豪哥陪同他去监控室查看录像，当然没有发现任何线索。因为豪哥早已经反复检查了录像，做了手脚，确保不会出现任何纰漏。

接下来的几天，王业主出入小区大门的时候，依然是心事重重，神色憔悴，似惶惶不可终日。但一周之后，王业主渐渐恢复了常态，走起路来又四平八稳了。

豪哥看在眼里，心中暗喜：看来，对方已经自认倒霉了，而这些天也没人拿那本日记来勒索他，或许他以为事情已经过去，平安无事了。嘿嘿，时机已经成熟，现在该进行下一步行动了。

这天下班后，豪哥喊上大赵，一起到自己家去取偷来的日记本和银行卡，准备开始实施敲诈。

不料，当豪哥打开抽屉上的锁，拉开抽屉，双眼立刻瞪圆了：抽屉里面空空如也，银行卡和日记本都不见了！

大赵瞅了一眼抽屉，目光也直了："大哥，卡在哪儿？"

豪哥呆愣片刻，慌忙打电话找老婆，问她动没动过自己抽屉里的东西，老婆说你的抽屉不是锁着吗？我又没钥匙。豪哥气急败坏地怒声道："我是问你动没动，里面的东西很重要。"老婆干脆地说："没动。"

豪哥挂了电话，对大赵说："不是我老婆干的，她不敢对我说谎。"

大赵看着豪哥，眼里渐渐露出怀疑的神色："大哥，这事可就奇怪了，不会是你为了独吞……"

豪哥将眼一瞪，骂道："你给我闭嘴，我是那种人吗？"

"那可难说。"大赵不服气地说,"不然的话,这抽屉有锁,你家防盗门有锁,楼下公用防盗门也有锁,锁都没被人撬过吧?要是没有钥匙,谁能把东西拿走啊?难道是自己长了翅膀飞走了?"

大赵的话提醒了豪哥,他心中猛一动,失声道:"是他,一定是他!一定是刘小伟这小王八蛋干的!"

大赵也跳起来:"没错,这几把锁根本挡不住他,一定是他想独吞啊!豪哥,我们怎么办?"

豪哥阴鸷地一笑,不像刚才那么着急了:"嘿嘿,知道是他拿走的就好办了,这小子跑不了,跑了我也能找到他的老窝去。哼,怪不得给他钱他不要,他是想独吞大头呢!走,咱们这就找他去。"

两人下楼,直奔万众开锁公司。到了后,刘小伟却不在,老板说我也正急着找他呢,这小子有四五天不见影子了,手机也关机。

两人立刻掉头出门,一路飞奔,杀到刘小伟的住处。大赵敲了敲门,里面没人应声,他一扭门把手,门竟然开了,里面却是一片狼藉,被人翻得乱七八糟。

大赵沮丧地道:"这小子肯定收拾东西跑路了!"

豪哥恶狠狠地说:"跑得了和尚跑不了庙,我追到他老家去!"他让大赵继续在省城寻找,自己回家取了个提包,直奔火车站,登上了回老家的火车。

豪哥猜得没错,拿走银行卡和日记本的正是刘小伟。

他拿到本子后,怕豪哥发觉,立刻打电话给王建国,说东西在自己手里,怎样还给你?

正当王建国发现失窃,寝食难安之时,他意外接到刘小伟的电话,又喜又怕,喜的是日记本和银行卡有了下落,怕的是刘小伟有更大阴谋,于是就问:"你有什么条件?"

刘小伟说:"我没有条件,只是想把你的东西还给你。"

王建国哪里肯信啊?对方好不容易把东西偷走,现在平白无故还给自己,肯定另有阴谋。即便对方真的还给自己,自己在明,对方在暗,若对方留下日记的副本之类,自己这辈子就永无宁日,后患无穷了。因此,当刘小伟询问他如何归还时,他打定主意,一定要见刘小伟一面,知道对手是谁,然后再想对策。

于是,他推说送到家里不方便,快递邮寄的话也可能出意外,约刘小伟到人少的地方见一面,自己当面取回,顺便也好表示谢意。

刘小伟同意,说那就到东郊河边吧,那里人少,我在那儿等你。

当晚,王建国驱车赶到东郊河边,先远远观察,河边只有刘小伟一人。王建国见他相貌稚嫩,像是个孩子,暗自松了一口气,在确定附近并没有其同伙后,这才将车停在刘小伟面前,打开车窗,问:"是你约我的?"

刘小伟见过他相片,确认后,就把手里的一个塑料袋递进车窗,说:"叔叔,您的东西都在里面,您看少没少。"

王建国打开袋子,见日记本、银行卡都在,心中狂喜。不过,他仍不敢相信对方如此轻易就把东西还给自己,忍不住问:"你……真的没有其他条件?"

刘小伟摇摇头:"没有。"

王建国:"那我真走了啊?"

刘小伟挥挥手,说:"走吧。"

王建国驱车就走,开出十几米,却越想越担心:自己这一走,恐怕后半辈子就别想安宁了。一念至此,他立即停下车,挂倒挡返回到刘小伟身边,问:"小伙子,你到底为什么要还给我?"

刘小伟说:"因为叔叔您是个好人,是我家的恩人,我不想您出什么事。"

"恩人?"王建国觉得莫名其妙,诧异地问,"你认识我?"

刘小伟伸手从兜里掏出那张书签,晃了晃,笑着说:"叔叔,您看,这张书签就是我做的。"

王建国脸色立变,心说这张书签是我放在日记本里的,这孩子为什么要说是他做的?一时间魂不守舍,随口说:"是吗?是你做的?"

刘小伟点头:"所以,我希望叔叔您一辈子都平平安安。叔叔,您快回去吧,我也要走了,再见。"他冲王建国挥挥手,迈步离开。

王建国开车徐徐跟着他,问:"你住在哪里?我送你回去吧。"

刘小伟摆摆手,说不用,大步走着。

看着他单薄的背影,王建国转头看看四周,空无一人,顿时就下了决心:此人知道自己的底细,留着肯定是个大麻烦,只有除掉,才能一劳永逸,永绝后患。杀心一起,他不再犹豫,脚下一踩油门,汽车便冲着刘小伟蹿了过去……

代价

回老家的豪哥刚刚走到半途,突然接到大赵的电话,说刘小伟找到了!

豪哥立马在下一站下车,掉头返回。

不料,回到省城,刚走出出站口,他就被两个人拦住,对方出示证件说是警察,请他去派出所协助调查。

豪哥以为事发，魂飞魄散，他强作镇定，问出了什么事。对方问，你认识刘小伟吗？

豪哥不敢否认，说是我老乡，但不是很熟。警察说那就对了，我们发现了刘小伟的尸体，有些情况需要找你了解一下。

豪哥惊讶："什么？刘小伟死了？"随即心中一喜，既然刘小伟已死，肯定不会供出自己，而姓王的又绝不会报案，自己大可无忧。

到了公安局，警察问他跟刘小伟是何关系，听刘小伟的老板说，你这几天在找刘小伟，为什么？

豪哥早已找好应对之策，说："我是找刘小伟要债，两个月前我好心好意把保安们的工资借给他应急，谁想他赖着不还。"

两个警察交换一下眼神，一个警察又问："那你去他家翻找什么东西了吗？"

豪哥料想警察已经掌握自己去刘小伟住处的线索，连呼冤枉，说我们到他家时他家里已经被人翻过了，可能他还欠了别人的钱，是别的债主去翻的。

警察紧盯着他的眼睛，半晌没说话，而后突然问道："你好像是在寻找银行卡吧？"

豪哥强压心中慌乱，矢口否认："什么银行卡？没有的事。"

警察微微一笑："是吗？可是你手下一个叫大赵的保安可不是这样说的，他说刘小伟到你家偷了你的银行卡，难道没有这回事？"

原来警察已经控制了大赵，怪不得在电话里他不告诉自己刘小伟已死的事情，豪哥心中大骂大赵笨蛋，心念急转，一拍脑袋："哦，我想起来了，是有这回事，刘小伟偷拿了我一张卡，不过卡里也没多少钱，所以我把这事早给忘了。"

他无辜地问:"警察同志,我真的跟刘小伟的死无关,他到底是怎么死的呀?"

警察考虑一下,说告诉你也无妨。

原来,刘小伟的老板这几天联系不上刘小伟,怕出事,就报了警。刚好前天有人在郊区一处下水道内发现一具无名男尸,已死多日,警方把老板叫去辨认,正是刘小伟。

经法医鉴定,刘小伟是被汽车撞死的,他手里紧握着一张沾了血的书签,此外别无线索。刚开始,警方判断是肇事司机毁尸灭迹,将车祸受害人丢弃在下水道内。但刘小伟老板说刘小伟失踪前精神恍惚,前些日子还四处借钱,警方联想到死者从事开锁这一特殊职业,就觉得事有蹊跷。随后,警察赶到刘小伟租住处,发现被人闯入翻找过,认为里面定有隐情,遂立案调查。因豪哥和大赵正在到处寻找刘小伟,遂被纳入警方视线。

豪哥得知刘小伟已死多日,大呼冤枉:"警察同志,如果是我干的,怎么还会到处找他呢?前几日我都在小区值班,有不在现场的证据,不信你们去调查。"

警察说:"我们已经了解过了,肯定不会冤枉你的。"随后,警察瞅了一眼豪哥放在旁边的提包,问,"你不介意我们检查一下你包里的东西吧?"

豪哥身子不由一颤,额上冷汗冒出,强笑道:"我包里没有什么,就是……"他说不下去了,因为一个警察已经拿起包,打开,从里面取出了两捆万元大钞、一枚钻戒、两根金项链,一一摆放在桌面上。

警察冷冷地问:"看不出来,你还是大款呢!"他拿起那枚戒指,问道,"这枚钻戒少说也值两三万吧?你只是个普通保安,能解释一下这些东西的来源吗?"

豪哥脸色"刷"地白了:"我……这都是我买的,是想带回家交给我父母的。"后一句倒是实话,他这次回老家找刘小伟,临走特意从那堆首饰里挑了几件,想回去顺便献一下孝心,不料此行还没到家就又返了回来,刚下火车,就被警察带来了。

警察目光如刀,一拍桌子:"你别狡辩了!即便你不承认,你的同伙也会承认的。据我们了解,你们锦绣苑的这几个保安平常花钱大手大脚,明显超出收入水平,而且小区内业主早有反映,说家中时常丢失贵重物品,是不是你们监守自盗?"

豪哥脸上冷汗涔涔而下:"没有,绝对没有,我发誓。"

警察冷冷一笑,指了指桌子上的钱物,道:"那你说说这些东西是从哪里得来的?买的?那么是从哪里买的?发票在哪里?"

豪哥张口结舌,无言以对,双腿控制不住地颤抖起来。

警察步步紧逼:"刘小伟是跟你们一伙的吧?我看一定是你们分赃不均,起了内讧,然后,你就杀了他,对不对?"

"冤枉,我真的没有杀他!"刹那间,豪哥心中的防线土崩瓦解,盗窃跟杀人相比,孰轻孰重他心里自然清楚,眼见赃物摆在桌子上,盗窃之事难以隐瞒,于是,他只得将盗窃经过以及被刘小伟偷走日记之事一五一十地和盘托出。

警察听完,又惊又喜,没想到盗窃案又牵连出了腐败大案。

接下来,警方根据豪哥的交代,很快将失窃却未报案的王建国控制,并在其轿车的底盘下,发现了未洗掉的几滴血迹。经检测,正是刘小伟的血。

随后,警察又在王建国的别墅内,搜出了那几张银行卡,但是,本子却已经被其销毁。

王建国见大势已去，只得如实供出撞死刘小伟的经过，并交代在撞死刘小伟后，他又找到刘小伟的住处，进去翻找一番，以免留下副本等证据，结果却一无所获。

警察忍不住问："他都已经把日记还给你了，你为什么还要撞死他？"

王建国说："我跟他并不认识，他却口口声声称我是他的恩人，显然是在编故事耍花招。另外，他还拿出一张书签威胁我，说什么书签是他做的。那张书签是我插在日记本里的，他这是在提醒我，说他知道我做的事，所以我就……"

警察拿出一张带血的书签，问："是这张吗？"

王建国肯定地说："是，就是这张。"

警察问："他说是他做的？那这张书签你是怎么得来的？"

王建国想了半天，终于回想起来，说："这张书签是我从王兆伟那里要来的。"

"王兆伟是谁？"

"他是我的一个同事，我在他桌子上看到这张书签，觉得挺好看的，就拿了来。你说，怎么可能是刘小伟做的呢？"

（黄　胜）
（题图：杨宏富）

神探·谜案

shentan mian

巧思、果敢、执着都是神探手中的放大镜，用以发现罪犯的踪迹。

就不让你死

卡奥是临时监狱的一名普通警察,可他精通一项很不寻常的专业技能——搜身。临时监狱关押的,都是可能涉及重罪、等待审问的疑犯,为了杜绝他们向外传递信息或自杀,必须对他们彻底搜身和严密监视,这是办案的规定。

这天,监狱长把卡奥叫到办公室,说:"这里新来了一名疑犯,叫阿提查,过去是个议员,有重大贪污嫌疑。检察院正对他进行深入调查,根据以往的经验,此人有严重自杀倾向,你要保证,绝对不能让这种情况发生。"

当阿提查出现在卡奥面前时,卡奥心中猛地一震,他仔细盯住这张脸看了足足有半分钟。不错,就是这人,胖胖的,戴着副眼镜,曾经在他心里烙下一道深深的伤痕!

原来,二十多年前,当时卡奥才十几岁,一次,他与家人赌气,离家出走。饿极了的卡奥走进一家大超市,想偷两包饼干充饥,犹豫了半天,还是放弃了,但他的可疑行为被保安发现,带他进了保安室。当时,阿提查是这家超市的保安队长,尽管卡奥坚决否认自己偷了东西,可阿提查却一定要搜他身,逼着他靠墙拿大顶,还把他剥了个精光。经过这番羞辱,卡奥暗下决心,一定要活出个人样来……

谁知,风水轮流转,今天两个人的位置竟完全掉了个个儿。

在搜身室里,卡奥命令阿提查:"靠墙,手撑地,脚朝上,拿大顶,快!"阿提查强硬地说:"你这是什么规矩?我不干!"卡奥说:"这是我搜身的第一步,拿大顶,口袋里的东西就会掉下来。怎么,这么点事,你就害怕了?"

阿提查怔了怔,说:"老子死都不怕,还怕拿大顶?"说着靠着墙,一翻身拿上了大顶,口袋里的钥匙链、指甲刀甚至手纸等都落了下来。卡奥把这些东西踢到旁边,然后仔细地捏他的衣角裤角等处。阿提查吃力地用双手撑地,额头上冒出了细汗,他气喘吁吁地问道:"可、可以下来了吗?"卡奥说:"我倒要看看,你这身臭皮肉经得起多少折腾——这话可是二十多年前你搜我身时对我说的。"

"你是谁?"阿提查一下立起身来,看着卡奥惊异地问。

卡奥气愤地说:"你二十多年前做保安队长时,羞辱过一个男孩,你还记得吗?"

阿提查看了卡奥半天,长叹一声,不说话了。

卡奥命令道:"把衣服脱了。"

阿提查神色黯然,把衣服一件一件脱下,交给卡奥,卡奥仔细检查,没有任何违禁物品。最后,阿提查只剩一条内裤了,卡奥说:"把内裤也脱了。"

"你——"阿提查恼怒地瞪着卡奥,可最后还是叹了一口气,照做了。不过,他阴沉沉地对卡奥说道:"我们走着瞧,看谁玩得过谁!"

要知道,阿提查贪污过亿,自知早晚难逃一死,几年前就把老婆孩子送到了国外。这次,他东窗事发,早就做好了自杀的准备,免得最后熬不过审讯,把同犯供出来,让老婆孩子遭到报复。当然,他一死,别说卡奥会被追究责任,就连整座临时监狱也会跟着倒霉,阿提查说"看谁玩得过谁",也就是这个意思。

这天半夜,阿提查从内裤松紧带里抽出了一样东西——一根细细的吉他弦。他知道,自己是重犯,牢房里有监视器24小时盯着他,于是,他在被窝底下慢慢挪动身体,神不知鬼不觉就到了床底下,接着,只须把弦系在床下横杠上,再套住自己的脖子,勒紧,最后靠上身的重力一吊就能了结自己这条命。

忽然,"轰"的一声,门开了,灯一下亮了,卡奥几步冲进来,把床下的阿提查拽了出来,一把抢掉他手中的吉他弦。

阿提查十分惊讶:"你、你怎么知道的?"

卡奥说:"我当然知道,你以为我在搜查室里做的那些事,是真的报复你?这是我们的搜查程序,同时也是在观察你。如果你对我们的程序反应强烈,那说明你自尊心很强,这种人还不会轻易自杀,可你连自尊也不在乎了,说明你早就做好了自杀的准备。"原来,卡奥为了监视阿提查的一举一动,一直都不敢合眼,两只眼睛紧紧盯着监视屏幕,当他注意到被窝形状不断变化,立刻意识到里头有问题,马上赶了过来。最后,卡奥说:"老家伙,你的事还没完呢,你想死可以,等你把你那些同伙都供出来，我们会送你上路的。"

阿提查虽然自杀未遂，却冷笑道："小子，那弦是我藏在内裤松紧带中的，你没查着吧？别高兴得太早，你等着，还没完呢！"

之后的两周里，阿提查被提审了好几次。从牢房到审讯室之间有一段不短的路，为了防止他在来回途中弄到自杀的物件，同时也为了避免他对别人产生危险，每次审讯前后，卡奥都要对他进行搜身。

这天，卡奥通过监视器，看见阿提查坐在床上发了一阵呆，接着取下眼镜，用衣角擦拭，然后眯起眼睛，对着镜片看，看了又擦，擦了又看，好像那镜片上有擦不完的灰似的。

阿提查这枯燥的重复动作，卡奥都看得厌烦了，他这是干什么呢？这简单的动作本身很正常，可在不断的重复之下，显得十分诡异。突然，卡奥心中"咯噔"一下，啊呀，亏自己还是个搜身能手呢，怎么没想到这一层：眼镜本身就是一件凶器呀！

果然，只见阿提查猛地把眼镜摔在地上，接着捡起一块碎镜片。

卡奥箭一般向阿提查的牢房冲去，打开牢门，阿提查已割破自己的腕动脉，鲜血正奔涌而出。卡奥立即捏住他的手腕，大声叫人。

阿提查这次又没死成，从医务室回牢房后，监狱长下令，不准他再戴眼镜了。卡奥把他押回牢房时，折腾得有气无力的阿提查竟对卡奥挤出一丝狞笑，说："小子，算你狠！不过，我要是想死，谁也拦不住。"这个似笑非笑的表情，怪吓人的。

卡奥说："你有什么把戏都使出来吧，我奉陪，就不让你死！"但说实话，他心里还真没底。

谁知，接下来的半个多月里，阿提查老实多了，大口大口地吃饭，早晚饭后还坚持在牢房内转圈跑步，无聊时就哼哼歌，要不就摆弄摆弄手指头。临时监狱里的其他警察都说,阿提查这么老实,肯定是放弃了自杀的念头。卡奥却不这么认为,他觉得事情不会像表面上看起来这么简单,阿提查这个一肚子坏水的家伙,一定又在玩什么花招。

一天晚上,卡奥从监视器里看到阿提查又玩了半天手指头后,突然对着监视器说:"小子,我知道你在看着我,紧紧盯着吧,好玩的在后头呢。"说完,他脱了衣服,钻进被子,背过身去。

听了阿提查的话,卡奥心中一凛,睁大眼睛,想仔细捕捉阿提查的一举一动,可看了半天,被窝形状倒没什么变化。

既然没什么事,卡奥也就放下心来,无聊地把监视器的录像带倒回去,看看前面的监视画面。突然,一个画面引起他的注意,他发现阿提查床头的墙上有奇怪的刻痕,他把画面定格,放大,再仔细一看,顿时大叫不好。因为卡奥想起一件事,阿提查这些天老是在墙上磨指甲,他本以为阿提查在刻什么东西,现在想来,阿提查肯定是在磨指甲,因为这家伙用的都是同一根手指……

卡奥一跃而起,直奔阿提查的牢房,进去一看,果然阿提查用这尖尖的指甲割破了腕动脉,淌了很多血,已奄奄一息,卡奥忙叫人把他抬起直奔医务室。

阿提查又被抢救过来了,他以为神仙都发现不了的自杀行为又一次失败了,卡奥对他说:"老家伙,怎么样?我说过,不会让你死的。"

"臭小子,我服你了!"阿提查摇着头,彻底死心了。他终于放弃了自杀的念头,把参与贪污的人全供了出来……

(吴治江)

(题图:佐 夫)

最后一个疑点

疑神疑鬼

正月十五是传统元宵佳节,浦阳城张灯结彩,老百姓喜气洋洋。

但有个人此刻却非常痛苦,谁?浦阳县令狄公。

一大清早,前来拜贺的客人就一批接一批,弄得他焦头烂额,直到送走最后一位叫林子展的富商,他这才感到浑身一阵轻松。

这时,月出东山,衙院里外已挂满了灯笼,他的三个孩子正在花园里为一个绘着八仙画像的大灯笼点火。

狄公正想走出去看看,却见洪参军走了进来,他忙问道:"洪参军,有什么要紧事吗?"

洪参军道:"没什么,只是城北出了件小事,一个老乞丐跌死在一条干涸的河沟里,头撞破在沟底的大石上。我问了大家,都说没见过此人,想必是外乡赶来城里乞讨的。"

狄公问:"这乞丐跌死在河沟的哪一段?"洪参军答道:"靠近富商林子展家后街。"

"哦,"狄公点了点头,对洪参军说,"今天是元宵节,你早点回去吧。"

送走洪参军,狄公正想回府,猛见影壁后闪出一个老翁,拄着竹杖一拐一瘸向他走来。眼看就要与他照面,却突然身形一闪,不见了影踪。

狄公吓出一身冷汗,稍稍醒悟,便高声大叫:"老翁出来!但见本官无妨。"花园内一片寂静。狄公壮大了胆,走近竹林又叫了几声,仍无人答应。狄公虽不信鬼魂显灵之说,但也不得不感到那老翁行迹蹊跷:莫非是在提醒自己,他死得冤枉?想到此,狄公心中愈加不安,便唤过家丁,传洪参军速至。

过了一会,洪参军气喘吁吁地赶了过来。狄公却漫不经心地道:"我想去看看那个死去的老乞丐。"

洪参军领着狄公来到一间偏室,老乞丐的尸身就躺在一张长桌上。狄公从洪参军手上接过蜡烛,挪开芦席,定睛细看:死者看上去在五十上下,皱纹凹陷很深,但脸廓却有棱有角,两片薄薄的嘴唇上还蓄着整齐的短须。他又掀开死者的袍襟,见左腿畸形萎缩,向一侧拐翻。

狄公点了点头说:"这乞丐一定跛得厉害。"洪参军从墙角拿过一根竹杖说:"是的,这竹杖是在河沟底找到的。"

狄公抬了抬死者的胳膊,却已僵硬。他又细细看了死者的手,惊道:"此人的手柔滑细润,没有茧壳,来,你将尸身翻过来。"洪参军照做了。

狄公仔细查看脑勺上的伤裂处，用手绢在伤口轻轻擦拭，移近烛光细看，不禁疑惑起来："洪参军，伤口处有细沙和白瓷屑末，河沟底哪会有这两样东西？"洪参军摇了摇头。

狄公抬起头盯着洪参军，道："这人并不是乞丐，也不是不慎失足跌下了河沟。他是被人杀死后扔进河沟里的！"说到这里，他问道，"这两天有没有人报家人失踪的？"

"失踪？"洪参军猛悟道，"富商林子展昨天说，他家的坐馆先生王文轩歇假后，有两天没有回馆了。"

狄公一怔："真有此事？那他下午怎么不曾提起？快与我备轿，去林子展家！"

形迹可疑

说话间，便来到林府，进客厅坐定，狄公开门见山便问林子展："本官有件事相问，府上的王文轩回来了没有？"林子展答道："王先生前日歇假，至今尚未回馆，不知哪里去了。"

狄公问："这个王先生长相如何？"林子展微微一惊，答道："那太好认了，是个瘸子！"

"还有呢？"狄公追问道。林子展略一思索，又说："人长得颇高，也很瘦，头发花白。"

狄公接着问："他来府上坐馆多久了？"林子展道："约有一年了。是京师一位同行举荐来的，为两个幼孙开蒙。"

狄公说："他来浦阳坐馆，是否带了家眷？""这倒不知，不才对家务极少关心。"林子展想想又说，"这样吧，我把管家叫来，兴许他比我知道得多些。"狄公赞道:"那太好了!"

很快,管家便被传至客厅,狄公问他:"你可知道王先生在浦阳有无家小?"管家答:"并没有。"

管家见狄公和颜悦色的,便放松了戒心,补充说:"王先生生活十分清苦,他坐馆薪水本不低,却从不肯乱花。歇馆外出时,也从不见他雇轿子,总是一拐一瘸地步行。言谈中,得知他曾有家小,后来离异了。似乎是那夫人忌妒心重,两人性情合不来。"

林子展觉得管家话多了,便拿眼色制止他。管家明白自己的言语放肆了,不觉低下了头。狄公心知肚明,便起身对管家道:"能否领我到王先生书房去看看?"

林子展站起身也要跟随,狄公把手一拦,道:"林兄在此暂候片刻。"

说完,跟着管家穿廊绕舍,来到林府西院一间小屋。房内陈设十分简陋,只有几件家具,墙上挂着好几幅水墨兰花,笔势疏淡,十分有生色。

管家道:"王先生最爱兰花,这些都是他一手画的。"

"王先生如此喜爱兰花,房中为何没有摆设几盆?"

"这个——"管家似乎也回答不出。狄公拉开书桌抽屉,只见空白纸笺,并无钱银。又打开衣箱,里面尽是些破旧的衣衫,箱底有个钱盒,却只有几文散钱。

狄公问:"王先生离开这几天,有谁进来过?"管家暗吃一惊:"没人,这房间的钥匙只有王先生和我有。"

狄公沉吟半晌,挥手道:"我们回客厅去吧。"从西院回来的路上,狄公小声问管家:"这里附近可有妓馆?"

管家答道:"后门外隔两条街便有一家,唤作'乐春坊',那鸨儿姓高,是个风流寡妇。那妓馆甚是清雅,一般客官不敢问津。"

狄公不住点头，面露喜色……

半信半疑

辞别林子展，狄公一行直奔"乐春坊"妓馆。"乐春坊"因地处城北，稍稍清静一些，但在今晚，门首却也悬挂着四个巨大的灯笼，照得周围如同白昼。坊主高寡妇见是官府来人，不知何事，忙不迭将狄公一行引进一间幽静小轩。

狄公道："本官来此，只是问个信儿，没甚大事，休要惊慌。"高寡妇堆起一脸笑容道："老妇一定如实相告，只不知大人要问何事？"

"坊内共有多少女子挂牌？"狄公问。

"回大人，共有八位姑娘。我们的账目每三个月上报一次衙门，照例纳税，从不敢偷漏。"

狄公探问道："听说其中一位已被客官赎出，请问那女子的姓氏、名号。"高寡妇一听，愤然作色道："不知老爷哪里听来如此误传？"

狄公尴尬起来，好半天才说道："那必是坊外的女子了。高院主可听说坊外新近有人被赎身从良的吗？"

高寡妇见自己脱了干系，这才搔了搔头上油光的髻饼，道："大人想必是说邻街的梁文文小姐吧。梁小姐原先在京师挂牌，声名大噪。她积下私房钱替自己赎了身子，潜来浦阳想找一个合适的富户结为夫妻。新近听说与一位阔大官人打得火热……"

狄公一听，忙问："高院主可知那阔大官人是谁？"

高寡妇说："实不相瞒，听说那阔爷便是邻县金华的县令罗大人。"

狄公不禁笑了，那个罗县令，他早有耳闻，是个风流才子。梁小姐当年名动京师，如今潜来浦阳，罗县令焉能不知？故追逐到此，暗里与梁小姐结下鸳盟，亦是情理中事。狄公问清了梁文文的宅址，便起身告辞。

梁小姐的宅舍离这里果然没几十步路。洪参军指向一旁，道："大人，你看……"狄公摇手止住了洪参军。他早已看得明白，梁宅不仅后门正对着那条干涸的河沟，且与林府没隔多远路。

狄公上前敲门，半晌一个女子在里面问道："谁？"

狄公道："金华县令有口信给梁文文小姐。"大门立刻开了，走出来一位风姿翩翩的女子。狄公吩咐衙役在大门外守候，便带着洪参军进了客厅，分宾主坐定。狄公胡乱报了姓名，只道是从金华县来。

那女子道："小妇人正是梁文文，得见两位大人，十分荣幸。"狄公见梁文文生得弱不禁风，心中不觉狐疑。

突然，狄公的目光被窗前的花架吸引住了。那花架很高，共三层，每一层上摆着一排白瓷花盆，盆内栽着兰花，那幽香令人陶醉。

"罗县令不止一次说起梁小姐喜爱兰花。不瞒你说，在下也喜欢养兰花——"说到这里，狄公故作惊讶状，"哟，顶层中间的那一盆花枯萎了，能否取下让我看看？"

梁文文忙搬来一架竹梯，搭在花架上，吩咐狄公在下面扶定竹梯脚，自己小心地向上爬。梁文文端起那白瓷花盆时，狄公仰头一望，恍然大悟！

尽释前疑

却说梁文文将那盆枯萎的兰花取下交给狄公。狄公接过看了半晌，道："梁小姐，原先那只白瓷花盆哪里去了？"梁文文一怔："什么意思？"

狄公正色道："还不明白吗？梁小姐正是用那只白瓷花盆砸破了王文轩的头颅！"

"你信口雌黄，含血喷人，你到底是谁？"梁文文怒道。

"本官正是这浦阳县令，特来勘查王文轩遇害一案。梁小姐藏起了那只碎花盆，将兰花移栽到这新盆内，难怪要枯萎了。"

梁文文脸色转白，抵赖道："小妇人从不认识什么王文轩，哪里会去谋财害命？"

狄公厉声道："你杀死王文轩，并非为了谋财害命，而是除去老情人，以便成全自己与罗县令的好事。"

"老情人？"梁文文尖声叫道，"那跛子丑八怪是我的情人？呸！"

狄公道："王文轩在京师时就为你花去了不少钱财，闻知你到了浦阳，便也赶来，为的是想续旧情。他坐馆一年，积蓄全数都交与了你。"

狄公缓了语气道："唉，王文轩虽然长得猥琐，但心地忠厚，甘心为你奉献。而你，竟狠心杀死了一个可怜的痴情人！"狄公示意洪参军，洪参军出客厅一拍手，衙役立即进来，将梁文文押送县衙大牢⋯⋯

回到衙院，狄公邀洪参军到书斋喝杯茶。洪参军喝了一大口茶，问："大人如何会疑心主犯是一名弱不禁风的妓女？"

狄公道："最初我见王文轩后脑伤口有细沙和瓷末，便生起疑心，猜他可能是被白瓷花盆砸死的。我先疑心是林子展杀的人，但听那管家说起王文轩因夫人忌妒心重而离异，便想到他必是迷恋上了一个妓女。那妓女榨尽了他的钱财，潜来浦阳隐居，很快又与罗县令厮缠上了。王文轩不甘心，追到这里，故生出了这场变故！"

洪参军又问："大人如何想到去'乐春坊'寻访？"

"别忘了王文轩是个跛子，可管家说他每回出去都是步行，故而知道那妓女必在林府不远处。而从高寡妇口中，我又得知梁文文踪迹。梁文文果然正住在河沟一侧，杀了王文轩，然后抛尸河沟，就这几步路，一个弱女子也能干得，胆大心细便行了。"

洪参军频频点头："经大人如此分析，真相大白，细节疑难处都解说得合理合情。"

狄公呷了一口茶，摇摇头道："不，还有最要紧的一个疑点我至今尚未能弄清楚。"

洪参军一惊："怎么还有最要紧的疑点？"

狄公便把王文轩显灵的事说了一通，末了，说："若不是他显灵，我几乎轻信了他是个不慎跌死河沟的穷乞丐，但……"正说着，狄公猛见对面影壁上又出现了那个拄杖踽踽而行的跛脚乞丐，心中大惊。

"铁拐李照在墙上了，铁拐李照在墙上了！"孩子们在花园中叫了起来。狄公拍了一下脑袋，道："唉，原来是小孩灯笼上的跛仙铁拐李，我竟以为是王文轩的冤魂来衙门告状……"

洪参军笑道："如此说来，这案子的最后一个疑点也真相大白了。大人快走，酒席都要凉了，夫人恐要责怪我们啦。"

（改编：木　金）
（题图：黄全昌）

非常推理

那天正值五一，石小磊约上几个朋友一起去山间别墅度假，大家快乐地玩了五天，第六天发生了一个小意外，石小磊不小心把脚给崴了。大家只好送他下山就医，没想到车刚到山脚就熄火了，幸好不远处就有人家，李山和王全自告奋勇地去找人帮忙。

不一会儿的工夫，李山气喘吁吁地跑回来，远远就开始喊了："快来人啊，出大事了！"

他们几个吓了一跳，忙迎上去问个究竟。原来那边只有一户人家，门没锁，却一个人也没有，王全怀疑这家人被绑架了。王全是写推理小说的网络作家，平时就神神叨叨的，众人一听就笑了，说王神探又发神经了，可说归说，大家还是忍不住一窝蜂似的跑过去，到了那里，王全正一本正经地在守护着现场。

有人不屑地说："也许人家是出门一会儿，没锁门，别大惊小怪的。"

王全不慌不忙地向里面一指，娓娓道来："你看，饭桌上面摆着四套餐具，饭菜也是吃到一半，其中一只筷子掉在地上。从饭菜的腐烂程度看，至少有五天了，你说会有什么情况让一家四口人一起离开、饭都不吃完？"

有人狐疑地问道："会不会只是有急事离开几天呢？"

王全接着头头是道地分析起来："我刚才走进里屋看了一下，房间的柜门大开，一些衣物散落在地……对了，我还在草丛中发现一只小孩子的鞋，鞋子有被雨水淋过的痕迹，应该是被绑架时掉落的！"

王全领着他们走到院子里，指着地上的脚印接着分析："这几天只有昨天下了雨，可是地上却有脚印，就是说主人离开后又有人来过，联想到房间被翻乱，就算是这家人没有被绑架，也遭过贼了，我们还是报案吧。"

众人听着听着，不由得点起头来，别说，听王全这一分析，还真挺可疑的，于是便七嘴八舌地商量要不要报案。

这时，李山扶着石小磊一瘸一拐地走了过来。石小磊听罢王全的分析连连摇头，王全不高兴了，说："你有什么理由反驳我的推测？你是写言情的，不懂推理。"

石小磊笑道："我来分析一下给你们听，大家看客厅的餐具，有一套是小孩用的，那只塑料碗还翻在桌上，房间里散落的衣服也多半是小孩的，这说明什么？"

李山恍然大悟道："我明白了，被绑架的是个孩子！"

石小磊往李山的头上猛敲一记,说道:"绑你个头!我告诉你吧,这是一家人正在吃饭,突然孩子发了急病,于是大家扔下饭碗就奔医院,忙中出乱,孩子鞋掉了都不知道。孩子果然是重症,被留下住院了,父母、亲人不放心,日夜留在那里陪护,都没有回家,只派了一个亲戚回来取孩子的衣物。这人对情况不熟悉,只能乱翻一下,离开时还忘了锁门。"

　　众人听得瞠目结舌,石小磊见王全不信,就一扬手里的手机说:"不信我这就给房主打个电话,通知他回来锁门。他是我的远房表哥,他的儿子突发急性阑尾炎,五天前就告诉我了。你们也别不信,哪家的孩子生病了,家里都是鸡飞狗跳的。"

　　王全沉思不语,半晌才开口道:"原来的成长过程早就淡化了,突然提起才发现——我们的一点小事,在父母那里就是惊心动魄的!我们还是拦个车回家吧……"

(九　斗)
(题图:安玉民、梁　丽)

魔鬼666

在西方风俗中,"666"是一组魔鬼数字,由此还衍生出这样一个说法:每个世纪第一个6年的6月6日是魔鬼重生的时刻,而这天出生的孩子就是魔鬼转世。

恐怖的魔术

最近,靠旅游而闻名的小镇"地狱之堡",传出了让人惊恐的事,说是魔鬼将转世降生在这里。眼看着2006年6月6日马上就到了,小镇的居民们惶惶不安,镇长汉斯也显得忧心忡忡。他心想:传说沸沸扬扬,闹得小镇游客日益减少,可是反过来思考,这也是个百年一遇的机会,何不主动出击,在这个凶日上做篇发财的大文章呢?

与镇上居民取得一致意见后,镇长汉斯在电视台以"魔鬼日地狱狂欢节"为题大做广告,镇上居民也日夜赶制出各种魔鬼面具,他们要将这次狂欢节变成一场魔鬼盛宴。

汉斯的策略果然有效,6月6日前夕,大批的游客就已经蜂拥入小镇,那些千奇百怪的魔鬼面具也被抢购一空,一时间,小镇街道上群魔乱舞,呈现出一派光怪陆离的"地狱"奇景。

正式的狂欢活动从5日晚上就开始了,到了6日凌晨已达到了高潮。这时,汉斯的独生儿子大卫拉着女友丽莎的手,穿过疯狂的人群,来到最热闹的游戏场。游戏场里面安装了一扇特别的大门,好似魔鬼张开的血盆大口,上面写着"地狱之门"几个大字,进门后则是一个迷宫,灯光忽明忽暗,十分诡异。

大卫披着血红色斗篷,脸上戴着青面獠牙的凶恶面具。而女友丽莎则化装成古希腊神话中的女妖,戴着丑陋宽大的面具,但她那一头飘逸的长发如同金色的瀑布飘垂而下。

"地狱之门"前搭有一个舞台,正在进行魔术表演。头戴食尸鬼面具的女巫推出了一个大铁箱,两名化装成炼狱使者的助手晃动着铁链走下台来,阴鸷的目光从每个观众的脸上扫过,最后落在了丽莎身上。

丽莎被他们用铁链套住脖子拉上台来,女巫打开铁箱门,助手松开铁链将丽莎推进了空箱,随即"砰"的一声关上了箱门。接着,女巫手捧着几柄寒光闪闪的利剑,一步步走到铁箱前,在毛骨悚然的乐曲映衬下,观众们都不由自主地屏住了呼吸。

当女巫将利剑从箱体的空隙处插入时,箱里突然传出了女人的惨叫声,这逼真的惨叫令所有观众都暗自心惊,就连女巫也被这凄厉的声音给惊呆了。

女巫呆立了一会儿才恢复了镇定,她面对观众做了一个轻松的动作,人们绷紧的心才渐渐松弛下来。观众们喜欢刺激和惊险,他们为即将度过一个不同寻常的魔鬼节日而兴奋不已。因此,谁也没注意到女巫转身握剑柄时,手在微微颤抖。她深吸了好几口气后,用力拔出利剑,人群中立刻发出一片惊呼,那剑尖上还在向下滴着鲜血!

女巫急切地拉开箱门,铁箱里空无一人,但四壁却喷溅着大量的鲜血,空气中弥漫着一股令人作呕的血腥味,正对观众的一面赫然写着三个血红的数字——666!

女巫再也无法镇定了,她浑身颤抖着奔到右侧一个柜子前,一把拽开柜门。按照表演程序,丽莎这时应该出现在这个柜子里,可是,里面除了一张带血的面具,什么也没有!

大卫好像察觉出了情况不妙,他跳上台一把揪住女巫,愤怒地质问她丽莎哪里去了。可怜的女巫吓得哆嗦成一团,说不出一句话。大卫狠狠地一把将她推倒,呼喊着丽莎的名字,焦急地四处寻找,就是不见丽莎的踪影。情急之下,大卫一把推开"地狱之门"冲进了迷宫。

还没等台下的观众从惊愕中回过神来,猛地迷宫里传来了大卫凄厉的嚎叫声,那声音透着极度的恐惧和绝望,人们惊得面面相觑:难道魔鬼真的降临了!

降生与死亡

过了好一会儿,终于有几个胆大的青年跳上台,冲进了"地狱之门"

后面的迷宫。他们搜遍了每一条通路,都没有发现大卫,只是在一个拐角处找到了他那染血的红斗篷,还有地上用鲜血写的三个触目惊心的数字——666。

很快,镇长汉斯匆匆来到现场,他脸色苍白,但却镇定地向游客们解释,刚才的一幕不过是他们事先安排好的,胆战心惊的游客们这才松了口气。

等游客们散去后,汉斯的脸一下子阴沉起来,他迅速叫人报了警。

一小时后,经验老到的警官查里带人匆匆赶来,他一边叫人提取鲜血样本,一边询问女巫。

女巫说,在铁箱中有个夹层,丽莎进去后,触动里面的机关,隔板经过旋转就会将她送到后面去。那里有个通道,丽莎可以从通道悄悄溜到另一端,钻进另一个小木柜里。这是她与丽莎早就商量好了的。

这时,一个女人急匆匆跑来,贴在汉斯耳边嘀咕了几句。汉斯的脸色顿时骤变,他用不安的语调向查里报告说:"警官先生,镇上的私人产科医生琳达报告说,她刚刚帮尤娜接生了一个男孩儿,那孩子刚一降生,额头上就、就印着三个6!"

此言一出,犹如晴天霹雳,人们在惊惧之余,很快就将丽莎和大卫的离奇失踪与男婴的出生联系到了一起,难道那些古老的传说是真的?这个男孩儿真的是魔鬼转世?

尤娜是丽莎的姐姐,她的预产期在六月初。当时就有人担心,说预产期与魔鬼日如此接近太不吉利,劝她提前做剖腹产手术将孩子取出,但尤娜不相信这话,坚持要自然分娩。

这个孩子的降生似乎带来了所有的灾难,人们感到不安,有人甚至提议:除掉这个恶魔之子!

这时,在一旁静静观察的查里警官开口了:"大家不要过于紧张,现在并没有确凿的证据表明大卫和丽莎已经遇害了,警方会全力查清一切的。"

汉斯点点头,情绪悲痛地说:"查里警官说得对,我们大家要相信警方。那大卫和丽莎就拜托你们了。"

很快,警局送来了血液鉴定,证实游戏场现场留下的确实是人血,但由于没有两名失踪者的血样进行对比,还无法确定是不是他俩的。

此时的小镇,仍到处是狂欢的人群,每个人都隐藏在面具之下,警方的工作开展得很是艰难。

这时,镇外忽然传来消息:一个农夫在池塘里捕鱼时捞到了一具女尸!查里急忙带人赶过去,经辨认,死者正是丽莎!

查里不禁感到惊诧:此处距离小镇至少10公里,而镇上到处是狂欢的人群,尸体是如何穿过喧闹的人群被运到这里的?难道真的是魔力所为?

法医经过一番勘验后,对查里耳语了几句。查里心中更是疑窦丛生,他觉得这起案件很不简单,这里面一定隐藏着一个惊人的阴谋。

查里刚刚处理完镇外的现场,小镇又传来了惊人的消息,在地狱广场新立的巨型十字架上,突然吊死了一个女人。

真是一波未平一波又起,此时的小镇已经完全失控了,一系列恐怖而又不可思议的事情传扬开来,惊恐的游客都认为魔鬼真的降临了,他们争先恐后地逃离小镇。

电话中,警员焦急地向查里汇报说:"如果是外来者制造的案件,那么凶手极有可能随着逃离的游客溜掉,那样的话我们就很难破案了。"

查里想了想问道:"有没有查明吊死的女人是谁?"警员说:"死者就是为尤娜接生的那个医生,琳达。"查里一听,惊出了一身冷汗。

罪恶的真相

查里立即带人赶回小镇,眼前的小镇仿佛真是一座人间地狱,原本热火朝天的街道上,此时已见不到一个人影,地上到处散落着人们丢弃的各式面具,镇上的居民突然之间也不知都躲到哪里去了。

查里一行穿过空旷的街道,肃杀的寂静让他们也不由有些紧张。这时,一名警员走来,递给查里一件东西:"我们在琳达身上发现了这个。"

查里接过来一看,是一根长长的金黄色头发。查里知道琳达是褐色的短发,这让他不由想到了丽莎那头让人羡慕的金色长发。他心里一动:难道她们之间有什么联系?

警员又递过来一份验尸报告,查里看着,陷入了沉思。突然,他眼中亮光一闪,兴奋地叫道:"我明白了!"当即一挥手叫过两名警员低声吩咐了几句,然后带领其他人往尤娜的家赶去。

尤娜的房子周围聚满了人,原来,镇上的居民都跑到这儿来了。人们愤怒地叫喊着,要求将那个不祥的男婴处死。

查里连忙分开人群挤进去,只见尤娜满脸泪水,正坐在地上抱住镇长汉斯的大腿,苦苦哀求着。汉斯则面色铁青,双手抱着一个嗷嗷啼哭的婴儿,一副不为所动的样子。

查里冲着激愤的人群挥着双臂说:"大家请听我说!"人们暂时安静下来,查里继续说道,"所有的罪过和这个男婴无关,他是无辜的!"

查里边说边从汉斯手中夺过婴儿送到尤娜怀里。

汉斯脸上的肌肉颤了颤,问:"警官先生,你、你这是什么意思?"

查里冷冷地说:"镇长先生,不要演戏了,你看看那是谁?"汉斯顺着查里手指的方向,朝远处一望,只见两名警察押着一个年轻人出现在街口。待走近了,人群中不由发出了一阵惊呼,这个年轻人竟是失踪的大卫!汉斯一见儿子顿时面无人色,险些瘫软在地。

两名警察把大卫带到查里面前,查里用威严的目光逼视他,厉声问道:"丽莎和琳达的死到底是怎么回事?"

大卫绝望地看了一眼面如死灰的父亲,冷汗一滴滴顺着脸颊淌了下来,喃喃地说:"我有罪,可我不是故意的,我只是一时冲动……"

大卫的声音越来越低,一旁的尤娜放下孩子,两眼喷火地扑了上来,对他又抓又咬:"你、你还我的妹妹!"警员忙上前将她拉开。

查里又把头转向汉斯,语气里透着不可抗拒的力量:"镇长先生,你为了保住儿子,就苦心导演了这起魔鬼复生杀人的闹剧,还不惜杀死了琳达,我说得对吧!"

汉斯见事已败露,冷笑道:"没错,这一切都是我策划的,琳达也是我杀死的,因为她实在太贪婪……"

原来,汉斯父子贪污镇上税收款的事,被财务员丽莎发现了,大卫在与丽莎的争执中失手掐死了她,并抛尸池塘。汉斯知道后,便开始考虑如何拯救自己的独生子。

他先让人到处散布魔鬼重生的传言,借机大搞魔鬼狂欢日。然后,买通了琳达,让她戴上面具和金色的假发,冒充丽莎。所以,"丽莎"和大卫的离奇失踪都是人为安排好的,而尤娜所生男婴额头上的"666"也是琳达偷偷印上去的。

不料警方发现了丽莎的尸体，贪婪的琳达借机勒索，于是汉斯残忍地勒死了她，将尸体偷偷挂上了十字架。这样一来，怀疑的视线都转移到了男婴身上，汉斯就带着不明真相的小镇居民冲进尤娜的家里，要求将"恶魔之子"处死。

令人万万想不到的是，精明的查里警官，从琳达身上的一根金色长发中发现了端倪，法医检验池塘中的丽莎已死亡多日，更使查里豁然开朗。他推断魔术舞台上的丽莎是假扮的，这里面有阴谋，那大卫肯定是知情者，他也肯定没有失踪，便派人去汉斯家里搜查，果然发现了躲在家里的大卫。

真相公布于众后，小镇上的居民在惊愕之余，纷纷愤怒地谴责汉斯："你这个披着人皮的家伙，才是世上最邪恶的魔鬼！"

(邹殿伟)
(题图：佐　夫)

人算不如天算

这天早上,县令冯文龙刚吃过早饭,就见仆人慌慌张张前来禀报:"老爷,出大事了!昨晚邱老先生去世了。"

"什么?"冯文龙一震。这邱老先生是个满腹经纶的老秀才,平日里和冯文龙谈诗论文,两人很是投缘。此刻听得如此噩耗,冯文龙不由惊得目瞪口呆,立刻带上县衙孟捕头直奔邱家。

踏进邱家院门,他们被眼前的景象惊呆了:邱老先生的睡房已被烧得焦黑一片,他的遗体就放在院里临时搭建的灵棚里,被一块白布盖着。旁边跪着他的大儿媳青萍和小儿子学武,还有丫环小翠。

青萍见冯县令来了,赶紧止住哭泣,起身施礼道:"民女见过冯大人。"

冯文龙还过礼,抬眼一扫,脱口问道:"学文哪里去了?"学文是邱老先生的大儿子。

青萍忙答道:"禀大人,相公三天前到苏北去买豆子。我已经差人报信去了。"

冯文龙知道,邱老先生的这个大儿媳十分能干,做得一手好豆腐,她经营的豆腐店生意很是红火,于是"哦"了一声,安慰说:"大公子不在,真难为你了。"说完,带着孟捕头走进灵棚,向邱老先生的遗体三鞠躬。

随后,冯文龙疑惑地问青萍:"一向好好的,怎么会突然失火呢?"

青萍叹了口气,哽咽着说:"大人有所不知。我公公喜欢晚上看书,平时看罢书迷迷糊糊地睡去,蜡烛燃尽也就没事了。昨晚,一定是他睡着后,烛台被老鼠碰倒了……"

"烛台被老鼠碰倒?"冯文龙漫不经心地说了一句,像是追问,又像是在自言自语。

青萍说:"前几天,老爷曾说起他睡房里闹老鼠。唉!也怪我这个做媳妇的没把这当回事儿。要不然,也不会……"说到这儿,她越发哽咽起来。

院里的气氛沉闷不已,冯文龙伤心至极,深深地叹了口气,不由朝邱老先生的睡房走去,孟捕头紧跟在后。

青萍劝道:"大人还是留步吧,那屋子已经烧得不成样子,会脏了大人衣服的。"

冯文龙摆摆手:"我又不是什么金身玉体,还怕衣服沾灰不成?"

说这话的当儿,冯文龙踏进了邱老先生的睡房。看着眼前焦黑一片,他不禁潸然泪下。

突然,冯文龙发现,在邱老先生睡床的位置,几根黑焦木头旁边,有一个青铜烛台。他走过去细细一看,在那黑焦木头的夹缝里,还有几粒像是散落的颜色鲜亮的黄豆,于是便弯下腰去,把烛台和豆子捡起来。

青萍解释说:"禀大人,这一定是我昨晚炒的豆子。公公平时就爱边看书边吃这个……"

谁知她话没说完,冯文龙突然把手里的烛台和豆子朝地上一放,捂起肚子,哭丧着脸叫道:"对不住,我、我得去一下茅房!"说完,顾不得失礼,跑了出去。

孟捕头看着冯文龙这副狼狈的样子,心里觉得好生奇怪。

过了一会儿,冯文龙回来了,很不好意思地朝青萍点点头。接着,他沉思片刻,又问青萍道:"那……昨晚这场大火,是谁先发现的?"

青萍刚想说什么,冯老先生的小儿子学武,不知什么时候进了屋,在他们身后抢着回答:"大人,是我先发现的。昨晚我被尿憋醒,从房里出来时,突然闻到一股很重的焦煳味,扭头一看,才发现是爹爹的睡房着火了。我赶紧喊在豆腐房里干活的嫂子和小翠来救火,可是已经迟了……"学武说到这里,"嘤嘤"地哭开了,再也说不下去。

冯文龙疼爱地把学武搂进怀里。

青萍看着此景,颤抖着声音说:"大人,别在这里待着了,还是去堂屋坐坐,喝杯茶吧。"

冯文龙点点头:"好,我也真有点渴了!"说着,就抬脚离开了废墟。

就在冯文龙喝茶的工夫,青萍突然发现孟捕头不见了踪影。正要问,谁知孟捕头带了几名捕快从门外闯了进来。

冯文龙冲着捕快大声喝道:"你们还愣着干什么?还不快把杀害邱老先生的这两个小人给我抓起来!"

捕快们立刻一拥而上,把青萍和小翠按倒在地。青萍和小翠一脸错愕，跪在地上大呼冤枉。冯文龙"哼"了一声："你们还敢喊冤？有什么话，到县衙说去吧！"说完，他安慰了学武几句，就带着一行人赶回县衙，吩咐孟捕头把青萍和小翠分别关进两个牢房。

冯文龙先审青萍。可不管怎么问，青萍除了喊冤，没有一句多余的话。孟捕头是个急性子，按捺不住就要用刑，却被冯文龙喝退。

冯文龙说："你什么时候见过老夫刑逼犯人？破案靠的不是刑具，是这里！"他说着，指了指自己的脑袋。

然后，冯文龙带着孟捕头来到关押小翠的牢房，说："姑娘，你家大少奶奶都认了，你也认了吧！你若是主动认了，本老爷作主，一定对你从轻发落。"

可小翠这丫头竟然像块榆木疙瘩，只是低着头，一言不发。

孟捕头站在一旁看着，心里说：还以为大人有什么好法子呢，还不就是那老一套？

这时候，只听冯文龙厉声对小翠说："让你招，你不招？那好，我现在就把大少奶奶招的说给你听听！"

孟捕头心里一愣：青萍招啥了？除了喊冤，她可是啥也没说啊！

但冯文龙却像是真有其事，有模有样地说起来："大少奶奶对你家老爷动了杀心之后，就让你悄悄在青铜烛台的凹槽里放上干黄豆，再倒进少许水，然后把蜡烛轻轻插上去。到了晚上，你家老爷看罢书迷糊入睡后，蜡烛却还燃着，他不知道烛台里有黄豆，这些黄豆浸水膨胀后，会把原本插在上面的蜡烛给拱出来。正是那截燃着的蜡烛倒在书桌上，才引发了这场大火……"

小翠听冯文龙这么一说，吓得魂飞魄散，跪在地上连连叩头："大人饶命，大人饶命！不是民女不肯说，是大少奶奶吩咐的，让我死活不能说。"

"哼!"冯文龙冷笑一声,"你们这一对主仆,真是良心被狗吃了,居然对老爷下得了如此毒手?头天晚上,你们是炒过豆子给老爷吃,可那是为了迷惑老爷和学武,事后,你们怕秘密被人发现,特地把烛台里的豆子全部倒了出来。"

小翠拼命地点头,哭道:"大人,我全说了吧!这几年,豆腐店的生意越做越好,可挣来的钱都要交给老爷供养学武,大少奶奶心里不乐意,想分家,可老爷不答应。所以,趁前两天大公子外出的机会,她就拉上我干了这事。大人,我不敢不听她的呀!"

小翠认了,青萍还有什么话说?她一看小翠画过押的供词,长叹一声,只好也从实招认。

一桩诡异的案子,就这么破了。

孟捕头佩服冯文龙断案神速,可他想不通:"明明青萍没有招过只字片语,怎么大人好像对案情了然于胸呢?"

冯文龙叹道:"青萍这妇人可谓是机关算尽。殊不知人算不如天算,失火现场的诸多疑点,还是让我推断出了案情的真相。"

孟捕头不禁奇怪:"现场我也去了呀,怎么就没有察觉?"

冯文龙微微一笑,缓缓说道:"当时我捡起那个青铜烛台,感觉挺重的。你想,这么有分量的东西,老鼠怎么能轻易把它碰倒?于是我撒谎肚子疼去了趟茅房,其实手里悄悄夹了一粒在房里发现的豆子。我把豆子放在嘴里一嚼,是生的,根本不是青萍说的她炒给邱老先生吃的豆子。我又联想到青萍是做豆腐的,肯定知道生黄豆遇水会膨胀的道理。学武说,他闻到焦煳味时,看到嫂子和小翠还在豆腐房干活。那么重的焦煳味,她们怎能闻不到?这些疑点归拢起来,就让我推断出了案情的经过。"

孟捕头不得不惊叹道:"大人推理丝丝入扣,真乃狄公再世啊!"

冯文龙连连摇头:"案子虽然破了,可我却没有一丝舒心之感。一个妇道人家,就因为几个钱,竟如此丧心病狂,真是太可怕了!"

(曹景建)
(题图:黄全昌)

真假大盗

里昂最近出现了一个神出鬼没的大盗罗格,专门盗取收藏家的名画。这个罗格有个奇怪的习惯:每次出手前都要给收藏家寄一封信,上面写着作案时间,可不管那些收藏家怎么防备,到了约定时间,名画就会不翼而飞。

短短一年间,就有十几位收藏家的珍贵藏品被盗。负责这个案子的亨利探长忙得焦头烂额,可一直没有头绪。这天傍晚,他独自驱车前往市郊的月亮山庄,拜访在收藏界内很有名气的鉴赏家里斯特。

里斯特以前曾是亨利探长的助手,后来改行成了一名艺术品鉴赏家。他见老朋友亨利来访,非常高兴,忙吩咐女仆安娜准备晚饭,然后领着亨利参观自己的庄院。

亨利探长显得心不在焉,很快就把话题转到了神秘大盗罗格的身上:"我这次前来找你,是想借助你的专业知识,找出大盗罗格的弱点,把他捉拿归案。"里斯特一听,表现出浓厚的兴趣,满口答应了。

两人在庄院里转了一圈,回到了客厅,餐桌上已经摆满了丰盛的食物。里斯特邀请亨利探长入座:"今天的主菜是烤羊排。"说着,伸手揭开桌子中间大银盘的盖子,出人意料的是,盖子下面并没有烤羊排,只有一张纸条,上面写着:"羊排味道不错,但我更喜欢《腌熏鲱鱼》。今晚八点,我将带着它离开这里。大盗罗格。"

这时,墙上的老式挂钟响了,"当当当……"刚好八下。亨利探长和里斯特顿时紧张起来,两人东张西望了一会儿,什么事也没有发生。这时,安娜端着一碗汤从外面进来,里斯特指了指空空如也的银盘,说:"安娜,这是怎么回事?"

安娜一脸莫名其妙:"我也不知道,我把烤羊排放在桌子上后,就到厨房忙去了。"里斯特想了想,故作轻松地说:"也许有人在跟我们开玩笑,没事了,你继续忙你的吧。"

看着安娜离开客厅,亨利探长疑惑地问:"你这位女仆可靠吗?还有,《腌熏鲱鱼》又是怎么一回事?"里斯特说:"安娜已经服侍我七年了,绝对没有问题。《腌熏鲱鱼》是一幅油画,是梵高的代表作之一,去年我低价收来,现在行情上涨,至少可以卖到八百万美元。"

亨利探长想了想,说:"梵高?对了,大盗罗格一共偷了二十四幅画,其中有六幅是梵高的油画,看来这家伙对梵高的作品情有独钟。"里斯特点了点头,似乎在考虑着什么。

随着时间一分一秒地过去,大盗罗格一直没有出现,亨利探长抬头看看挂钟,已经八点二十分了,他忍不住说道:"奇怪,大盗罗格一向守时，这次怎么没有来？"里斯特微微一笑，意味深长地说："有大名鼎鼎的亨利探长守在这里，大盗罗格就算再大胆，也不敢来了。"

亨利探长也笑了起来，里斯特一边把空着的银盘挪开，一边说："既然大盗罗格不敢来了，我们就继续用餐……"说到这里，里斯特的声音突然停顿，只见挪开的银盘下面，也有一张纸条："《腌熏鲱鱼》我早已取走，现在才来通知你，如有失礼之处，敬请包涵。大盗罗格。"

看到这张纸条，里斯特的脸色一下子变了，他站起身，飞快地冲进书房，亨利探长也跟了进去，只见里斯特移开墙上一幅壁画，露出一个暗藏的保险箱，他打开保险箱，从里面取出一幅油画……

就在这时，只听"砰"的一声，房门外传来一声枪响。里斯特回头一看，只见亨利探长手捂胸口，摇摇晃晃地倒了下去，里斯特急忙伸手扶住亨利探长，却听门外有人冷冷地说道："如果你不想和亨利探长一样，就乖乖站在原地不要动。"里斯特只好缩回手，他抬头一看，只见门口出现了一个陌生男子，手上握着一把柯尔特手枪，狞笑着说："里斯特先生，我就是大盗罗格，请把你手上的《腌熏鲱鱼》交给我。"

里斯特打量了一下对方，只见他长得又高又壮，额头上有一道醒目的刀疤。里斯特又看了看满身鲜血的亨利探长，疑惑地问："你就是大盗罗格？你一向很守时，可现在已经八点半，你迟到了。"

罗格"嘿嘿"一笑，说："在你带亨利探长参观庄院时，我把你墙上的挂钟拨快了半小时，所以现在正好是八点。"里斯特仍有些犹豫："可是大盗罗格只偷名画，从不伤人，你为何把亨利探长杀了？"

罗格目露凶光，说："这老家伙一直在追查我，这次我一路跟踪他，就是想找机会干掉他。后来我见他跑到你的庄院里，就趁你们散步时，拨快了挂钟，然后留下那两张纸条，骗你打开保险箱，这样我既干掉了亨利，又毫不费力地得到了《腌熏鲱鱼》，正好一举两得，哈哈……"

罗格一阵狂笑后，见里斯特仍站在原地，大声喝道："快点把画交给我。"里斯特慢吞吞地走上前，忽然大叫道："安娜，快去报警！"罗格大吃一惊，刚才他进来时，用枪柄把安娜打晕了，难道她这么快就醒来了？他本能地回过头，却见安娜仍躺在地上，里斯特趁此机会，飞起一脚，踢在罗格的手腕上，手枪顿时脱了手。接着，里斯特拿出一把警用手枪，对准了罗格。

这下，罗格傻了眼，他双膝一软，跪倒在地，哀求道："求求你不要杀我。只要你放了我，我把偷来的名画都给你。"

里斯特脸上露出嘲讽的笑容，说："你说你是大盗罗格，请问你是用什么方法盗出名画的？"罗格一时张口结舌，说不出话来。里斯特盯着罗格额头上的那道刀疤，"嘿嘿"笑道："其实你一进来，我就知道你不是大盗罗格。你是刀疤杰森，警方的头号通缉犯，我在电视上看过你的照片。"

"罗格"眼珠一转："没错，我是刀疤杰森，可我也是大盗罗格，那些失窃的名画就藏在我家里，你要是不信，可以现在跟我去取。"里斯特阴森地笑了，说："收起你的鬼话吧，实话告诉你，我才是真正的大盗罗格！"

刀疤杰森惊讶得说不出话来，里斯特接着说："我和亨利探长认识多年，这次他忽然来访，之后又出现了假罗格，我怀疑是亨利设下的圈套，所以我假装中计，打开保险柜给他看，以此消除他的疑心，没想到却引来了你。其实，那些被盗的画就藏在这房间的另一个保险柜里。"说着，他用手指了指墙上的另一幅油画，然后举着枪逼近刀疤杰森。

刀疤杰森吓得瑟瑟发抖，里斯特得意地笑了，继续说道："我还得感谢你的提醒,既然你这么喜欢冒充罗格,我就让你冒充到底。我杀了你之后,告诉警方说你有双重身份,既是刀疤杰森,又是大盗罗格,你为了报仇一路跟踪亨利探长来到月亮山庄,开枪打死亨利探长,又想抢我的《腌熏鲱鱼》,我为了自卫开枪杀了你,而被你打晕的女仆安娜和那两张纸条就是最好的证据。"

刀疤杰森似乎还想拖延时间,说:"你手上的这把警用手枪,又是从哪里来的?"里斯特微微一笑,说:"这是亨利探长临死前,偷偷塞给我的。我想,他是要我替他报仇。杰森,去见上帝吧。"说着,扣下了扳机,只听"咔"的一声,却没有子弹射出,他又连着扣了几下扳机,仍然是空响,里斯特下意识地看了看手中的枪。

这时,房间里响起亨利探长的声音:"里斯特,你不用看了,枪是真的,只不过枪膛里没有装子弹。"

里斯特回过头来,只见亨利探长站起身来,笑着说:"里斯特,你是个聪明的罪犯,可惜你只猜中了这场戏的前半部分,却没猜出最后的结局。"里斯特目瞪口呆:"你怎么没死?"

亨利探长解开外套,露出里面的防弹衣,然后从怀里拿出一个小瓶子,瓶口还在往下滴着鲜红的液体:"我先向你介绍一下,你面前的这位并不是什么刀疤杰森,而是我的新助手波特警官。为了把这场戏演得逼真,波特警官用上了真枪实弹,之后他命令你不要动,就是为了不让你看出我身上的防弹衣和假血。"

里斯特面如死灰,颓然道:"你是怎么知道我就是大盗罗格的?"亨利探长说:"能够不留任何痕迹潜入别人家里,盗走保险箱里名画的人,除了身手要好,对警察的侦破程序非常熟悉,还要对艺术品行业有所了解。根据这三点,我们认为你的嫌疑最大,所以我和波特警官演了这么一场戏……多亏波特警官的精湛表演,才让你原形毕露。"

里斯特长长地吐了口气,脸上露出了诡异的笑容,他把没有子弹的手枪扔在地上,然后变魔术般地又拿出一把柯尔特手枪。原来他趁波特警官不注意,把刚才踢飞的柯尔特手枪又捡了起来。里斯特狞笑着说:"要不是那把该死的手枪,我根本不会上你们的当!好在这把装了子弹的手枪落到了我手上,我还是这场游戏的胜利者。"

亨利探长耸了耸肩,说:"很可惜,我只在这把柯尔特手枪里装了一颗子弹,刚才波特警官已经放了一枪,现在这把也是空枪。"里斯特顿时觉得眼前一黑,瘫倒在地。

(风过铃)
(题图:佐　夫)

同面案

半个月前，狄仁杰患了伤寒，这天刚有所好转，仆人侍候他起床，参军洪亮则建议他到外面晒晒太阳。狄公伸了伸胳膊腿，还有些倦怠，便摆摆手道："算了，还是看看书吧。"

狄公来到书房，刚要把积压的公文批阅一下，洪亮面带难色地进来，说："老爷，本不想告诉您的，可人命关天，小的不敢隐瞒。"狄公放下手中的公文，道："洪亮，但说无妨。"

洪亮递上一封信函，狄公一看原来是吏部公文，上面说平谷县县令韦大昌几日前被匪人所害，特命狄公速往追查。狄公看罢，只觉浑身发冷，原来这韦大昌自己再熟悉不过了，还曾共事过，想不到竟死于歹人之手。

狄公忙命人备马，带着洪亮和几个衙役赶到了平谷县衙。只见县衙门前一片萧瑟，守门衙役个个无精打采，见狄公来了先是一惊，仔细一看是官家人，才向里面通禀。

少时，师爷赵丙迎了出来，哭道："狄大人，我家老爷死得好惨啊！您可一定要还他个公道啊！"

狄公安慰了几句，便由众人引进客厅。这时，韦大昌的妻子也来拜见狄公，又是一阵痛哭，狄公稍加安慰，便问案情始末。

原来，就在七天前的一个夜里，盘踞秃鸡岭的土匪突然杀进了县衙，衙役们个个措手不及，死伤不少。韦大昌听见动静，便披衣出来查看，谁知正碰上土匪，竟死在了乱刀之下。

狄公听完，只觉浑身上下直冒冷汗，忙命人带路，去勘验尸体。众人来到后院，只见几具尸体平放在那里，都是惨死的衙役。查看完毕，却不见韦大昌的尸体。师爷向屋子内一指，道："我家老爷的尸体陈放在灵堂内。"

狄公来到灵堂，只见韦大昌由白布罩着躺在花丛中，一股浓烈的草药味扑面而来。狄公便问这是何故。赵丙赶紧解释，原来是怕尸体腐烂便撒了不少草药。

狄公点点头，伸手去揭韦大昌身上的布帘，一看吓了一跳。原来整张脸血肉模糊，甚是恐怖。狄公静默片刻，又将布帘重新罩上。

赵丙上前问道："大人，我家老爷的案子能否侦破？"狄公道："没有侦破不了的案件，不出三天此案可破。"赵丙要留狄公吃饭，狄公婉言谢绝，带领洪亮等人返回驿馆。

晚上，洪亮见狄公面色难看，便命人给狄公熬了一碗参汤，两人聊起了韦大昌的案子。正聊得投机,突然窗外人影一闪,狄公冷不防被吓了一跳,汤匙差点掉在地上。

洪亮忙提刀追了出去。但见皓月当空,哪来的人影?洪亮前后转了转,便返回去。可刚进屋内,只见参汤洒了一地,窗户敞开着,狄公已然不见。洪亮只觉脑袋"嗡"的一声,料定中了调虎离山之计,狄公被人劫持了。

洪亮吓得满头大汗,但很快又镇定下来,他走到窗台前仔细检查,只见上面还真留下了足印,便顺着追了出去,但只追出百余步便没痕迹了。洪亮失望地坐在地上,心想要是狄公有个三长两短,自己也别活了。

正在这时,突然听到一个痛苦的呻吟声。洪亮一惊,寻声音找过去,只见月色下有一个老人。洪亮上前仔细一看,心中大喜,原来竟是狄公!

洪亮赶紧把狄公扶回屋内,只见狄公面色土灰,还受了点轻伤。洪亮忙问方才发生了什么事情。

狄公哑着嗓子,有点生气道:"还不是被歹人劫持了,要不是我急中生智,恐怕早成刀下之鬼了。"洪亮赶紧认罪,狄公有气无力地示意他下去。

次日,狄公很晚才起来。洪亮命人熬了碗清火汤,亲自端来。狄公喝了一口,觉得微苦,便冷着脸问道:"这是什么东西,你要毒死本官不成?"说完,把碗摔得粉碎。

洪亮有点吃惊,回道:"老爷,这不是您常喝的清火汤吗?小人听您嗓子哑得厉害,就命人熬了一碗。"

狄公拍了一下脑门,道:"昨夜惊着了,一时什么都忘记了,命人再熬一碗来吧。"

洪亮见狄公气消了,这才大着胆子问道:"老爷,这回放哪几味药,鹿茸可否?"狄公思忖片刻道:"可以,你自己定夺吧。"

狄公喝完再次送来的清火汤,洪亮提醒道:"老爷,韦大昌的案子该如何处理？"狄公恨恨道："这群土匪甚是凶恶，本官决定先把韦大昌的丧事办理完毕，然后请朝廷出兵剿匪。"

洪亮回道："老爷，最近几日您的身体有恙，不如让小人代您去办理韦大昌的丧事，如何？"

狄公挠着头皮想了一下："也好，我本不愿去那种污秽的地方，想来昨夜倒霉定与见了韦大昌几人的肮脏面目有关，你就去吧。"

洪亮听狄公说得有趣，笑道："老爷所言极是，污秽场所少去为佳，听说在死人周围是有阴魂的。"两人又闲侃几句，洪亮便去了平谷县衙。

再说平谷县衙里，师爷赵丙正忙着办理丧事，见洪亮来了，赶紧迎上前，并问狄公为何没来。

洪亮道："我家老爷最近患了伤寒，身体还未痊愈，特让我前来代办。"赵丙虽有些失望，可也不便说什么。

洪亮看了一下，来给韦大昌送葬的还真不少，等众人依次哀悼完了，洪亮道："诸位，韦大人之死乃是一桩命案，还有很多证据需要采集，恳请诸位先行回避。"

众人一听与办案有关，便都主动进了里屋。等洪亮叫他们出来时，韦大昌的尸体早已被洪亮命人放入棺中。赵丙有点不解，问道："洪参军，还有很多法事没做，怎么就……？"

洪亮严肃地道："韦大人不是正常亡故，法事就免了，马上把韦大人入土为安吧。我和狄公还要破案，没时间耽搁。"赵丙连连称是，一切照办。

洪亮从县衙出来，没有回到驿馆，而是找个小茶楼喝起茶来，直喝到太阳偏西，这才朝驿馆走去。

狄公正等得心急，见洪亮回来，便怒气冲冲地问道："你干什么去了？"

洪亮答道:"不是奉命给韦大昌那个狗官办理丧事去了吗? 大人怎么老糊涂了?"

狄公见洪亮十分无理,正要发作。洪亮突然轻轻一拍手,从外面走进来一人,满面血污,还穿着死人的衣服。狄公见状吓得赶紧命洪亮将其赶出去。

洪亮冷笑道:"恐怕要出去的是你吧,韦大昌!"说着,指着来人道,"这个,才是真正的狄仁杰狄大人!"

只见来人把脸一抹,露出本来面目,原来竟又是一个狄仁杰。一时间,屋里两个狄仁杰,要不是穿着不同,还真是难以分清。

见事情败露,假扮狄公的韦大昌顿时恼羞成怒:"你如何知道老子是假的?"洪亮得意道:"你装得再像也只是形似,狄公没你那般粗鲁无知!"

原来,昨夜洪亮找回来的狄公是韦大昌假扮的,可当时洪亮并没有发现,直到第二天送清火汤时才看出破绽。那清火汤是狄公自己配制的,可韦大昌不识此汤,这让洪亮起了疑心,便试探问是否要在里面放鹿茸,韦大昌竟说可以,要知那鹿茸是大热之药,于治嗓哑有害无益,狄公深谙中药之道,怎么可能搞错? 接着韦大昌更是破绽百出,还说自己怕尸体周围的秽气,狄公一生破案无数,哪会这般迷信?

但洪亮也并不知道假冒之人就是韦大昌,逼问他又怕他狗急跳墙,于狄公不利。踌躇间,忽然想起,狄公提到过一个细节:韦大昌的尸体已隔七日有余,就算是草药处理过也不能没有一点异味。难道这里面有古怪?

于是,洪亮假装主动要求去办理丧事,乘机去检查尸体。这尸体乍一看和昨日没什么两样,洪亮正想直起身子,突然那尸体开口说话了:

"洪亮，你果真长进不少，竟猜到老夫在这里睡觉。"

原来这里面躺的竟是狄公，洪亮甚是高兴，便问狄公为何在这里，狄公简单说了昨夜的惊魂经过。

原来，昨夜狄公确被韦大昌派人劫持了，劫持者正是附近秃鸡岭的土匪，名叫莫大雄。

此人偷偷把狄公带到韦大昌府上，狄公这才发现，原来韦大昌没死。韦大昌冷冷一笑道："狄大人，没想到吧，我只是诈死。"

狄公十分震惊，问韦大昌为何要这样。韦大昌慢慢道："狄大人，明天你就成了贪赃枉法的韦大昌，而我则成了人人敬仰的狄仁杰，你的前半生全是为本官而活。"

狄公气得两眼发直，身体渐渐栽倒下去，不省人事。韦大昌以为狄公装死，上前一探鼻息，果真没气了，再摸脉搏也不跳动。

莫大雄在一旁道："韦大人，小人方才偷听得知，狄仁杰好像患了伤寒病，恐怕是被气死了。"韦大昌吓了一跳，赶紧掩住鼻息，站到一旁，命莫大雄将狄公脸上涂上鲜血，抬到灵堂看守。

狄公当然是装死。等到半夜，听到两个守灵的家丁闲聊起来，一个说："还是小心点为好，说不定秃鸡岭的土匪还会杀来。"另一个却说："咱家老爷与秃鸡岭关系向来不错，为何反目了呢？"

"肯定是分赃不均呗。"二人你一句我一句，不觉到了天明，狄公本想找机会逃走，可这时洪亮赶来了，发现了狄公。

狄公便让洪亮太阳偏西时再回驿馆，自己去办另一件事情。洪亮不好追问，便将一具衙役的尸体放入棺内，让赵丙草草埋了。

再说狄公出了县衙，径直去了秃鸡岭，原来他竟要独自去见匪首莫大雄。

此时，莫大雄正在饮酒作乐，喝得一塌糊涂。见狄公来了，还以为是韦大昌，醉醺醺地迎上前道："韦大人，你怎么这副装束就来了？"

狄公学着韦大昌的口气故意言道："哎，那狄仁杰狡猾得很，昨夜他是装死，我们竟没发觉。今早被他手下人给救走了，现在回过头来要收拾你我兄弟。我情急之下就穿上这身衣服，混在出城的人群里逃到这里来了。"

莫大雄乃是个粗人，一时没了主意，便问如何是好。狄公故作凶狠地说："一不做二不休，现在他们躲在驿馆里，不如我们回去杀他们个措手不及。"莫大雄连声称是。

再说，莫大雄命人抬着狄公便来到了驿馆。狄公让莫大雄等人在外面候着，听他的信号，自己则进了屋里。

狄公故作高声道："我是平谷县令韦大昌啊，狄仁杰，你没想到我会回来吧？"韦大昌被弄糊涂了，一时慌了神。狄公冷冷一笑，唤道："来人，将狄仁杰拿下！"

莫大雄等人蜂拥而入，把韦大昌押了起来。狄公拿手帕卷成一团塞在了韦大昌的嘴里，急得他直向莫大雄瞪眼，可一句话也说不出来。

莫大雄一眼看见了洪亮，就要上前拼命，洪亮突然挥起钢刀架在狄公的脖子上，恶狠狠地威胁道："快把刀放下，否则我杀了韦大昌！"

狄公心下暗笑，脸上却是恐惧万分，道："听这小子的，快快放下。这里都是我们的人，谅他也不敢乱来。"

莫大雄想想也是，便命手下将兵刃放下，洪亮让他们退到旁边一个空屋中去。这时，几个衙役冲了进来，莫大雄还以为是救他们来的，不禁放声大笑，哪知那些衙役来个关门打狗，竟把他们都给绑了起来。

兵不血刃，二十几个土匪悉数被擒，莫大雄这才知道上当了。狄公换上官服,就在驿馆内升堂问案。韦大昌见大势已去,不得不从实招来。

原来,这韦大昌为官十余年,贪赃枉法,无恶不作,早有人将他举报到了朝廷。韦大昌自知在劫难逃,忽然生出一计,他想到了昔日同僚狄仁杰和自己相貌相像,一般人很难分辨,同僚们都叫他们同面人。

韦大昌拿定主意,便联合了秃鸡岭的土匪,让他们在夜里杀入县衙,杀了不少衙役,自己则乘乱装死。他知道这一地界大案都由狄仁杰负责,到时候就让狄仁杰替他去死,自己则摇身一变,成了一代清官。

可不想狄公将计就计,将他偷梁换柱的美梦打破了。狄公按律抄没了韦大昌贪污的银两,然后将他连同土匪一道押解至京师。

过了几日,狄公病体痊愈,便和洪亮一起外出骑马散心,两人并辔而行,好不快意。

突然,洪亮想起一个问题来,问道:"老爷,小人到现在也想不明白,您是如何装死骗过韦大昌的,屏息尚可坚持一时,如何能让脉搏停止跳动呢?"

狄公笑而不答,从衣袖中取出一本书来,把它卷成一卷交给洪亮,道:"你把它紧压在腋下,看看脉搏还跳不跳。"

洪亮恍然大悟,暗自高兴又学会了一招。

(马凤文)
(题图:黄全昌)

惊心的扣扣结

年年买年年偷

兰溪镇派出所所长刘晚,今年四十来岁,他遇事沉着冷静,对侦破工作很有一套。这天,他正在办公室里津津有味地看晚报上的一则新闻,上面刊登了今年全市高考文理科状元的消息。突然,他接到石头嘴村村长石大全打来的电话,说他们泵站的电动机又被盗了。

刘晚听完,浓眉一皱,说了句:"你一定要保护好现场!我们马上就来。"说罢,他带着侦查员小木,跨上摩托车,直奔石头嘴村而去。

这石头嘴村,临近长江边上的策湖,地肥水美,适合种植水稻。村里为了便于农田排灌,便在策湖旁边修了一个抽水泵站。可是接连三年,一到农忙季节,泵站的电动机就被小偷偷走。那真是:年年买,年年偷!

刘晚和小木很快就赶到石头嘴村。简单说了几句后,村长石大全就把他们带去策湖泵站看现场。可是这一看,气得刘晚吹胡子瞪眼睛,原来现场已经全被人破坏了,就连泵站被小偷撬开的大铁锁,也被丢进了策湖里。

刘晚没好气地说:"石村长,我跟你说了,要保护好现场,保护好现场!你看看,这现场被破坏得这么厉害,你让我们上哪儿找犯罪嫌疑人去?"石村长支吾着说,等他打完电话回来,村民们已经把现场搞乱了。

显然,刘晚他们已经无法从现场获得破案的蛛丝马迹,只能另寻突破口了。经过仔细分析,刘晚突然想到:这个小偷为什么总是选择在村里急需用电动机之时偷呢?

刘晚认为:一、这小偷十分清楚村里的情况,他知道这时候农田都等着灌溉呢,少了电动机,村里肯定要想办法尽快去买新的;二、往往这个时候,大家都忙着,会把这种失窃的事暂时放在一边;三、这个小偷眼下急需一笔钱,便打起了电动机的主意。但他又觉得奇怪:难道三年来,每到这个时候小偷就需要用钱?想到这里,刘晚便回头问石大全:"对了,你们村谁家一到这个时候,总是最缺钱用?"

石大全想了一下,突然叫起来:"没错,肯定是陈三!"原来,村民陈三的儿子正在读高中,这三年来,一到这时候,陈三就像狗婆子淹死了儿,急得到处向人借钱给儿子上学。今年,陈三的儿子刚刚参加了高考,大学几千块钱的学费,简直快要把他逼疯了。最近几天,陈三连农活儿也不管了,每天早出晚归的,就是给儿子筹学费。

刘晚朝小木看了一眼,说:"高中三年,是要不少学费啊!走,我们去陈三家看看。"

陈三家住在村东头，两间破旧土砖房，大门敞开着。石大全站在门口，喊了两声，没人答应，便和刘晚一起走了进去。陈三家一眼就望对穿，显然这里是无法藏住一台电动机的。小木正想往里查看，却和一个人撞了个满怀。小木忙问："你是陈三吧？"仔细一看，从里屋出来的是个少年，他望着刘晚等人，问："你们找我爸吗？"

石大全一见，忙上前问："状元，你爸哩？"

这个叫"状元"的少年说："我爸去借钱了，还没回来。你们坐吧，我去倒水。"

趁着少年去倒水时，刘晚问石大全："这孩子咋叫这个名字？"石大全忙介绍说，这孩子叫陈志和，现在大家都叫他"状元"，因为他是今年全市的高考理科状元。刘晚一听，心说：原来全市理科状元是陈三的儿子！于是，他向这孩子投去了欣赏的目光，只见这孩子长得眉清目秀，举止斯文。等他把茶水端过来时，刘晚还激动地说："我早上还看到晚报上刊登了你的新闻哩，不错，真不错！"陈志和只是腼腆地笑笑，没有说话。

就在这时，陈三从外面回来了。刘晚不动声色地朝他打量了一下，发现此人是个五短身材的猥琐汉子，敞开的衣服里，竟然也时髦地戴着一个饰品。刘晚定睛一看，心里不免好笑，原来陈三戴的是一粒不值钱的玻璃纽扣。

刘晚不想让陈志和知道他们的来意，便把陈三叫到门外，问他昨晚去了哪儿，干了些什么，刚才出去又是干什么？陈三一边抹着头上的汗水，一边一一作了回答。石大全上前直截了当地说："陈三，你要是偷了电动机，就趁早承认，刘所长会从轻处分你的。"陈三一听，紧张得连忙摇头，结结巴巴地说："我没有……没有……"

"什么没有没有!"石大全大喝一声,"全村的人都知道你家状元上大学要钱。你说,村里最值得怀疑的人,除了你,还有谁?"

陈三用充血的眼睛,瞪着石大全,结巴了半天,最后极力分辩道:"我没偷……你不要血口喷人,兔子急了也要咬人……"

刘晚见陈三的儿子陈志和在向这边张望,不知为什么,心里特别怕伤害这个少年,便连忙对陈三说,这只是一般性的调查,并不是就怀疑他。告别陈三后,刘晚对石大全说:"在没有确凿的证据前,我们是不能随便下结论的!"接着,他吩咐小木对村里另外几个怀疑对象进行排查,自己则骑着摩托车走了。

石灰窑里沉尸

第二天一大早,刘晚匆匆从县城赶了回来。还没听完小木的汇报,就接到石大全的弟弟石大明的电话,说他哥哥石大全死在了一个废弃的石灰窑里!

刘晚大吃一惊,连忙打电话向县公安局作了汇报,然后就带着小木匆匆赶到出事现场。这是一个很普通的石灰窑,是去年村里改建办公楼时掘的,就在村部办公楼的下边,约有三十平方米大,七八米深,前几天下雨,积了半窑雨水。石大全的尸体已经被人捞了上来,放在一旁的一张凉席上,刘晚和小木仔细地察看了尸体,没有发现外伤,看样子像是不小心失足溺水而亡。

这时,小木发现石大全身上有些红斑,如果是失足溺水而亡,说明死者生前半个小时还喝过烈性白酒!一问,这个石大全果然嗜酒,而且早上一起床就要喝酒,往往一喝就控制不住自己。今天早上也不例外,他喝了半斤白酒后,就骑着摩托车去了村部,却一直没有回来。还是放牛的孩子发现石灰窑里浮着个东西,好奇地跑去一看,才发现是具尸体。

很快,县局刑侦大队来了人,法医对石大全的尸体进行了解剖,经取样化验,结论却是:死者身上无打斗痕迹,初步断定系酒后溺水,意外死亡。可刘晚却对这个结论有些怀疑:石大全每天都喝酒,每天喝了酒就骑摩托去村部上班,每天都从这石灰窑经过,怎么会轻易掉下去淹死了呢?

刘晚不由有一种不祥的预感,觉得石大全的死,与泵站电动机失窃案有某种关联。于是,他带着小木再次来到石大全出事的石灰窑旁,正碰上石大明在给他哥哥烧纸钱。刘晚便走上前,一边和石大明说着闲话,一边仔细地察看。

就在这时,小木忽然发现石灰窑一旁的草丛中,有个东西在发光,过去捡起来一看,竟然是一粒玻璃纽扣。

石大明一见这纽扣,不禁冲口而出:"这不是陈三的扣子吗?"接着又说,村里人人都知道,也不知从什么时候起,陈三脖子里就挂着一粒玻璃纽扣,有人问陈三,他却笑而不答,挺神秘的。石大明气愤地说:"这个该死的陈三,一定是他报复杀人!"

小木一听,皱了皱眉头,看着刘晚说:"难道陈三为了一台电动机就杀人,犯得着吗?"刘晚则十分肯定地说:"偷电动机的另有其人,不是陈三!"刘晚为啥这么肯定呢?

原来,昨天刘晚从石头嘴村回去后,就直接去了县城。他认为既然石头嘴村每年被偷的电动机都是刚买的,估计小偷不会当废品卖掉,一定是卖给了农机销售商店。于是,他走访了县城里所有的销售网点,结果却让人大为惊诧,不仅这些商户没有收购来历不明的电动机,而且他们查了近几年的销售记录,根本没有卖过一台电动机给石头嘴村。那么,石大全每年买的电动机是从哪里来的?这说明:一种可能是,石大全监守自盗,谎报窃案;另一种可能是,石大全与小偷串通,让小偷先偷了电动机,然后再从小偷手里买回来。刘晚这么想着,便转身直视着石大明,问道:"如果说陈三是杀人犯,那肯定不仅仅因为石村长诬赖他偷电动机,你这么肯定是他,难道他们之间还有什么天大的仇恨不成?"

石大明躲闪着刘晚的眼光,低下头,叹了一口气,很不情愿地说,他哥哥石大全生前,曾和陈三的老婆偷偷相好,两个人明铺暗盖十几年。陈三那个老婆,天生水性杨花,听说和村里不少男人相好过。陈三对这事,也是睁一只眼闭一只眼,唯独对石大全,他总是耿耿于怀。就在昨天晚上,当他得知老婆偷偷跑去村部和石大全相会,便气冲冲地拿着锄头,扬言要一锄头砸死石大全⋯⋯

刘晚听了,默默地接过小木手中的玻璃纽扣,看了看,这是一粒再普通不过的玻璃纽扣,银灰色,圆形,四只眼,上面系着一条小红绳子,显然是为了方便挂在脖子上。此时,红绳子断了,从留在上面的纤维看,绳子是被人用力拉断的。

刘晚想到昨天,石大全一口咬定陈三偷电动机时的情景,看得出陈三已经到了忍无可忍的地步,难道这个老实巴交的农民,真的会报复杀人吗?这么一想,他把纽扣用塑料袋装好,交给小木,说:"走,到陈三家里去。"石大明一听,放下手中的纸钱,站起身说:"我也跟你们一起去。"

当他们再次来到陈三家,陈三正好在家。儿子陈志和正在牛栏里给一头黄牯牛喂草,见到刘晚来了,很客气地打了一声招呼。陈三好像挺怕儿子知道什么,忙从屋里出来,对刘晚小声说:"我们到路边说去。"

来到路边,陈三面对着刘晚,急得像要哭出来:"刘所长,我对天发誓,我真没有偷泵站的电动机!"

刘晚说:"我不问这个。我想让你看样东西。"说着,向小木使了一个眼色,小木便把那粒玻璃纽扣掏了出来,递到陈三面前问:"陈三,这个东西你见过吗?"石大明也在一边说:"陈三,我看你还有什么话说?"

陈三见到纽扣,先是一惊,慌忙把手伸向自己的脖子里摸索起来,很快,脸上露出一丝宽慰,他从脖子里拽出根红丝线,指着上面的玻璃纽扣,对刘晚说:"刘所长,我的扣子还在哩!"

小木上前仔细一对比,陈三脖子上的玻璃纽扣,和自己手中的玻璃纽扣竟然一模一样!

刘晚回过头问石大明:"你们村里除了陈三,谁还戴过这种纽扣?"石大明摇着头说:"没见别人戴过。"

刘晚又追问陈三:"那你能告诉我,你为什么要戴这粒玻璃纽扣?这是谁送给你的?"陈三愣了一下,然后挺神秘地笑了一下,说:"菩萨!"

原来几年前,陈三的儿子志和考取了县一中,他便带着儿子到大王庙里烧香许愿,祈求菩萨保佑儿子学业有成,将来能够考一个好大学。当他跪在菩萨面前磕了三个响头之后,一抬头,惊奇地发现神龛上竟然出现一粒亮晶晶的纽扣。陈三摸遍全身,发现不是自己身上掉的,便拿起纽扣,心想:这大概就是菩萨准了他的愿,送给他的信物?于是,他拿回家找了一根红丝线穿起来,像宝贝一样一直戴在脖子上。

刘晚听完了陈三的话,不置可否地笑了笑,突然盯着陈三的脖子,出其不意地问:"陈三,你的脖子是怎么回事?是谁抓伤的?"

陈三一听,脸就红了,低着头,吞吞吐吐地说:"是我老婆。今天早上,为了孩子上学差点钱,她说我没用,我顶了一句,她就……"

"你老婆现在在哪里?"

"一大早,她就回山里的娘家去了,说是找孩子的舅公借点钱。"说着,陈三突然上前,一把抓住刘晚的手,急得面红脖子粗地说,"刘所长,你不会真的怀疑是我杀了石大全吧?"

刘晚把手抽了出来,安抚地拍了一下陈三的臂膀,说:"我们只是问问,放心吧,我们警察不会随便冤枉一个好人,也决不会放过一个坏人!"说着,他笑眯眯地与陈三的儿子陈志和打了一声招呼,就带着小木离开了。

牛栏里的狂舞

从陈三家里出来,小木不解地问:"所长,陈三的作案嫌疑还是很大的,我们就这样放过他?"

刘晚回过头看了一眼小木,边走边说:"不错,陈三的确有作案的动机和嫌疑,但我们现在还没有充分的证据,不能打草惊蛇。你刚才看见没有,陈三的颈部有抓痕,我现在就去县局法医科,看石大全尸体的指甲缝里有没有皮屑,如果有,就进行 DNA 比对。"说着,他挑起手指,亮给小木看,"这是我刚才拍陈三时,顺手拈了他一根头发,如果鉴定出 DNA 是一样的,说明陈三就是凶手;如果不是,我还得把这粒纽扣送到省厅技术处检验,看看能不能从中找到点线索。"接着,刘晚吩咐小木就住在石大明家里,随时监视陈三,等陈三的老婆一回来,马上通知他。刘晚说,陈三和石大全的矛盾都是因她而起,她是此案的关键人物。

接着,刘晚急匆匆地赶到县局,法医说他已检查过石大全的指甲缝,只有石灰,没有皮屑。还说,人指甲缝里的脏东西,如果不是有意剔除,是不会被水冲掉的。由此断定,陈三身上的抓痕,不是石大全抓的。县局刑侦大队的人听说刘晚还在查这个案子,都笑他没事找事,这案子显然是意外死亡。但刘晚仍觉得有蹊跷,于是,他又马不停蹄地赶往省城。省厅技术处检查了纽扣后,结论是:这是一种十几年前生产的普通纽扣,多用于衬衣,材质是有机玻璃。虽然现在市场上没有销售,但在农村人的破旧衣物上还是能找到的。

刘晚从省厅出来,望着手中的技术报告,心想:看来从纽扣上是找不出有价值的线索了。但他又觉得陈三为什么就在石大全出事的那天早上,与老婆打架呢?这是巧合,还是有关联?他觉得现在唯一的线索,就是尽快找到陈三的老婆。

这时,小木打来电话说,陈三的老婆回村了。刘晚一听,兴奋地关照小木一定要看住她,在自己没回来之前,千万不要惊动她。然而,就在刘晚风尘仆仆地赶往陈三家的路上,小木焦急地打来电话说:"又出事了!"

刘晚赶到村里,就听到从陈三家里传来了号哭声,他和小木赶过去一看,顿时惊呆了:只见陈三的老婆竟然在自家的牛栏里,被凶残的黄牯牛给活活顶死了!

此时,陈三和儿子陈志和正坐在女人的尸体边,号啕大哭。

见刘晚他们来了,陈三忙止住哭声,对刘晚说:他女人昨晚带了儿子上大学的钱回家,还给他们父子俩做了晚饭。今天早上,陈三扛着锄头去地里,可没过一会儿,儿子突然跑来喊他,说他妈去牛栏牵黄牯牛喝水时,黄牯牛突然用角顶她⋯⋯

等陈三赶回来时,只见那头发疯的黄牯牛瞪着血红的眼睛,像抛彩球似的,把他女人从牛栏这边抛向那边。陈三不顾一切地拿着锄头,冲进牛栏拼命去打黄牯牛。可黄牯牛像个在耍把戏的小丑,正在兴头上,根本不理陈三的敲打，照旧用它两只坚硬的角，尽情地在牛栏里挥舞。闻讯赶来的村民也不敢贸然上前，最后，只好找来一杆火铳，才把疯牛撂倒。可此时，陈三的老婆已经被牛角顶得肠穿肚破，血肉模糊，早已断气了……

在农村，黄牯牛伤人的事件时有发生，但把人顶死却没见过。刘晚朝已经倒毙在地的黄牯牛看了一眼，见它一双血红的眼睛仍瞪着，脖子上的伤口还汩汩往外冒着血泡，空气里弥漫着一股浓烈的血腥味。刘晚立即让小木给县局刑侦队打电话，让他们派法医来检查一下，看是不是有人在黄牯牛身上做了手脚。交代完这些，刘晚和小木便开始走访现场的村民，大家都说，这头黄牯牛当时简直就是疯了。

这时，有个村妇见陈三伏在老婆身上号哭，又扫了一眼陈志和，然后撇撇嘴，对身旁的人咕哝了一句："真是报应！生了这么好的儿子，她哪管过一天？遇上陈三这个老实人，替她把儿子养得这么好！"

刘晚一听，不明白地问："这是什么话，这儿子不是陈三的？"

村妇犹豫了一下，就压着嗓子诡秘地说："陈三早就废了，这在村里是公开的秘密。这女人相好的男人多了，她自己怕也不知道这儿子是谁的！"

刘晚正想继续追问，这时，刑侦人员和法医坐车赶来了。他们取了黄牯牛的血液和女人的尸体样本，又嘱咐刘晚保护现场，就返回局里做化验去了。

待刑警们一走，刘晚清走了闲杂人等，搬了一条板凳，挨着悲痛欲绝的陈三父子俩坐下，想宽慰他们几句。这时，只见陈三站了起来，踉跄着走进屋里，打了一盆热水，拿了一条毛巾，一边老泪纵横，一边爱怜地给老婆擦洗满身的血污。当他拨开老婆握紧的拳头时，一个小东西滚落了下来,刘晚捡起来一看,不禁大吃一惊,竟然又是一粒玻璃纽扣!刘晚又特意抬头看了一眼陈三,见他脖子上挂着的那粒纽扣依然还在。

刘晚起身,把小木叫到了一边,把手中的纽扣悄悄给他看了。小木惊讶得差点叫出声来,刘晚连忙示意他打住,小声道:"这女人手里怎么会有纽扣?是有人特意塞进去的,还是她在死前抓在手里的?她是不是想向我们提示什么?"

小木说:"一定是陈三!所长,不要再犹豫了,我们现在就去抓他。"

刘晚摇了摇头,说:"不!如果石大全的死和陈三老婆的死是蓄意谋杀案,那我现在就可以断定,杀人凶手肯定不是陈三,而是另有其人!这个人非常狡猾,他利用一样的纽扣,把我们的视线引向陈三,而且,这个人还一直在背后关注我们的行动。当我查出电动机不是陈三所盗,准备查证石大全时,石大全死了;当我们准备找陈三老婆时,她也出了意外,接二连三地出意外,我看就不是意外!"

小木担心地说:"那我们下一步该怎么办?要是这次化验结果还是一个意外,我们还是不能立案啊!"

刘晚点了点头,说:"我有种预感,八成还是一个意外。"

果然,下午传来了化验结果,从黄牯牛的血液里没有发现异常现象,县刑侦队的结论还是四个字:意外事故。听到这个结果,小木气得就要骂娘。刘晚也摇摇头,只好让陈三帮他女人收尸入殓。

策湖里的冤魂

回到派出所,刘晚脑子里是一团乱麻,石大全那被石灰水浸泡得面目全非的情景,陈三老婆血肉模糊的惨状,还有陈三胸口挂着的纽扣,在脑子里交替闪现,搅得他彻夜难眠。

第二天,刘晚坐在办公室里,把小木在石灰窑边发现的玻璃纽扣,和陈三女人握在手中的玻璃纽扣,反复进行对比,揣摩了一个上午。石灰窑边的玻璃纽扣,表面较为光滑,而陈三女人手中握着的这粒,表层已经出现了不规则的磨损,显然,这两粒纽扣,都是从一件旧衣服上摘下来的。刘晚忽然想到了什么,回过头问小木:"小木,你身上的衣服,一般有几粒扣子?"

小木低头数了一下,说:"有七粒。"刘晚也低头把自己身上的纽扣数了一下,却只有五粒。他想起自己的这件衣服,是老婆亲手做的。小木不明白地问:"所长,你问这个干什么?"

刘晚又问:"那你看看身上哪粒纽扣磨损得最厉害?"小木看了一下,是胸口下面的一粒。刘晚也低头看了自己的纽扣,是第三粒,而磨损最轻微的,是最下面一粒。

"不知陈三的那粒纽扣,是个什么样的状况?"刘晚说着站了起来,突然他意识到什么,说,"不好,陈三有危险!"

"为什么?"

"你看,石大全和陈三老婆的死,都与玻璃纽扣有关。而陈三也是戴着玻璃纽扣的人,他有可能是凶手下一个要杀害的对象!"刘晚说着,急匆匆出了办公室,"快!我们马上去石头嘴村!"

当刘晚和小木赶到石头嘴村时,天色已经不早了。两人马不停蹄,直接来到陈三家里,见门锁着,便向陈三的邻居打听。邻居说,陈三的儿子陈志和明天就要去上大学了,吃过中饭后,陈三就带着儿子去策湖钓鱼去了,说是明天给儿子做点好吃的送行。

"走,快去策湖看看。"刘晚和小木快步向策湖岸边找去,他们刚走出村口，就见陈志和提着一只塑料桶，背着一根竹竿，从湖边回来。刘晚忙拦住他问："志和，你爸爸呢？"

陈志和回头指着远处一所孤零零的小房子，说："我爸说泵站下面水深，那里鱼又多又大，他到那里钓鱼去了，叫我先回家做晚饭。"刘晚一听，心里的一块石头总算落了下来，他爱怜地摸了摸陈志和的头，就带着小木朝着泵站走去。

可等他们来到泵站下面，只发现一根鱼竿丢在水里，却不见陈三的踪影。刘晚大喊了两声，没有回音。他们分头沿着岸边找了十几分钟，还是不见陈三。这时，刘晚心里又浮起了一种不祥之感，他连忙又赶到泵站下面，仔细地检查一遍，赫然发现一根接入泵站的电线掉入了水中。他心里大叫一声：不好，又来晚了！

刘晚连忙从泵站里找来一根干木头，将电线从水中挑了起来，同时叫小木赶快回村，通知村里会水的人迅速前来打捞。可为时已晚，当陈三被打捞上来时，已是腹胀如鼓，气息全无。没想到的是，与他同时打捞上来的，竟然是那台失窃的电动机。原来，电动机并没被贼偷走，而是被人推入离泵站不足十米的湖水中。

刘晚知道，他不用看尸检报告就明白，这是因为泵站的电动机被人弄走之后，没有切断连接电源，电线在风或其他原因的作用下，掉入了水中，陈三因湖水导电，不小心触电落入水中，溺水而亡。但这是命案，刘晚仍照例通知了县刑侦大队。

果然不出所料，县刑侦大队查验后认为，这又是一起意外事故。小木听到结果，再也忍不住了，愤怒地骂道："一个意外接一个意外，世上哪有这么多意外？"

刘晚痛苦地闭上眼睛，摇着头说："他们没错，是我们错了！我们一开始就先入为主，盯上了纽扣。这纽扣其实正如省厅的鉴定所说，它只是一种普通的有机玻璃扣，在农村多见。它的屡屡出现，也许是巧合，也许意味着……我们现在还不知道的东西！"

说着，刘晓看了一眼正伏在父亲身上号啕大哭的陈志和，长叹一声说："唉……这孩子真可怜，不到两天，父母双亡，孤苦伶仃，这也是命！小木，你先回派出所，我想留下来陪陪这孩子，帮他把父亲葬了，明天也好送他去北京上学。"

这天夜里，刘晓就住在陈志和那破落的小屋里。第二天，刘晓和村民们一道把陈三送上山，与他老婆一起合葬。办完丧事，刘晓就帮陈志和简单收拾了一下行李，催促他上路。看着陈志和背起行李，头也不回地走出门，刘晓在他身后喊了一声："志和，你为什么不把门锁上？难道你再也不想回这个家了？"

陈志和一听，顿时泪流满面，他停了下来，却没有回头，只是哽咽着说："我还有家吗？"

前来送行的乡亲们听了，一个个禁不住哭声一片。几个村妇走过来，抱住他说："儿啊！你咋这样说，我们都是你的亲人啊。"陈志和擦了擦眼泪，笑了笑，就大踏步地走了。刘晓一直把他送上策湖的渡船，才对他说："志和，叔叔只能把你送到这里。你将来的前程不可限量，可今后的路只能靠你自己把握……"

作案人的陈述

在市火车站大厅里，当陈志和拿着票准备检票进站时，刘晓突然出现在他的面前。陈志和一见刘晓，就默默地跟在他的身后，走出候车大厅,来到车站旁边的一个咖啡店。刘晚给他点了一杯咖啡,静静地看着他。陈志和脸色苍白,低头喝了一口咖啡,才抬起头来说:"叔叔,我想昨天父亲一死,你就知道是我了!可你既然已经决定放过我,为什么又要反悔?"

刘晚没有回答,而是咬着牙,低声问:"为什么……你为什么要这样做?"

陈志和也没正面回答,而是神秘地问:"你知道电动机是谁偷的吗?"

"石大全!"

陈志和有点诧异地看着刘晚,说:"哦!原来你知道……"其实,这几年,石头嘴村的电动机根本没人偷过,而是被石大全偷偷地推进水里,再偷偷地捞起来,刷上新油漆,谎称是新买的,以骗取村里的公款。而这事恰巧被陈三发现了,没想到石大全恶人先告状,竟然带着刘晚上门来诬陷陈三。

刘晚问:"你就因为这个要杀害石大全?难道你不知道他……他是你的亲生父亲?"

陈志和一听,脸色一变,眼睛里充满了仇恨,他恶狠狠地说:"我知道!我是从村里人的眼光里知道的。从我知道的那一天起,我就下定决心,要杀了他!是他让我从小就生活在屈辱之中,让我抬不起头来。嘿嘿!其实,要杀他很容易。他是一个酒鬼,那天早上,他醉醺醺地骑着摩托车上村部,我只是站在村部的大楼上,手里拿着一面镜子,迎着太阳往他眼睛上一晃,他就'扑通'一声掉进石灰窑里,再也没有爬起来。"

刘晚叹了口气,又转过话问:"就算你恨石大全,你要杀了他,可你为什么连你的亲娘也杀害呢?"

"她不配做我的娘!"陈志和愤怒道,"她生性风流,从我懂事起,不管我如何求她，她从不听我的。最让我不能容忍的是，就在石大全死的前一天晚上，她为了钱，居然又去找他，还和他在村部里鬼混。我父亲说了她两句，她就动手把他抓得满身伤痕！你说这样的人，配做我娘吗？是不是该杀？"

"所以……那头黄牯牛是你做的手脚？"

"是的！我在一本书中看到过，如果把一枚绣花针从人的脑后刺入中枢神经，人就会变得疯狂。我想人畜同理，那天早上，我就试了一下，哈哈，果然不假！"

陈志和说到这里，一脸得意，眼里满是疯狂。刘晚看着他，摇头叹息道："就算你的母亲该死，你的父亲总是无辜的吧？他明知你不是他的亲生儿子，还那么爱你，你怎么下得了手？"

陈志和一听，掩面恸哭起来，他泣不成声地说："我本不想杀他的，可我要永远离开这个让我痛恨的地方了，我不想把他一个人留在这里，所以……就把他送到天堂去，送到一个没有人欺负他的天堂去！他这一生，受够了人间的痛苦和凌辱，我是爱他的……"

刘晚强忍住愤怒，不解地问："我还是不明白，你为什么杀了人之后，还要留下一粒纽扣？"

听刘晚这么问，陈志和脸上突然露出天真的表情，破涕为笑了："叔叔，你看没看过一本非洲寓言，叫做《扣扣结》？说的是每个私生子的一生，都有一个'扣扣结'，应验在自己出生后的第一件衬衣上。"陈志和说，"领口下的这粒纽扣，叫'命运扣'。一个人身上，不管哪粒纽扣掉了，千万别掉了这粒，否则他将一生命运多舛。第二粒纽扣叫'仇恨扣'，第三粒叫'耻辱扣'，第四粒叫'怜悯扣'。这三粒纽扣代表三种厄运，如果哪一粒还在，就表明那一种厄运将会伴随这个私生子的一生。"陈志和说,他试着去问他的母亲,找到了那件他出生后穿的第一件衬衣,果然,上面只有四粒纽扣。于是,他就剪下了这四粒纽扣。

刘晚问:"陈三戴的那粒玻璃纽扣,是你送给他的?"

陈志和说:"是的。有一天,他带我去求菩萨,趁他磕头时,我把那粒怜悯扣放在神龛上,送给他。"

"按你这么说,石大全那一粒是'仇恨扣',你母亲那一粒是'耻辱扣'?"刘晚问道,"你送走了三粒纽扣,给自己又留了什么?"

陈志和伸出左手,一粒玻璃纽扣就在他手心里,他坦然地说:"我把'命运扣'握在自己手里!"

刘晚望着这个固执又偏激的少年,真恨不得上去给他两个耳光。他再也忍不住了,霍地站了起来,指着陈志和的鼻子,狂怒地斥道:"够了!什么狗屁的'扣扣结',我看是你自卑、变态、扭曲的心结!你以为自己是天之骄子,而这些人的存在,是你生命中的污点,你要一笔勾销!不错,我本想放过你,一个农家的孩子能够考上全市的理科状元,的确是少见的奇才,我怜惜你,怕毁了你!可是你一走,你父亲他们死时的惨状,总在我的眼前挥之不去。我突然明白,像你这种绝顶聪明而又心理扭曲的人,书读得越多、成就越大,将来对社会的危害就更大,所以,我不能放过你!"

这时,小木走了进来,刘晚对小木说:"把他铐起来……"

(王应良)
(题图:杨宏富)

密谋·奇案

mimou qian

在不见阳光的角落,总会结出病态的果实。案情的扑朔便由此而生。

饼干的秘密

比格是森诺尔小城的一名警官。

这天晚上,他开车巡逻到了城外,突然发现一辆汽车从城里开出来,拐进了一条偏僻的小路。那条小路通向城外的盐碱滩,这么晚了,车主要去那里做什么呢?

比格远远地跟了上去。他发现,那辆车停在了盐碱滩上,很快,从车上下来一个人,钻进了旁边的丛林,吭哧吭哧地挖起来。比格悄悄地凑过去,这才看清那人原来是他的朋友辛迪。此时辛迪正奋力地挖着一个大坑,不一会儿,坑挖好了,辛迪从车子的后备箱里搬出两个大箱子,就要往坑里扔。比格赶紧叫住了他:"辛迪,你深更半夜到这里来,想要埋什么呢?"

辛迪突然听到身后有说话声,吓得一哆嗦,一屁股跌到了地上。比格打开箱子一看,里面装的竟然是包装考究的饼干,他不禁大吃一惊:"辛迪,你为什么要把这些饼干埋掉?"

辛迪看到是比格警官,这才松了一口气。他告诉比格,这些昂贵的饼干都是他的商场进的,一直卖不掉,妻子安妮经常借此骂他,他实在受不了了,这才想到把这些饼干偷偷埋掉,然后用自己的私房钱来填充货款。

比格看着辛迪可怜巴巴的样子,无可奈何地叹了口气。辛迪是小城有名的胆小鬼,却娶了小城最漂亮的姑娘安妮。安妮对他非常刻薄,非打即骂,他的脸上经常带着伤,衣服经常被撕破。大家都很同情辛迪,觉得他就像生活在地狱里。

比格望着那些饼干,觉得就这么埋掉实在可惜,他问辛迪,能不能把这些饼干送给他的孩子们。辛迪想了想,高兴地和比格商量:"太好了,这些饼干我就算卖给你,每公斤的价钱是三块五,一共是四十二公斤。当然,我不需要你付一分钱,要是安妮问起,我就说是你买了,你也可以帮我作证。"

比格笑了笑,心想这个辛迪不愧是做生意的,把饼干的重量和单价记得这么清楚,于是他把饼干都搬到了自己的车上,然后和辛迪各自开车回到了城里。

比格还要到森诺尔饭店去看一看,因为著名的探险摄影师奥里森住在那里,据说这小子很有钱,有不少人要对他下手。比格怕出意外,就加强了巡逻。

比格刚下车,就听到花园里传出声响。他马上奔过去,看到两个黑影正潜伏在草丛中。他掏出手枪，大声命令他们起来，那两人听话地站了起来，比格这才看清，两人居然是奥里森和安妮，他们的衣服都很凌乱。比格收起枪，生气地说："不要在这里伤风败俗了，你们快走！"

奥里森懊恼地瞪着比格，说："我们在这里亲热亲热，难道也犯法？"

比格微笑着点了点头，说："不错，我们这个小城因为濒临沙漠，能够存活的植物很少，因此小城有一条特别的规定：故意损毁植物生命是触犯法律的行为。你们俩在这里践踏了这么多小草，我会请市政厅来核算被你们践踏致死的小草数量，然后开出罚单。"

奥里森气得说不出话来，转身就进了饭店。

比格叹了口气，对安妮说："你应该忠于你的丈夫。"

安妮挑衅地望着他："比格警官，下次我们会换个更幽静的地方，你能拿我们怎么样？"

比格生气地说："那我就跟着你们两个，看你们踩死了多少小草，然后给你们开出很多张罚单，把你们罚得倾家荡产，看你们还有资本幽会吗？"

安妮张狂地大笑起来："那我就跟着奥里森到沙漠里去亲热。你不会跟到那里去吧？"说完，便扬长而去。

接下来的几天，比格看到安妮果然在准备去沙漠旅行的物品。看来，她是真的决心要跟着奥里森走了。比格不禁替辛迪难过起来，想不到，辛迪如此忍气吞声，还是留不住安妮。比格很想帮帮他这个可怜的朋友，很快他就想到了一个主意。

这天，是奥里森出发去沙漠探险拍照的日子，市政厅特别给他举办了一个欢送仪式,比格站在一旁维持秩序。他怀里揣着一张巨额罚单,只要看到安妮跟着奥里森走,他就会把那张单子拿出来,让安妮交罚款。到时,安妮那个小气的女人一定会跟他争执起来,还会到法院去告他,那样就达到了留下她的目的。

但是,安妮并没有来。胆小鬼辛迪却开着车来了,奥里森的旅行用品,都是从他的商场里订购的。他指挥着手下从车上卸下那些大箱子,一只一只绑到骆驼身上。

比格把辛迪拉到一旁,问他安妮到哪里去了。辛迪摇了摇头,说安妮一早就出去了,不知道去哪里了。

比格忽然明白了:这个狡猾的女人,一定想到会有人阻拦她跟着奥里森走,所以她提前到半路上去等奥里森了。比格让辛迪赶紧打电话给安妮,但安妮的手机却关了。比格告诉辛迪自己的猜测,辛迪听完,一屁股跌坐在地上。

很快,奥里森骑上骆驼,向着沙漠进发了。比格把辛迪拉起来,说:"快去追他,那样就能找到安妮了。"辛迪却怯懦地低下了头。比格失望地望着眼前这个男人,决心不再管他的事了。

过了一个多星期,比格发现上次辛迪送给他的饼干都被孩子们抢着吃光了,他决定到辛迪的商场里再买一些。谁知,比格在辛迪的商场转了一大圈,也没找到那种饼干。售货员告诉他,他们商场里并不卖那种饼干,因为太贵了,只是前些日子,奥里森点名要那种饼干,他们才进了一批。

比格不禁暗暗吃了一惊,他突然想到了什么,立刻来到了辛迪的家。比格看着辛迪的眼睛,质问道:"辛迪,你老实告诉我,那天晚上,你为什么想要埋掉奥里森订购的饼干?"

辛迪摇了摇头，坚决否认他想埋掉的那些饼干，是奥里森订购的。他拿出两张单据，一张进货单上清楚标明他曾经进了五十公斤饼干，而另一张收货单上有奥里森的签字，说明奥里森收到了五十公斤饼干。这五十公斤饼干，是奥里森三个多月沙漠行程的全部干粮。

比格不禁疑惑了：那辛迪想埋掉的那些饼干又是从哪里来的呢？这时，他的目光扫过辛迪的卧室，发现墙上贴着许多鱼的照片。原来，辛迪是个钓鱼迷，他每次钓到大鱼，都要拍照，然后贴到墙上，每一张都标明钓鱼的时间、地点和鱼的名称、重量。在那些鱼的照片中，有一张是安妮的照片，下面也这样标注着：七月九日，商场应聘室，美人鱼安妮，四十二公斤。

比格的脑子里忽然一闪：辛迪想埋掉的那些饼干，也是这个重量啊。他脱口叫道："四十二公斤！天哪，你把安妮怎么了？"

辛迪重重地叹了口气，终于说出了事实的真相：他事先偷偷拿走了四十二公斤饼干，接着让安妮吃了过量的安眠药，把她放在箱子底下，代替相同重量的饼干，然后在安妮上面铺上饼干。当天，奥里森验货时只是验了一下重量，恰好是他所要的五十公斤。而当奥里森进入沙漠后，肯定是从上面开始拿饼干吃。等他吃完了上面的饼干，才会发现下面的安妮。这时，应该是他进入沙漠后的十多天了，没有了食物，他只会饿死在沙漠里。而安妮，也永远都不会再醒过来了。

比格听完，愤怒地吼道："你不该谋杀他们的！"

辛迪痛苦地摇了摇头，说："我是那么爱安妮，我可以容忍她的一切缺点，却唯独不能容忍她的背叛。"说到这儿，辛迪突然疯狂地笑了起来，"哈哈，按时间来推算，奥里森应该已经发现了安妮，但他不会兴奋，他只会疯狂。他熬不过两天，就会活活饿死。沙漠里的动物会把他吃得尸骨无存,不会留下一点蛛丝马迹!"

比格低声吼道:"我要逮捕你!"

辛迪反问道:"你有证据吗?"

比格说:"你想偷偷埋掉与安妮体重相当的饼干,这就是证据!"

辛迪一点也不害怕,笑着反问:"我偷埋饼干?那些饼干在哪儿?"

比格忽然想到,那些饼干,早就进了孩子们的肚子里……

(改编:魏 炜)
(题图:佐 夫)

间接责任

俗话说：天有不测风云。这天，正在进行毕业实习的林茜，突然接到父亲病危住院的消息，她的头一下子就蒙了！

父亲一向身体很好，平时连个感冒发烧都很少，怎么会突然生病了呢？林茜也顾不上实习了，连夜买票赶回了家。到家一看，情况比预想的还要严重，满屋子都是亲友，母亲在一旁不断地啜泣，原来父亲已经送殡仪馆了！

丧事办得十分简朴，父亲单位只是象征性地送了几副花圈挽联，追悼会也开得异常简短，和父亲这个局办公室主任的身份极不相称，这让林茜充满了疑惑。她悄悄问过母亲和其他亲友，都说父亲是在楼顶喂养鸽子时失足坠楼摔死的,可林茜在他们那闪烁其词的语气中却似乎感到了一丝不安。办完丧事,林茜在家待了几天,见母亲情绪已日趋平静,便准备回去实习了。这天,她正在火车站查看车次,突然感到背后有双眼睛在盯着自己,转身一看,原来是位年轻的公安民警,再一打量,不禁惊奇地叫了起来:"张明,怎么是你呀?"

张明是林茜高中时的同学,在省政法大学读书,现在被分配到本市的公安系统实习。张明见林茜左臂上的黑纱,忙关心地问:"这是?"

"我爸爸不在了。"

张明感到十分抱歉,说:"真不好意思……不知伯父得的是什么病?"

"是一场意外。"林茜简单说了一下意外的经过,当提到父亲的名字时,不知怎么,张明神色突然变得有些古怪。林茜马上问道:"有什么问题吗?""没、没什么。"张明吞吞吐吐说道,"已经定案了呀。"

"可我觉得不应当是这样的!"看到张明那欲言又止的样子,林茜更加证实了自己的怀疑,干脆一股脑儿地讲了出来,"我爸一向做事谨慎,怎么会发生失足坠楼这种事……听说公安部门做过鉴定,你肯定知道一些情况吧?"

"其实……那天,我跟着刑警队去了颐园小区,只是……"张明又吞吞吐吐起来。

"什么,我爸不是从我家楼顶掉下来的?"说着,林茜一把拽住张明的胳膊,不容置疑地追问道,"你一定要告诉我真相,不然,我会遗憾终生!"

"那、那好吧。"张明犹豫了一下,说,"伯父坠楼身亡不假,但的确不是在你家楼顶,而是从颐园小区五楼梁燕家的阳台掉下去的。"

"啊,怎么会是在小梁阿姨家?"林茜不解地问了一句。要知道,梁燕是父亲办公室里的文员,长得风情万种、性感十足。可不知怎么,林茜就是对梁燕抱有戒心,她总觉得父亲看梁燕的那种眼神不对劲。突然,一种不良的预感冒了出来,林茜磕磕巴巴地说:"你、你是说,我爸爸和小梁阿姨……"

张明点点头:"是的,其实那天伯父是在梁燕家里,梁燕的丈夫突然回家,慌忙之间,伯父想爬窗跳到四楼平台上,不料失足坠楼……"

"啊!"林茜大吃一惊,她疑惑地问,"那……我妈就没追查我爸的死因?"张明为难道:"这个……伯母应该知道,听说是她恳求单位领导将这事压下的……"

"不,不!怎么会是这样……"林茜再也控制不住自己内心的悲愤,猛然转身奔出了车站。

林茜失魂落魄地回到家中,见母亲正呆滞地坐在沙发上,便直截了当地问:"妈,我爸和梁燕的事你为什么不告诉我?"林妈妈浑身一震,很快又恢复了平静,说:"人都没了,还提这做什么?"

"总得有个说法吧,我爸可是在她家死的呀!"

"是你爸自己去找她的,是你爸自己要跳楼的,还能有啥说法?公安部门都鉴定过了,属于意外死亡。"

"意外死亡,意外死亡……"林茜喃喃地嘟哝着,突然,她眼睛一亮,"妈,我爸不是办了人身意外保险吗?那得让保险公司赔偿呀!"

"别、别、别……"母亲急忙阻止说,"咱就别再丢人现眼了,哪有为这风流债埋单的?"

"理归理,法归法。既然咱投保了,那保险公司就得照章办事。"林茜理直气壮地说。

第二天,林茜拿着公安部门出具的死亡证明,和张明一起找到保险公司。谁知对方却提出了拒付,理由是林父作为成年人,是能预见到爬窗可能产生的严重后果,却仍一意孤行,所以只能列为自杀行为,而自杀是不能享受人身意外保险的。

林茜沮丧地走出保险公司大门,张明在一边劝慰说:"小茜,人死不能复生,你就节哀吧。"林茜说:"我是替爸爸感到难过,人不能这样说没就没了,应当有人为他的死承担责任。"

张明若有所思地点点头:"是啊,这事是有点蹊跷。现场我去过,按说五楼阳台距四楼伸出的那块平台只有两三米高,爬窗下去应当没有问题的……"张明话没说完,林茜就一把拽住他说:"走,陪我去梁燕家……"

当梁燕打开屋门,发现面前站的是林茜时,脸都吓白了,她惊恐地连退几步说:"你、你们要做什么?"林茜显得十分平静,她径直走进去坐在了沙发上,语气和缓地说:"我想和你谈谈。"

"谈……你、你都知道了?"梁燕的脸顿时一片绯红,她不安地瞅了眼穿警服的张明,说:"这、这位同志已经录过我的口供了。小茜,我和你爸爸是真心的……当、当然,我也知道这、这是不道德的……"

林茜不耐烦地打断她,说:"我不想听你们这些破事,你就说说出事那天的经过。"

"那天,我老公说好去兰州出差的,谁知傍晚又突然回家了。林主任就扒住背面阳台,想跳到四楼平台上去,谁知道……"梁燕声音哽咽道,"以前他来我家,出去时怕被人看到,也是这样下的,从没出过事,谁知道……"

梁燕所住的楼房在小区最北部,阴面阳台对的是一家企业高墙,两楼间隙处的地面虽说有条通道,但行人稀少,十分僻静。可能是出于消防的考虑,梁燕家阳台的防盗网是可以开关的。林茜打开防盗网,探头朝下望去,果然看到四楼阳台上伸出个用预制水泥板搭成的平台,约长出一米,下面焊有铁架支撑,看起来十分牢固,估计是楼下主人准备用来放置花盆杂物的。张明随口问道:"这四楼住的什么人?"

梁燕的脸色顿时阴了下来,说:"听说是个做生意的,仗着有几个臭钱,整日醉醺醺的,还爱说些不三不四的话,这里的人都不愿搭理他。"梁艳说罢,又取出一叠钱递给林茜,"小茜,我知道你恨我,其实我也恨自己,如果那天我不叫你爸爸来,他也不会出事……这是我的一点小意思,请你交给嫂子,就说我对、对不起她……"

梁燕话没说完,就被林茜一掌将钱打落在地上,她怒吼一声:"谁稀罕你的臭钱,以后不许你再提我爸爸!"说着,她一把扯起还在阳台上观察的张明,打开屋门,就"噔噔噔"走了。二人来到楼下,林茜见张明还迟迟不愿离开,便没好气地说:"还没在小妖精家待够呀?走!"张明没有答话,却转身绕到了楼后,蹲在地上继续观察起来。林茜见地上有几粒发芽的黄豆,便奇怪地问:"这有什么好瞧的?"

张明却轻轻摇了摇头,说:"这里怎么会有这个?""这有什么好奇怪的,还不是楼上晾豆子掉下的。"林茜不以为然地说。

张明兴奋地站起身:"是吗?如果真是这样的话,那就找到为伯父埋单的人了!"他见林茜一副不解的样子,便解释说,"你想呀,如果按梁燕所讲的,伯父曾多次从四楼平台下楼,从没出过事,那这次为什么会有意外呢?假如伯父跳到正晾晒的黄豆上……"

"是呀,我怎么没想到呢?"梁燕连连点头,可转念一想,又说,"四楼肯承认吗?就算他承认,人家也不是有意的,为这事埋单不是太冤枉了吗?"

"但如果这个假设成立的话,那就属于正儿八经的意外事故了,可以让保险公司埋单呀!"张明一边说着,一边将那几颗黄豆装进了一个小塑料袋内,满怀信心地说,"我刚才在梁燕家阳台上瞧过了,四楼平台缝隙里还有几粒散落的黄豆,如果和这几粒发芽的品种相同,就不怕他不承认了!"

接下来几天,在公安部门的调查下,四楼住户承认自己曾在那违章搭建的平台上晾晒过黄豆。这下,林茜父亲坠楼身亡之谜总算云开雾散了!为息事宁人,四楼住户主动承担部分责任,并当场交纳了罚款;而保险公司也根据相关条款进行了赔偿。

林茜由衷地向张明表示了谢意,谁知张明却紧皱眉头,若有所思地说:"我怎么觉得这事并没这么简单……"

林茜正要发问,手机响了起来,电话是梁燕打的,约她和张明到茶馆一叙,说有重要情况通报。林茜刚要拒绝,张明急忙拦住她,说:"我正想找她呢!"几日不见,梁燕显得憔悴了许多。她一见到林茜就黯淡地说:"我们离婚了。""你这是自作自受。"林茜没好气地问,"你约我们来,就是为了说这个?"

"不,我想谈谈四楼那个姓赵的,我觉得林主任的死,应当与他有关……""说说看。"张明陡然来了兴致。梁燕沉默了一下,说出了一件往事……

那是一个炎热的夜晚,正在熟睡的梁燕突然感觉有人在抚弄自己的身体,她本以为是出差回家的丈夫,便没好气地用手划拉一下,却感觉有些异常,猛然一个激灵醒了过来。她拉亮台灯,这才发现面前站的是楼下姓赵的。只见他满身酒气地嬉笑道:"宝贝,我来陪陪你。"

梁燕慌忙用被单遮住自己,厉声喝道:"你、你是怎么进来的?"

"你那个林主任怎么下去,我就能怎么上来……我不能白搭这座鹊桥呀。"姓赵的嬉皮笑脸地凑到梁燕跟前,"宝贝,我想死你了……"

"滚!你要再不滚,我可要喊了!"梁燕一边大喊,一边惊恐地缩到角落。

"你喊吧,把邻居招来才好呢,我就把你和姓林的事全抖出来!"姓赵的正要肆无忌惮地扑向梁燕,忽听楼梯上传来一阵沉重的脚步声,怕是梁燕的丈夫出差回来了,于是便恶狠狠地抛下一句威胁的话,而后拉开窗户,顺着事先搭好的梯子爬了下去……

为了怕姓赵的狗急跳墙实施报复,梁燕没敢把这晚发生的事告诉丈夫,也同样没有告诉林茜的父亲,只是请人安装了一副可以开关的防盗网,平时锁住,只供应急使用。那天傍晚,林茜的父亲就是打开防盗网下去的,不料竟出了意外……

梁燕讲完,用肯定的语气说:"我怀疑林主任就是姓赵的混蛋害死的!"

"那你有证据吗?"林茜问道。

"我有他的电话录音。"梁燕拿出自己的手机说,"就在老公与我离婚搬走的那天晚上,姓赵的趁着酒劲儿又给我打来了骚扰电话,我就用手机录了下来,不知能不能做证据用?"说到这里,梁燕又补充一句,"据我老公讲,出事那天,他在火车站突然接到一条陌生人发来的短信,让他火速返家捉奸……这短信肯定也是姓赵的发的!"

"如此说来,平台上的黄豆有可能是姓赵的有意撒的。"一直在专注听梁燕述说的张明此时插了话,"我早就怀疑,如果家里的黄豆发了霉,也应该在阳面晾晒,怎么会晾在阴面这么潮湿的地方呢?"说到这里,张明瞅了一眼梁燕的手机,眼睛猛然一亮,"如果他再给你打电话,你就假装答应，然后设法把他的话套出来……"

一个月后，案子终于有了结果。正如梁燕怀疑的那样，姓赵的早对年轻貌美的梁燕垂涎三尺，见她只钟情于林茜父亲一人，便心生醋意，在他们二人幽会时，故意在自家阳台的平台上撒了黄豆，目的只想狠狠教训一下自己的情敌，不料竟惹上了人命官司。事发之后，开始他心存侥幸，想以简单罚款搪塞过关，谁知梁燕施以美人计，他便酒后吐了真言，在大量人证、物证面前，只得乖乖地认罪服法。

这天是林茜重返实习岗位的日子，母亲坚持要送她上车。一路上，母亲几次张口，想要说些什么，但话到嘴边却都又咽了下去。就在火车进站时，她终于鼓足勇气对女儿说："茜儿，你知道梁燕男人那天收到一条短信的事吗？那是……"

话没说完，就被林茜打断了，她一把揽住母亲的肩膀，指着天上那火红的太阳，动情地说："妈，您又怎么啦，咱们不是说好以后不许再提这件事了吗？今天的阳光多美呀，我相信，您一定会走出阴影，重新振作起来的！"说罢，她跳上车厢，挥手喊道："妈妈，再见……"车徐徐开动了，透过窗户，林茜似乎看到了母亲眼眶里充满希望的泪水。

她在心中默默地说：妈妈，您不要说出来了，我知道那条短信就是您发的，因为那姓赵的早已交代，他根本就不会发短信。是您觉察到爸爸出轨，在多次劝阻无果的情况下，就想用给梁燕丈夫发短信的方式来拯救自己的家庭，谁知竟酿成了大祸……

(申之珉)
(题图：刘斌昆)

一条贵宾犬

刑警队长金明正坐在办公室里,突然,腾龙公司的老总陈权风风火火地闯了进来:"金队长,绑架!"

金明一听愣了,忙问怎么回事儿,陈权接着说:"我刚接到一个电话,说是我家养的一条狗在他手上,要我准备一百万,否则就准备给那狗收尸,电话号码竟然是我司机的。"

金明听得直瞪眼:什么狗这么金贵,竟值一百万?他忙问:"你的司机叫什么?家住哪儿?"

陈权说,司机叫梁昊,家在农村,一年前到公司的。陈权很器重梁昊,所以就让他当了自己的司机。这几天,陈权独自到外地参加战友聚会,刚回来就接到了用梁昊的手机打来的勒索电话。说起被绑架的这狗可非同小可,狗的名字叫"点点",是十分名贵的"贵宾犬",这种狗在法国最受喜爱，被尊为"国犬"。点点是陈权新买的狗，被陈权全家金屋藏娇似的养着，就连梁昊也没瞅上几眼。听电话里的意思，那狗在梁昊手上，眼下陈权的老婆不在家，又联系不上，大概也让梁昊绑架了！

这时，一个警员走了进来报告："队长，有人遭到抢劫，来报案。"

"那你们接待处理吧！"

"可报案人……"警员说着附在金明的耳边低语了几句，金明一愣，一挥手："带他进来！"

很快，报案人被带了进来，陈权见了那人，顿时脸色一变，开口就骂，他一边骂着一边就扑了上去。

来人正是陈权的司机梁昊！

金明急忙拉开陈权，梁昊也看清了站在面前的竟是自己的老总，他"扑通"一声跪下："陈总，我对不起你，我把点点弄丢了！"

陈权愣住了："你说什么？"

金明拉起梁昊："怎么回事儿，说！"梁昊抹了一把眼泪，说了起来：他的弟弟梁义要结婚，陈总又外出参加战友会，他便邀请陈总夫人洪霞赏光参加梁义的婚礼，可洪霞也要外出，他便大着胆子向洪霞提出了请求，让点点作为特别嘉宾出席。腾龙公司的人都知道，点点在陈家乃至腾龙公司都是至高无上，也只有他梁昊敢提这个请求。洪霞考虑了半天，最后还是点头答应了。于是，梁昊带着点点回村参加了弟弟的婚礼，可他回城的路上却遇上了麻烦：路上出现了一堆石头拦住了去路，他下车去搬石头，突然被打晕了，点点和手机都被抢了……

陈权听到这里才明白了：原来是劫匪用梁昊的手机勒索自己！陈权皱了皱眉："看来洪霞是没事了，不过你们一定要救出点点呀！"

金明沉吟了一会儿，语气肯定地说："梁昊在婚礼上详细介绍了点点，这就是案发之源。"他当机立断,"走,到他家乡去排查!"

金明带人到了梁昊的家乡,展开了大规模的调查摸排,可结果一无所获。正在这时,劫匪打来电话,要陈权准备好一百万,随时听他安排,陈权犹豫半天,还是叫人送来了一百万。

钱刚送到,劫匪再次打来电话,叫陈权把钱装进一个红色背包里,在夜半时分送到山上猴穴洞里的那块卧牛石上。于是金明暗中部署好警力,自己乔装打扮,陪陈权一起进入大山,把背包放在猴穴洞里的那块卧牛石上,然后按约定下山等候劫匪消息。

可是,从半夜一直等到东方出现鱼肚白,也没等到劫匪的电话,陈权的心头笼上了一种不祥之感:"不行,我要先把钱拿回来!"陈权说着奔上山,直扑猴穴洞,可当他闯进洞里,却呆呆地傻在了那儿,卧牛石上空空如也,那一百万赎金不见了!

事先按照金明的吩咐在洞外埋伏的警察也闻讯赶来,他们一个个面面相觑:"难道是取走了?"

"取走了?这么说劫匪应该知道我已经报警了,那点点……"想到点点,陈权狂叫一声,转身就向山下奔去,一头钻进汽车,一旁的梁昊也跟着扑进了车,汽车随即发动……

车子在山路上开着,突然,梁昊惊叫起来:"点点?"

陈权听到这一声喊后身子猛地一颤,一脚刹车,车子"嘎"的一声停住了,只见前面的路中间果然趴着一条小狗!

陈权跳下车,向着那狗扑去,突然,他僵住了,他看到那狗浑身是伤,皮开肉绽,原本雪白的毛染满鲜血,面目全非,自然,点点早已停止了呼吸!陈权看到点点的惨状,悲痛万分,他颤抖着手掏出手机,按下劫匪的号码,可是,手机早已关了。陈权头上青筋暴起,大骂一声"王八蛋",一

一条贵宾犬

挥胳膊,手中的手机像流星一样被甩了出去……

那手机在空中划出了一条弧线,突然,一个黑影凌空跃起,接住了手机,稳稳地落在地上。金明和众人也赶到了,此刻已是清晨,山上虽有淡淡的雾气,但眼前的情景看得十分清晰:路边站着一个耍猴人,凌空而起接住手机的正是他带的猴子!

耍猴人把手机还给陈权,但要陈权"意思意思",梁昊掏出十块钱递过去,耍猴人一看就不开心了:"十块?这也太少了吧?昨天晚上我的猴子给人家捡个包包就得了五百块,你们是开车的大老板,咋也得给一千吧?"

金明一听,立刻眼前一亮:"你说什么?昨天晚上是怎么回事儿?"

耍猴人一笑:"我凭啥告诉你呀?你也给钱?"金明掏出证件:"我们是警察,在调查一起绑架勒索案,你必须配合!"

耍猴人立时慌了,吞吞吐吐地讲了事情的经过:昨天他在一个小村耍完猴,一个小伙子见猴子会取东西,就把他请到家里,好酒好菜招待了一番。小伙子说他妈年轻时有个青梅竹马的男友,可家里不同意,没有成亲。婚后他妈又和那人暗中来往,让他爸捉住,他妈就自杀了,他爸没把他妈的骨灰埋进祖上的墓地,却把它装进一个红包包里扔进了山洞,不许任何人往回取。他爸前些日子也故世了,他打算把他妈的骨灰取回来重新安葬,可法师说必须要在半夜由有灵性的猴子取回,他妈的魂才能真正安生,否则取回来也无用。小伙子请求耍猴人用猴子帮他取骨灰,并答应给他五百块钱。耍猴人同意了,于是小伙子把他领到一个洞口,那个红包包就扔在洞中的一块大石头上。那山洞还有一个秘密出口,小伙子让耍猴人训练猴子从那秘密出口进出山洞。到了半夜,他们放出猴子,把包包取了出来。

金明恍然大悟："怪不得打电话的那人要强调把钱放在红背包里，怪不得我们的人守在洞外却一无所获！"

金明让耍猴人带他们去找那个神秘的小伙子，警察迅速赶到十几里外的那个小山村，抓获了那个叫吴冰的年轻人，并在他家找到了那个红背包，背包里面那一百万人民币丝毫未动。年轻人见这么多警察突然上门，吓呆了："警察同志，是梁义撺掇我这么干的呀！"梁昊顿时愣住了："梁义？"

梁义很快被带到公安局，面对人证、物证，他终于低下头，说出了经过。

那天，哥哥梁昊带着价值上百万的点点回来，梁义动心了，他决定绑架贵宾犬勒索陈权这个大老板。他半路袭击了梁昊，抢走了点点，然后又找到同学吴冰，由他出面索要赎金。偏巧吴冰村里来了个耍猴的，头脑机灵的吴冰便利用猴子，轻而易举地盗走了陈权的百万赎金，而吴冰当天因故没参加梁义的婚礼，梁义又有意隐瞒了他，所以警方排查时漏掉了吴冰。

金明目光似剑，直逼梁义："钱已经到手，为什么还要杀死点点？"

"我……"梁义一愣，"谁让他报警了……"

金明冷笑一声，说："陈权虽然报了警，可你并没露出蛛丝马迹，拿到钱后杀了点点，不是多此一举就是另有原因。从你精心策划这起绑架案来看，你绝不会做画蛇添足的事儿，那就是你隐瞒了什么！"

梁义浑身一抖，强作镇定地申辩着："我没有隐瞒，点点是我杀的！"

金明随即盘问杀狗的时间、地点、具体细节，梁义张口结舌，突然，金明又大声喝问："你是用什么杀的？"

梁义颤抖着说："刀……那狗不听话，还要咬我……我一生气，就用刀杀了它……"

"胡说!"金明一拍桌子,"我们已经检查鉴定过了,点点身上根本就没有刀伤,它是被咬断了脖子死的!不要隐瞒了,到底是怎么回事,说!"

"队长!"突然,门被撞开了,梁昊神色慌乱地冲了进来,"放了我弟弟吧,这案子是我一手策划的,和他无关!"梁义声泪俱下:"不,大哥,是我对不起你!"

金明神色严峻地要梁昊如实说出事情的真相,梁昊擦了擦眼睛,说起了事情的来龙去脉——

梁义结婚那天,梁昊带着点点回去贺喜,其实就是为了装面子,可他忘了,在庄稼人眼里,地位再高的狗也是狗,看着点点不食人间烟火的样儿,新娘子感慨地说:"咱乡下人活得还不如这条狗呢!"谁知点点以为新娘子是朝自己发火,就猛地扑向她,可还没等点点扑到跟前,梁家的那条大狗却以迅雷不及掩耳之势一口咬住了它的脖子。等众人拼命弄开大狗时,点点已经气绝身亡。梁家根本赔不起那狗,而且这事又没外人看见,于是便决定冒险使个苦肉计,由梁义安排制造梁昊被劫的假象,然后用梁昊的手机勒索陈权,最后借口赎金支付不及时"杀死"点点,从而免除赔偿之责。

如果事情仅仅到此为止,后果还不算太严重,麻烦的是梁义见陈权那么痛快就答应给一百万,动了歪念,偷偷联系了吴冰,想神不知鬼不觉地把钱弄到手,没想到还是暴露了。

金明听到这里,心中还有一个未解之谜,他问道:"你拿到钱后为什么还要把死狗送到路上?"

"我怕陈权见不到狗会怀疑我哥,更怕他折腾我哥去找狗,所以就让吴冰把死狗送回路上……"

梁昊一声长叹:"正是送回去的这死狗让这个案子破了!"

金明板着脸说:"住嘴,事到如今,你们竟然还执迷不悟!你们兄弟俩,一个贪恋虚荣,一个贪恋钱财,等待你们的,将是法律的惩罚!"

兄弟俩被带了出去,金明感慨地叹息道:"人呐……"

案子破了,陈权带着一种说不出的压抑感回到了家,刚刚坐下,院门一开,洪霞的车开了进来,陈权硬着头皮迎出去:"你这几天干什么去了,手机也不开,急死我了!"

洪霞一边下车一边唠叨着:"我参加同学聚会了,全体同学都参加了,大家约好这几天关掉一切联络工具,不打电话不上网,重新体会一下当年上学的感觉,真的很不错哟……你怎么了?出什么事儿了?脸色这么差。"陈权只好实话实说:"老婆,我对不起你,点点出事儿了……你一定要坚持住……"

正说着,一条雪白的小狗突然从车里跳了下来,啊,竟然是点点!

陈权大惊失色:"点点?它……这是……"

"这是点点呀,它刚才在车里睡着了。"洪霞弯腰把点点抱在了怀里,"其实点点一直都跟在我身边,我怎么可能把自己的心肝宝贝轻易就交给别人呢!幸亏我没把点点给他们,否则……"

"那,你给梁昊的那是……"

"那是点点的替身,我在普通狗市上买的,还不到一百块钱。"洪霞说着,抱着点点进了别墅。

"原来是这样!"陈权呆呆地站在那儿,不知是该哭还是该笑……

(陈　婧)

(题图:谢　颖)

虚拟谋杀

最近,导演维克多遇到了大麻烦:他导演的电影《天长地久》还没开机,饰演主角的大牌女星就辞演了。维克多心急如焚,四处寻找合适的女演员,但有点名气的女演员都不愿意出演,而不出名的女演员,投资方又不同意……

这天,维克多走出片场,一个年轻人喊住维克多,问:"你想不想要一个演技高超、容貌超群,而且不需要片酬的女演员?"

维克多一听,不禁停住了脚步,年轻人赶紧递上一个本子,维克多接过一看,原来是一本美女写真集,里面是一个绝色美女,真是超凡脱俗,维克多一口气翻完,很感兴趣,问:"她是谁?"

年轻人得意地说:"她叫西蒙妮,是我的女儿!"

维克多惊讶地打量着年轻人,他的年龄不会超过二十岁,但这女孩至少十八岁……

年轻人笑了笑,带着维克多来到郊外一间废弃的仓库,里面摆着几台大型计算机,年轻人说:"我叫大卫,西蒙妮是我用电脑设计出来的最完美的女人!"

维克多这才明白自己遇上了一个电脑天才,但电脑制作的人物怎么能拍电影呢?他不禁连连摇头。

大卫自信满满地说:"你放心,我有非常高超的电脑技术,可以做到天衣无缝,让别人看不出西蒙妮的一丝破绽……"

维克多看着电脑里与真人别无二致的西蒙妮,终于动了心,再加上一直找不到合适的女演员,他决定孤注一掷,抛开投资方,变卖所有家产,请来男主角与配角,拍完了电影《天长地久》的所有镜头,然后与大卫一起,在那间仓库没日没夜地工作,将西蒙妮加到电影画面中。大卫不愧是电脑天才,真的将西蒙妮完美地融入到电影中,每一个表情、每一个动作,都能按照维克多的要求来完成。

《天长地久》终于上映了,取得了极大成功,没有任何人看出西蒙妮是电脑合成的。因为大卫的技术实在太高超了,西蒙妮很快成为一名巨星,每家报社都在打探西蒙妮的消息,排着队请求采访西蒙妮,但维克多对外宣布,西蒙妮谢绝一切采访。

接着,很多广告商来请西蒙妮当代言人。维克多一口气接下了很多化妆品、汽车、房地产的代言广告,由大卫制作出西蒙妮代言广告的镜头,这些钱全部都落入他们的口袋,维克多很快成为亿万富豪……

维克多悄悄花重金在南美洲的一个岛国为西蒙妮办理了一个护照,又以西蒙妮的名义购买一栋别墅,让西蒙妮有了一个身份。

横空出世的西蒙妮让娱乐记者皮雷极为关注。这天晚上,皮雷用重金买通别墅外的保安，悄悄潜入西蒙妮的别墅后院，透过窗帘，他看到维克多与西蒙妮在紧紧拥抱，皮雷兴奋地举起相机拍了起来，第二天，"西蒙妮幽会维克多"成为报纸的头条新闻……

全球娱乐界迅速兴起了西蒙妮热潮，追星族疯狂地迷恋着神秘的西蒙妮，请她代言的广告也越来越多。这时，大卫的胃口也越来越大，他把维克多当成了提款机，一会儿要一艘游艇，一会儿又要百万美金，还多次威胁维克多，要将西蒙妮的真相抖出去。

更让维克多担心的是，狗仔队跟踪西蒙妮的热情越来越高，尤其是那个皮雷，有一次竟然拦住维克多，掏出几张纸头，说："这是我搜集的你在银行的存款证明，我怀疑你克扣西蒙妮的片酬和广告费。你把她藏起来，到底是为了她？还是为了你的贪欲？"

维克多一咬牙，开始策划自己的行动……

这天深夜，大卫正在开车，看到前方有一块大石头，赶紧把车子停下来，正要搬开石头，维克多突然举着一把手枪走出来，冷冷地说："从今以后，知道西蒙妮真相的，不会有第二个人了！"大卫冷笑一声，说："你不敢杀我的，没有我，就没有西蒙妮……"

维克多突然抡起手枪，一下将大卫砸晕过去，冷笑着说："西蒙妮功成名就，早就应该退出娱乐圈了……"接着，他把大卫搬到驾驶座上，撬开大卫的嘴巴，给大卫灌下好几杯红酒，然后发动大卫的轿车，目送这辆轿车载着大卫，径直冲下悬崖……

第二天，报上刊载了大卫酗酒后驾车、坠崖身亡的消息，没有人对这个默默无闻小人物的死亡有兴趣，只有维克多看着报纸的报道，得意地哈哈大笑。这个计划太圆满了，接下来，他要执行计划的另外一半，这个计划完成后，他将心安理得地享用无尽的财富，不会受到丝毫干扰。

这天晚上，维克多将大卫制作的西蒙妮的所有资料，全部装进一个大箱子里，带到一条游艇上，他开着这艘游艇驶到公海，将这口大箱子沉入海底……没过多久，几乎所有的电台、电视台和报纸都报道了一个令人震惊的消息：影视巨星西蒙妮在非洲救济难民时，不幸感染了病毒性流感，突然去世……

维克多选择一处昂贵的私家墓园，为西蒙妮举行隆重的葬礼，好几家电视台来进行实况转播，一脸悲痛的维克多向人们讲述西蒙妮染病和治疗的过程，在他沉痛的讲述中，无数影迷流下了伤心的泪水。在低徊的音乐声中，西蒙妮的棺材被缓缓放入墓穴。突然，皮雷领着一队警察赶到现场，皮雷指着维克多，愤怒地说："就是这个伪君子，他私吞了西蒙妮的所有片酬和广告费，为了占有这些巨额财富，他亲手害死了西蒙妮……"

听了这些话，维克多愤怒了，他咆哮着，指责皮雷无中生有，诬人清白。这时，为首的警官亮出搜查证，命令打开盛殓西蒙妮的棺材，棺材被缓缓打开，在场的所有人全都惊呼起来：棺材里空空如也，根本没有西蒙妮的尸体。

在现场直播的镜头前，维克多低下了头，皮雷一把揪住他，吼道："快说，你把西蒙妮怎么了？你把她藏在哪里？"

皮雷这一吼，维克多反倒冷静下来：看来皮雷和警察根本不知底细，更不知道大卫的死亡与这件事的关联。于是，他一把推开皮雷，镇定地说："好吧，既然到了这个地步，我不得不告诉大家，西蒙妮是不存在的，现实世界中根本没有这个人！她是我用电脑合成技术设计出来的一个虚拟人，你们可以问问这个世界上的任何一个影迷，可有谁见过西蒙妮？没有，不可能有人见过她！我为了让她退出影视圈，就虚拟了她的死亡，其实，我只是删除了关于她的所有电脑资料……"

皮雷根本不吃维克多这一套，他亮出一沓照片，说："你这个骗子，休想这样蒙混过关。"他扬了扬手中的照片，又说，"这是我拍到的你开着游艇出海的照片，那天晚上，你拖着一口大箱子上了游艇，把游艇开到了公海。你说，那口大箱子里，是不是西蒙妮的尸体？"

维克多大声嚷道："没有什么西蒙妮的尸体！那口箱子里装的是与西蒙妮有关的电脑资料，我把它们扔进了大海。如果不信，你们可以派潜水人员去打捞，只要搜到那口箱子，就能证明我所说的一切……"

这时，带队的警官面无表情地回答维克多："我们已经从那片海域捞起了那口箱子，里面空空的，什么都没有。因为那一带经常有鲨鱼出没，我们怀疑箱子里的尸体遭到了鲨鱼吞食！"

维克多急了，喊道："我说的全是真的，你们不能这样诬陷我！"

带队的警察冷笑一声："诬陷？我们已经进行了充分的调查，西蒙妮有详细的国籍和身份证明，她还购买了一栋豪华别墅，怎么可能是一个电脑合成出来的人？而本该属于西蒙妮的钱，却全部在你的账户上！现在，我们以谋杀罪名逮捕你，你唯一能证明自己无罪的办法，就是找到西蒙妮不是真人的证据，否则，你一定会被判有罪！"

这位警察说完，给维克多戴上了手铐，把他押上了警车。

维克多耷拉着头，陷入了无尽的恐慌和绝望。因为，能证明西蒙妮真相的，除了大卫，就是那些电脑资料，但这一切，都被他亲手毁灭了……

(改编：华登喜)
(题图：佐　夫)

魔鬼的儿子

离圣诞节只有三天了,在美国西部一个小镇上,艾维尔先生一家四口正忙着准备过节。

这天早晨,艾维尔夫人来到三岁的小儿子尼克的卧室门口,一边叫儿子起床,一边打开房门。突然,艾维尔夫人尖叫了起来,艾维尔先生闻声赶来一看,只见屋子里的东西摆得整整齐齐,连床铺都叠好了,但尼克却不见了,在卧室地板中央,赫然放着一只被截去了翅膀和腿脚的火鸡!艾维尔先生惊呆了,他喃喃自语道:"魔鬼,是魔鬼又带走了尼克!"

警长罗格听到消息,很快赶到了艾维尔家,一看现场,罗格也惊出了一身冷汗:四年前,艾维尔夫妇十二岁的大儿子杰克失踪了,时间也是在圣诞前三天的早上,失踪地点就是这间屋子,地上也放着这样一只没有翅膀和腿脚的火鸡!为了寻找杰克,罗格警长动员了全城的力量,但始终没有杰克一丝的踪迹。

这件事在镇上引起了巨大的恐慌,有人传说:艾维尔家的那所房子有问题,原址是一个乱葬岗,肯定是魔鬼带走了杰克。艾维尔夫妇一度想搬家,但是家里一贫如洗,根本拿不出钱来买新房,旧房子又卖不掉,只好凑合着住下去。谁知过了四年,小儿子尼克又丢了!

罗格仔细勘查了现场,在二楼窗户边的墙壁上,他发现了一道轻轻的划痕。罗格跑到楼下,发现对应着划痕的地方,有一个浅浅的小坑。罗格点了点头,对艾维尔夫妇说:"不用害怕,带走尼克的不是魔鬼,而是一个人,如果我没估计错的话,他应该是顺着一根长杆爬进窗户,然后又带着尼克从窗户逃走了。"

艾维尔先生迷惑地看着罗格:"您说的这个人,跟四年前抢走杰克的是同一个人吗?"

罗格摇了摇头:"不是的,四年前,杰克的失踪更为蹊跷,我当时根本就没找到任何使用工具的痕迹。"

艾维尔先生一脸的失望:"您不觉得奇怪吗?两个不一样的贼,却都要来偷我的儿子,而且还设置了几乎相同的现场!正常的贼会这样做吗?只有魔鬼才有这样的怪癖!"

对于艾维尔先生的质疑,罗格也想不出头绪来,现场也找不出其他的蛛丝马迹。

第二天,罗格正对着桌子上的案卷发愣,电话突然响了起来,罗格接起电话,话筒里传来了艾维尔先生惊恐的声音:"罗格警长,请您快来,我的女儿凯瑟琳像被魔鬼附身一样!"

罗格吃了一惊,立刻赶到了艾维尔家,只见凯瑟琳正坐在尼克房间的窗台上,眼睛呆呆地看着远方,嘴里一遍又一遍地念叨:"杰克、尼克,他们都是魔鬼的儿子,他们都是魔鬼的儿子……"

艾维尔夫人的嗓子都要哭哑了,她站在窗户下面,伸着双手,哀求着:"凯瑟琳,求求你,不要这样,不要这样啊……"

罗格仔细观察着凯瑟琳,突然,他拍了一下脑袋,让手下赶紧请个心理医生过来。艾维尔先生疑惑地问道:"警长,我女儿是被魔鬼迷惑住了,心理医生怎么能治得了?"

罗格摇了摇头,告诉艾维尔:凯瑟琳的眼神发直,说话动作非常僵硬,应该是被人催眠了,只有心理医生才能解除这种状态。

很快,心理医生赶来了,在对凯瑟琳进行了一些治疗后,便使她摆脱了催眠状态。凯瑟琳回忆起昨天晚上,她半夜突然醒了,看见杰克和尼克站在床头,杰克大概有半米高,尼克只有一个巴掌大,兄弟俩告诉凯瑟琳,他们都是魔鬼的儿子,让她天亮后把这个消息告诉大家。

艾维尔先生一听,觉得太荒唐了,杰克失踪时已经十二岁了,四年之后,怎么会变得只有半米高?至于尼克,那就更不可能了,谁见过巴掌大小的三岁孩子?这不是魔鬼作怪,还能有什么解释?还有,连他们都自称是魔鬼的孩子,这足以证明他们就是被魔鬼抢走了!

罗格却笑了笑,拍了拍艾维尔先生的肩膀,说:"四年前,我没能找回您的大儿子杰克,这次,我不会再失手了,请您相信我,这件事跟魔鬼没有任何关系。"

很快到了平安夜傍晚,整个小镇都沉浸在流光溢彩中。这时,在通往镇外的公路上,一辆马戏团的大篷车缓缓驶着,到了镇口,突然停住了。原来罗格带着十几个荷枪实弹的警察,正站在马路中间,冲着车上微笑。

马戏团老板下了车,赔着笑脸来到罗格跟前,点头哈腰地请罗格让开,他们要赶往下一个小镇演出。

罗格笑着说:"可以啊,今天我特意去看了你们的表演,太精彩了!尤其是你们的小丑先生,给我们带来了太多的欢笑,我想请他给我签个名,可以吗?"

马戏团老板答应了,他朝车上喊道:"小丑先生,罗格警官想要你的签名,麻烦你出来一下。"

车上有人应了一声,不一会儿,一个还没卸装的小丑跳了下来,他掏出一支笔,在纸上草草签了一个名,递给了罗格。罗格伸手接过签名,手腕顺势一翻,一下抓住了小丑的手腕。

小丑吃了一惊,使劲往后抽手腕,却没有抽出去。罗格哈哈一笑,说:"小丑先生,如果我没有猜错,尼克就在你们车上,对不对?"

马戏团老板惊呆了:"警官先生,您错怪他了,别看他打扮得很苍老,他其实只是个大孩子,拐卖人口的事他是不会干的!"

罗格摇摇头,说:"这个作案的人本事很大,他会顺着细长的杆子爬上窗台,会简单的催眠术,而且还会制作提线木偶,我猜这很有可能是你们马戏团里的人。今天我看了你们的演出,发现在你们团里,什么都会,却又什么也不算精通的角色,只有一个,那就是小丑!老板,你去翻翻小丑先生的东西,应该能找到尼克。"

马戏团老板一听,连忙让人到车上去找,不一会儿,有人搬着小丑放服装的竹筐走了过来,掀开上面的几件衣服,下面是睡得正香的尼克!

马戏团老板慌了神,他正要冲小丑发火,小丑却先说话了:"我承认,尼克是我拐走的,这件事跟马戏团没关系,我认罪,法庭怎么处罚我都行,请放了我的伙伴们!"

罗格哈哈一笑："拐卖儿童的罪可不轻啊，不过，好在你带走的是你的弟弟，对不对，杰克？"现场的人一听，都呆住了，小丑更是身子一颤，一句话也说不出来了。

罗格告诉大家：四年前，谁也没想过杰克是离家出走的。这次尼克失踪，相似的现场让他猛然醒悟：能对艾维尔家里如此熟悉的人，应该就是杰克！至于那两只血淋淋的火鸡，是杰克想告诉艾维尔夫妇，自己不想当火鸡，也不希望自己的弟弟当火鸡！而凯瑟琳被催眠后说的话更让罗格坚信，拐走尼克的是杰克，因为那个魔鬼，指的正是艾维尔夫妇！

听到这里，小丑点了点头，咬牙切齿地说："你们知道吗？我出生的原因是因为爸爸妈妈要用我的鲜血，来救患有白血病的姐姐凯瑟琳！对他们来说，我就是一只任人宰割的火鸡，不断地抽血也就算了，四年前，他们居然要我的骨髓和一只肾脏，这太过分了！所以我就逃走了，跟着马戏团四处流浪。这次回家乡演出，我发现他们居然又生了一个小弟弟，我不忍心看他像我一样被他们折磨，所以才会带他走。"

罗格听了小丑的话，叹了口气，告诉他，自打他失踪以后，艾维尔夫妇悔恨交加，在想方设法都找不到他的情况下，就从孤儿院里收养了尼克，用来寄托对他的思念。所以尼克并不是他的亲弟弟，也没有被艾维尔夫妇当成"火鸡"。

杰克还是不相信："如果没有新鲜血液的补充和成功的骨髓肾脏移植，姐姐根本就活不到今天！"

罗格笑了，从怀里掏出一本证书，递给杰克，杰克打开一看，是一本捐献证书，上面写着：罗格为凯瑟琳捐出了一只肾脏和200毫升造血干细胞！

杰克呆住了，罗格摸摸他的头，说："杰克，我理解你当初出走时的心情，但你这次带走尼克，是个彻头彻尾的错误，你伤害了一直思念你、寻找你的父母和姐姐，也伤害了你这个无辜的小弟弟！"

听到这儿，杰克已经泣不成声了，他跪在罗格跟前，伸出双手，让罗格逮捕自己。

罗格长出了一口气，他轻轻擦去杰克脸上厚厚的油彩，然后变戏法似的掏出一打小红帽，给马戏团的成员一人一顶，顿时，现场出现了一大群圣诞老人。罗格搀起杰克，马戏团老板抱起尼克，一群人调转车头，朝艾维尔家的方向驶去。

(邢　东)
(题图：佐　夫)

君子协定

卡特和妻子雪莉自己开车去海滨度假,因为路上汽车出了故障,所以到旅店时已经是半夜时分了。

第二天一早,卡特看雪莉睡得正香,自己就悄悄起了床,把车子送到附近的修车点去,打算好好修整一下,免得开起来再出什么麻烦,扫了玩兴。

尽管卡特想得周到,但麻烦还是找上门来了。

什么麻烦?卡特从修车点返回旅店,发现雪莉不见了踪影。开始,他还以为雪莉是去楼下餐厅用早餐了,可是等啊等啊总不见她回来。卡特猜想她可能是自个儿出去玩了，雪莉平时主意就大得很，什么事都非得听她的，常常闹得卡特很没趣。这次度假也是，本来卡特是不想来的，公司里正忙，可雪莉非要来，而且还不能耽误一天的行程。卡特心里嘀咕着，为了消磨时间等她，就拿起桌上的报纸浏览起来。

一沓报纸翻完，还是不见雪莉的人影，卡特不禁有点奇怪，她到什么地方去了呢？朝房间角角落落一看，发现放在床头柜旁边的衣箱不见了。卡特知道衣箱里有雪莉平时最喜欢佩戴的那些首饰，其中光一个胸针就花去了卡特将近一年的工资。雪莉平时特别重视这些首饰，昨天服务生帮着提行李的时候，她走在旁边寸步不离。现在衣箱没有了，难道是出了什么事儿？

可再想想，也没有这种可能啊，一路上他们从没在外人面前打开过箱子。看样子一定还是雪莉自己到什么地方去玩了。想到这里，卡特又拿起报纸继续浏览起来，还让服务生送了一份咖啡和点心，在房间里继续等着雪莉回来。

可是不对啊，一直等到中午，卡特还是没有把雪莉等来，他下楼到餐厅转了一圈，也没见雪莉的影子，于是便径直来到底楼大堂总服务台。

当班服务生就是昨夜接待他们入住的那位，从他挂着的胸牌上，卡特知道他的名字叫亚克。卡特就上去问："对不起，亚克先生，你可曾见过我太太？"

亚克十分惊讶："你太太？"他翻开登记簿一查，"你不就是昨夜登记入住的卡特先生吗？当时明明只登记了你一个人呀！"

卡特不由感到好笑："是只登记了我一个人，可我太太是和我一块儿来的呀，奇怪的是她现在不见了。"

"卡特先生，你有没有搞错？"亚克一脸正色道，"我清清楚楚地记得,你就是一个人来的呀!"

卡特发现亚克说这话的时候不像是开玩笑,就有点生气了:"你这不是成心在对我说瞎话吗?"

亚克看卡特气呼呼的样子,也不和他争,回头招呼一声:"里森,来一下!"

立即,过来一个小伙子,问:"什么事?"卡特一看,正是昨夜帮他们提行李去房间的那个服务生。

亚克指着卡特说:"这位先生说他是和太太一起来的,当时是你帮他提行李上楼的,你说,他太太到底来了没有?"

谁知里森的表情也显得十分惊讶:"没错,是我帮他拿了行李带他上的楼,我记得来的就他一个人呀,没有什么夫人。怎么啦,难道出什么事啦?"

卡特一听这个服务生也这么说,就觉得事情有点蹊跷。心里不由紧张起来:看来,雪莉是遇到麻烦了。他不得不急切地对里森说:"对不起,你再仔细想想,我太太戴着一顶红帽子,个子不高,瘦瘦的……"

可是里森仍然十分肯定地回答他说:"我绝对不会记错,先生,来的就你一个人!"

咦,事情怎么会是这样?卡特决定立即回客房,打电话报警。

就在卡特前脚刚踏进客房门的时候,有个小伙子悄悄跟在他后面走了进来,进门就自我介绍说:"卡特先生,我叫博尔,是这家旅店的服务生,你们刚才在服务台的对话我都听到了,也许我能帮你点什么。不过,你说的都是实话吗?"

卡特两手一摊,委屈地说:"你看我像是不正常的人吗?博尔先生,你能告诉我这到底是怎么回事吗?"

博尔转动着眼珠子,说:"我也觉得这事有点蹊跷。不瞒你说,其实大堂总服务台的亚克和帮你们提行李的里森,他们是兄弟俩,这个旅店时常发生顾客失窃的事,大家背地里都怀疑是这兄弟俩干的,可就是没有确凿的证据。"

博尔一边说着话,一边就像个侦探似的在客房里仔细搜寻起来。他转了一圈,还真发现了一个疑点:房间里大床两边的两个床头柜上,应该各放一只烟灰缸,而现在右边床头柜上的那只还在,而左边的却没有了。

博尔问:"卡特先生,昨晚你太太是睡在床左边的吗?"

卡特点点头。

"你太太抽烟吗?"

"从来不抽。"

"你太太有没有随手带走别人东西的习惯呢?"

"没有啊!"卡特回答说,"她绝对没有随便拿走别人东西的习惯。再说了,这种烟灰缸又不是女人喜欢的东西,她拿了有什么用?"

"说的也是。"博尔点点头,沉思着说,"卡特先生,你想过没有,会不会是图财害命,他们已经对你太太下手了?"

这当然是卡特最不愿想的事,可现在他不得不作这样的思想准备了。看来,只有报警!卡特随手拿起了电话。

谁知博尔抢先一步上来按住了他的手:"容我冒昧地问一句,卡特先生,你爱你的太太吗?"卡特一时有点语塞:"我们……我们关系不错啊……"

其实卡特和雪莉的夫妻关系并不好,或者说是很一般。就是因为雪莉太要强,卡特觉得和这种女人过日子很没滋味,卡特喜欢那种温柔听话的女人，只是碍于雪莉父亲曾经是自己的老师，才勉强维持着这段婚姻。

博尔狡黠地笑了，说："看得出来，你和你太太的关系很一般，一个突然发现太太失踪了的丈夫，应该早就不知急成什么样子了。不过既然是这样，就是警察来了，抓到了真正的凶手，又能怎么样？你能得到什么呢？在这个世界上，我们最需要的不就是这个吗？"博尔说着，做了一个捻钱的动作。

卡特有些不解："你的意思是……"

"我们来个君子协定如何？你想，假如你太太真的被他们谋财害死的话，那么现在一定被藏在旅店的某个角落里，因为他们不会在白天把你太太的尸体运出去。当然，我们找是很难找到的，因为他们会藏得很隐蔽，我们只有趁他们夜里行动的时候出手，这样人赃俱获，他们就不得不花钱来消灾。你说是不是？"

博尔的这番话让卡特听得心惊肉跳，不过冷静下来想想，反正人也死了，她父亲又能把自己怎么样？

他问博尔："你打算要多少？"

"最少也得要二十万，咱们两个二一添作五，一人拿十万，怎么样？"

卡特尽管心里觉得博尔心狠手辣，可这种人得罪不得，只好点头："那就听你的吧。"

这天夜深人静时，卡特按博尔的吩咐，躲进了旅店里一个放清扫工具的小房间，这是博尔认为亚克和里森最可能藏赃物的地方。而博尔自己则悄悄藏在大厅的一个隐蔽处，如果亚克和里森直接从这里把卡特太太的尸体运出去的话，是逃不过他眼睛的。

博尔的判断确实有道理，卡特悄悄藏进工具间没多久，果然里森就推着一辆手推车进来了，手推车上放着一只大箱子，大箱子上面还有一只衣箱，卡特一看，正是雪莉的衣箱。"啊！"卡特再怎么有思想准备，还是忍不住惊叫起来。

里森吓了一跳，转身就要逃，被卡特一把拉了回来。得问他们要钱呀！卡特十分肯定地对里森说："如果我没猜错的话，你这箱子里放着一个人。"

里森一听，立刻惊慌失措起来："你……你已经猜到了？那我也不瞒你。我叫我哥来！"

卡特嫌这个工具间坐不能坐，站不能站的，就让里森把车推到自己的客房，打电话叫亚克上来。在等亚克上来的时候，卡特也没让里森闲着，让他老老实实先把他们干下的事情说出来。原来里森昨夜帮他们提行李上楼到客房的一路上，就发现雪莉对那个衣箱特别在意，他当时就断定这里面一定有十分贵重的东西。下楼后，他把这个信息悄悄跟亚克一说，他们就准备对夫妇俩下手。谁料还没想出个动手方案来，卡特一早就出门修车去了，他们觉得事不宜迟，是个下手的好机会，便由里森悄悄潜入客房，用床头柜上的烟灰缸砸死了雪莉，而后把雪莉的尸体连同那个衣箱一起劫走了。正如博尔预料的那样，他们白天自然不敢轻举妄动，于是就准备在晚上再进一步行动……

里森说到这里时，亚克进来了，朝房间里四下一扫，眨眨眼睛说："你们这是怎么回事？对了，事情一定是这样的。你，卡特先生，打电话到服务台，是我接的电话，说是要让里森送一口大箱子到你房间去，可是里森按你的要求把箱子送来之后不久，你又打电话要他把箱子拿走。就在这当儿，里森看到了箱子上的血迹。"亚克说到这里，把雪莉的那只衣箱翻过来，上面果然有一片发黑的血迹。

亚克继续煞有介事地说："里森想起你曾无理取闹过，明明是一个人来的，却硬要说一起来的太太失踪了，于是就打电话叫我上来处理这事，我现在就上来了。怎么样，卡特先生，我说得没错吧？你为什么一会儿要箱子，一会儿又不要了呢？是不是这箱子里有名堂？要不要让我们现在把箱子打开看看，还是直接叫警察来？"

卡特没想到亚克竟会玩出这种花样，不由得火冒三丈："你怎么能这样诬陷我，要知道里森把什么都告诉我了。"

"什么？"亚克狠狠瞪了里森一眼，对卡特说，"告诉你了又怎么样？卡特先生，你能拿出什么证据来呢？要知道你只有一张嘴，我们可有两张啊！"

卡特气得不知该说什么，这时他想起博尔来了，这个该死的家伙，如果他现在在这儿有多好，现在只好自己一个人来对付他们两个了。卡特大声对亚克说："警察不会光听你们的说辞，这里到处都有里森的指纹，相信这箱子上也一定会有你的指纹，这你怎么向警方解释？"

亚克怔了一下，说："啊，多谢你的提醒，这指纹倒的确是个问题。不过如果里森和我确实需要坐牢的话，我们会让你陪着我们，因为我们可以说是你雇用我们杀死你太太的。从你们进门登记的那一刻，我就看出你们夫妻之间并不恩爱。关于你们并不恩爱的旁证，我想平时一定很多。"

卡特几乎要被亚克的这些话击倒了，但他还想作最后的努力："我想找一个人。"

"谁？"

"博尔。你们旅店里不是有个叫博尔的服务生吗？"

"哈哈哈哈！"亚克和里森忽然都放声大笑起来。里森突然把那口大箱子打了开来:"卡特先生,你可以看一看这是谁?"

大箱子里装着的是博尔,他已经死了。

这是卡特万万没有想到的,他原先一直以为这个箱子里装的是他的太太雪莉,不由脱口问道:"那我的太太呢?"

"你太太还在我们原先藏着的那个地方。"亚克说,"刚才,我正要把她放进箱子里让里森先推到工具间去,没想到博尔这家伙突然跳出来想勒索我,开口就是一百万。这家伙心也太黑了,我只好又砸破了一个烟灰缸。"亚克说到这里叹了口气,"看来,我得费些脑筋,为博尔的死编个堂皇的理由了。卡特先生,我们都是明智的人,为什么非要给自己找麻烦呢?我们何不达成一个君子协定呢?"

又是一个君子协定!卡特睁大了眼睛:"你这话是什么意思?"

"如果你不报案,你可以得到五十万,而且你明天就可以拿到这笔钱。怎么样?"

没想到事情会这样结束!毕竟夫妻一场,卡特对雪莉的死总还是有点悲伤,但一想到明天将会得到的那笔巨款,卡特又不禁有些兴奋,折了夫人但赚了钱,不算亏。

可是,卡特的如意算盘没打好,亚克、里森和他的君子协定也落了空。因为没等到天亮,旅店就被警方包围了,是住在隔壁客房的旅客报的案,他们在房间里的对话都被他听到了。

(改编:赵 颖、孙洪鹏)
(题图:箭 中)

一房多主

房主登门

锦绣园小区九号楼502室，住着一对小夫妻，男的叫王松，女的叫刘梅。王松为了娶刘梅，辛辛苦苦，省吃俭用才买了套二手房。刘梅觉得这两房一厅的二手房，虽说不上高档豪华，却两房南向，环境安逸，实用舒适。

这天，刘梅正在家里午休，突然"砰砰砰"有人用力敲门。刘梅厌烦地皱起眉头：是谁这么粗鲁？打开门一看，只见门前站着一老一小两个陌生人，老的六十多岁，小的十岁左右。刘梅挡在门前，冷着脸问："你们找谁？"

不料,老头对打扰别人一点没感到不好意思,反而理直气壮地问这是九号楼502室吗?当他听刘梅说是时,老头竟然一脸惊异地质问道:"你是谁?谁让你住在这里的?"

刘梅觉着可笑,不屑地说:"这是我的房子,我当然住这里,你们有事吗?没事我关门了。"说罢,就要关门。老头上前一步,伸手拽住门,说:"不对啊,这明明是我的房子,怎么成你的了?你有房产证吗?拿给我看看。"

简直是无理取闹!刘梅气恼地大声说道:"莫名其妙,我当然有房产证,但凭什么拿给你看?你这老头是不是有病啊?"

不料老头却说:"你肯定没有,这是我的房产证,你看看。"说着,老头从包里拿出一本房产证,交给刘梅。

刘梅狐疑地打开一看,房产证上写的还真是锦绣园小区九号楼502室,房主的名字叫董海涛。刘梅越看越感到诧异,她看了一眼老头,问:"董海涛就是你吗?"老头一指小孩,说:"这孩子叫董海涛,我是他的姥爷。"

刘梅看了老头的房产证,心中惊惧交加,惊的是:这套房子是结婚时老公王松买的二手房,已经平平静静住了三年多,现在怎么突然冒出一个新房主!惧的是:如果老人的房产证是真的,那王松很可能被前房主给骗了,办的过户手续、房产证之类都是假的了。但她转念一想,不可能是假的呀,三年多来,王松月月都在还银行房贷,如果是假的,银行是不可能给贷款的。要么就是当年开发商一房多售,将一套房子卖给多位买主。但又一想,这种可能性也不大呀,因为这个小区建成都快十年了,要是有一房多卖的现象,怕是早就露馅了。

刘梅前前后后这么一想,坚信自己的房产证一定是真的,那么老头手里的肯定是假证。她仔细看了手里的房产证,终于发现了破绽,上面写的办证日期是2002年6月8号,而眼前这孩子顶多也就十一二岁,难道他刚出生就买下了这房子?于是,她不动声色地问道:"这房子是你们买的?"

老头说:"当然是买的。"

刘梅紧追不放:"花多少钱买的?有购房合同吗?"

老头顿时支吾起来:"花了……花了多少钱,我、我记不太清楚了,购房合同?要什么购房合同,房产证就足够证明这房子是我们的了。"

刘梅冷笑一声,举起房产证递到老头眼前,说:"这房产证可是十年前就办好了的,这十年你们干什么去了?为什么今天才跑来要房子?"

老头吞吞吐吐地说:"我……我们也是最近才拿到这房产证,这房子是孩子周岁生日时他爸买给他的礼物,后来因为一些原因一直没告诉他。"

刘梅问:"什么原因?"

老头张了张嘴,却欲言又止。

见老头被自己问得哑口无言,刘梅更断定这老头是拿着假房产证来骗人了。刘梅想,现在的骗局花样不断翻新,不知这老头要玩什么花样,就笑道:"大叔,你还真敢吹,还生日礼物呢,儿子周岁生日就送套房子,照你这么说,这孩子的爸爸肯定是大富豪了,你说说,他是干什么的呀?"

老头干咳了一声,皱着眉头说:"孩子爸是做小生意的。姑娘,这里面的原因没必要告诉你吧。但房子的的确确是我们的,我不管你是怎么住进来的,既然我们找来了,就请你马上搬走,否则,我就要报警了。"

此刻,刘梅已认定老头八成是骗子,当然不惧,说:"太好了,那你快报警吧。有电话吗?没有的话用我的。"说着,掏出自己的手机笑嘻嘻地递了过去。

老头顿时神色慌张，后退一步，缩着手不敢接手机。刘梅见状，更断定老头是骗子，就说："你不报？那还是我来报警吧。"说着，举起手机开始拨打110。老头吓坏了，慌忙双手直摇，嘴里连声说："姑娘，你别急啊，先别报警行不行？咱们再商量一下。"

刘梅脸一沉，说："行了，虽然我不知道你有什么企图，但你是骗不了我的，就别在这瞎耽误工夫了。"说完，把房产证往老头怀里一扔，"砰"关上了门。

老头还不死心，又在外面不停地敲门。刘梅火了，打开门怒道："你有完没完？"

老头赔着笑，恳求说："姑娘，这房子真的是我们的，你不能霸占不还啊。不信的话，你可以去房管局鉴定一下你的房产证，肯定是假的。"

"你的才是假的呢！"

刘梅气恼地拿起手机又要报警，老头这才悻悻地说了一句："过两天我再来！"边说边慌里慌张领着孩子下楼了。

刘梅哼了一声：老骗子，你要敢再来，我就报警抓你！绝不轻饶。

这老头是不是骗子？他还敢来吗？

假主假证

再说老头离开后，刘梅一颗心却忽忽悠悠的，怎么也踏实不了。

毕竟，房子的事是天大的事，是马虎不得的。她担心房子真有问题，就翻箱倒柜，找出了自家的房产证，仔仔细细检查了一遍，没发现有什么可疑的地方。她想拿去房管局鉴定一下真假，却又觉着自己是杞人忧天，这本房产证是老公王松亲自去房管局办的，自己怎么能相信一个陌生老头而不相信自己老公呢？这么一想，她的心便踏实了许多。

晚上，王松下班回家，吃饭的时候，刘梅就把这事当笑话跟王松说了。她笑着说："老公，今天我碰到一件好笑的事。有个老头来咱们家，还拿着房产证，非说咱的房子是他的，让咱们搬出去，被我给轰走了。"

不料，王松一听，脸色陡地一紧，伸出去夹菜的筷子停在了半空，有些慌张地问："有这事？"

刘梅觉得奇怪了，看了一眼老公，问："王松，你怎么这么紧张？是不是咱这房子真有问题？"

王松镇定下来，边夹菜边笑道："怎么可能？我只是有些好奇，这老头一定是搞错了。"

见王松故作轻松的样子，刘梅心里突然有种不好的感觉，忙问："王松，你买这房子，不会被人骗了吧？"

王松笑道："当然不会，你就放宽心吧。"

接下来，刘梅见王松心不在焉地匆匆吃了饭，把筷子一放，就起身进了书房，还特意把书房门给关上了。

刘梅心中起疑，轻手轻脚走到书房门外，侧耳倾听，听到王松在里面打电话，依稀听到："……你今天到我家里来了？你怎么不讲信用，我们说好是十年的……没来？那就怪了，今天怎么有人来我家，说房子是他的……喂、喂……"对方好像挂了电话。

刘梅顿觉浑身发凉、后背冒冷汗了：王松肯定有事瞒着我，难道，这房子真有问题？

第二天，刘梅专门请了假，拿了自家的房产证跑去房管局鉴定，鉴定结果：房产证是假证。工作人员为她查了一下档案，这套房产的确登记在一个叫董海涛的名下，也就是说，昨天那个孩子才是这套房子的真正房主。

得知这一结果,刘梅一下子傻了。房管局的人同情地说:"你们肯定是受骗了,骗子假冒房主把房子卖给了你们,这种事以前发生过多起,你赶快去报警吧。"刘梅这才反应过来,先打电话给王松,让他赶紧去找卖房给他的人,千万别让对方跑了。王松惊讶地问怎么了。刘梅说:"你上当了,卖房给你的人不是房主,咱们的房产证是假的,你快去找他,我去派出所报案。"

不料王松却说:"老婆,你先别急,也别急着报案,我再去落实一下。"

刘梅一听更急了,那可是上百万呢,对方跑了怎么办?突然,她心中一动:三年来王松每月都要还房贷,既然房子是假的,那是不可能办下贷款的,那他把钱还到哪里去了?事情都这么严重了,他居然还不让自己报警,难道,问题出在他的身上?是他造的假?

这么一想,刘梅又一次感到后背发凉,冷汗直冒。她紧张得站都站不住了,就坐在路边,将王松买房前前后后的事情细细想了一遍,心中已隐约猜到问题是出在老公的身上。她立刻给王松打电话,厉声问道:"王松,你是不是在骗我?你马上回家给我解释清楚,否则我就报警!"

王松连声说:"老婆,你别报警啊,千万别报警,我这就回家去跟你解释。"

王松回家后,第一句话就是:"老婆,你别上火,的确是我骗了你,可我也是被逼无奈啊!"

刘梅一听,气得眼泪都出来了,恨恨地说:"果然是你搞的鬼,王松,是不是我妈当初逼你买房子,不然就不让咱俩结婚,你就想了这个歪主意?"

王松竖起大拇指,恭维道:"老婆,你太聪明了,一猜就中。当时你妈逼我买房子，我又买不起，只好出此下策，租了这套房子，跟房东约好租期十年，然后做了本假房产证，这才蒙混过关，抱得你这美人归。"

刘梅虽然已经猜到了缘由，但还是气得七窍生烟，骂道："你胆子真大呀，你也不想想，瞒得了一时，瞒得了一世吗？"

王松苦着脸，说："这只是权宜之计，我也没想瞒一世，只要瞒十年就行。老婆，我计划在这十年内加倍努力挣钱，一定买上一套房子，然后就跟你爸妈说咱们卖掉旧房子，换了一套新房，这事不就圆过去了吗？"

刘梅气道："真是异想天开，你以为我爸妈就那么好糊弄啊？"但此时她心中的怒气已渐渐消退，觉得老公这招虽然不够光明正大，却情有可原，毕竟，王松这么做也是为了跟自己结婚呀！想当年，因为王松没有房子，父母坚决不同意他俩的婚事，逼得自己跟王松私奔的心都有了，幸亏后来他"买"了这套二手房，这才如愿结婚。刘梅想，王松这个计划要是不出意外，说不定还真能瞒天过海蒙混过去呢。她突然又想起一事，厉声问道："既然是租的，那你怎么还月月还银行贷款？"

王松涎着脸说："嘿嘿，怕被你发现啊，只好假戏真做。老婆，我向你保证，还贷的钱我可一分都没有乱花，除了付房租，其余的都存起来了，准备将来买房子用。老婆，你起来。"说着，王松伸手把刘梅从沙发上抱了起来。

刘梅一甩他的手，恼道："干什么？"

王松弯腰把右手伸进沙发夹层，摸了几摸，缩回来，手里就多了一张银行卡。他双手把卡交给刘梅，笑嘻嘻地说："老婆，钱都在这里面，里面还有我这几年赚的外快、奖金，加起来有十万多元。老婆，我相信，用不了几年，我们就能凑够首付，买一套自己的房子了。"

刘梅"哼"了一声,看了看银行卡,问:"里面真有十万块?"

"只多不少。"

刘梅心里彻底原谅了王松,说:"那好吧,就饶你这一次,不过,你老实交代,还有没有别的事瞒着我?"

等王松赌咒发誓,保证没有后,刘梅又担起心来,问道:"现在人家房主找上门要我们搬走,我们怎么办?你和他不是说好一租十年吗?"

王松挠挠头,说:"是呀,这家伙真不讲信用。昨晚我给他打电话,没等说完,他就把电话给挂了,再打,他干脆关机了。"

刘梅着急道:"那你赶快去找他当面问问。"

王松叹口气,道:"老婆,跟你说实话,我到现在还没见过房主呢,到哪里找他呀?"

刘梅一问才知道,原来,这房主长期在国外,当初租房时双方是电话沟通的。谈妥后,房主托邻居,也就是对门的老赵把房子钥匙交给了王松,房租呢,王松则按月打到对方银行卡上,双方至今一次都没见过面。

王松安慰刘梅,说:"老婆你不用太担心,反正那老头过两天还会过来,到时候我再当面问他。"

刘梅想起昨天自己对老人态度生硬,言语无礼,大感后悔,她知道寄人篱下,得罪了房东是啥后果,于是叮嘱王松到时候一定要好言好语,求对方遵守约定,继续把房子租给他们。

王松知道错在自己,这种时候一定要拿出爷们气概,于是一拍胸脯,说:"怕什么?大不了我再去租一套。"

"呸!"刘梅愤愤地说道,"租房我倒是不怕,我怕的是被我爸妈知道,他们要是知道你是用这种下三流的手段骗走了他们的宝贝女儿,后果我都不敢去想。王松,你这个骗子,可一定要尽早买房子,不然的话,我都没脸去见我爸妈了。"

王松赶紧赌咒发誓,一定买。

此时,刘梅突然想起了一件可疑的事:既然那一老一小是真正的房主,完全可以理直气壮地要回房子,那昨天他们为什么不敢报警呢?难道有什么不可告人的秘密?他们会不会再来呢?

第三"房主"

刘梅的担心,似乎是多余的,过了两天,那一老一小又来了。

这一次,刘梅不敢怠慢,像请神一样,恭恭敬敬地将两人迎进屋,又是水果又是茶水地小心伺候着。王松则赔着笑脸,低声下气地诉说着无房的艰难、买房的辛苦,希望对方能按照当初的约定,不要收回房子。

老头见他们说得可怜,似乎动了恻隐之心。他沉吟片刻后,说反正孩子还小,房子现在用不着,他本来收回房子后也打算出租的,租给你们也无不可。

刘梅、王松听了大喜过望,正要千恩万谢,不料老头却话锋一转,看着王松说:"可是,我跟你没有什么约定啊,以前也没租房子给你,你们是怎么住进来的?"

"什么?"王松一愣,惊奇地说,"不是你把房子租给我的?"

老头说:"当然不是,我们是不久前才拿到这套房子的房产证的。"

王松和刘梅面面相觑:天哪!这老头居然不是租房子给王松的那个"房主"!

也就是说,还有第三个"房主",以假乱真地将这套房子租给他们,骗了三年多房租!

王松大惊失色,慌忙抓起手机给"房主"打电话,可对方依旧关机。很显然,这个"房主"上次接到王松的电话后,听说真正的房主现身,知道骗局败露,三十六计走为上计,躲起来了。

老头问明白事情经过,也气得连连摇头,说:"现在的人胆子也太大了,居然敢堂而皇之地拿别人的房子往外出租,你们俩也太容易上当了,怎么能不见房东面就租房子呢?"

王松讪讪地说:"我也想不到还会有这种骗子,当时我看到招租广告,上面说可以租给我十年,所以就……"说到这里,他突然"啊"的一声惊叫,"糟了,我还有三千块钱押金在他那里呢。"接着又想到,现在押金倒在其次,最要命的是如何应付眼前这位正牌房主,要是对方跟自己讨要以前的房租,那可是好几万呢!于是,他赶紧可怜巴巴地说:"这骗子太可恨了,这三年的房租我可是一分不少地付给他了。"

幸好,老头还算通情达理,他沉吟了一下,说:"既然你们也是受骗上当,那以前的房租我就不追究了。不过,以后要交房租,可一定要交给我了。"

王松和刘梅喜出望外,一边连声道谢,一边王松还气呼呼地表示:"大叔,请你放心,待会儿我就去报警,一定要把这个假房主抓起来,然后把你的房租和我的押金全都追回来。"

老头却摆摆手,说:"人家拿了钱,早就跑没影了,警察也不一定能找得到他。我这个人一向是多一事不如少一事,报警太麻烦了。以前的房租我就不要了,你的押金要是不多的话,我看就当丢了算了,以后只要你按时交房租给我,就安心在这儿住着,十年八年的没问题。"

王松觉得这老头太好说话了,他心中感激,自然一口答应。

接下来，老头预收了他两个月的房租，就起身告辞，临走时又再次嘱咐王松，让他不要报警，就当买了教训，吃一堑长一智吧。

王松答应着，抢在前头打开门，送老头出去，门一开，他看到对门的邻居老赵刚好站在门外。王松见老赵看到自己，脸上露出了很不自然的表情，冲王松点了点头，就转身进了自己家。

送走老头后，王松和刘梅都松了一口气，夫妻俩没想到能如此顺利、圆满地解决了危机，真是虚惊一场。

不过，刘梅前后想想，还是有些不安地说："老公，我怎么总觉着这老头有些奇怪呢？"

王松说："哪里奇怪了？"

刘梅说："他为什么一再不愿意报警呢？上次不敢报警，这次又不让咱们报警，你说，他会不会心里有鬼，也是一个骗子啊？"

王松先是一惊，道："什么，他也是骗子？"接着"哈哈"一笑，勾起手指，朝老婆的鼻子轻轻一刮，"草木皆兵。"

谁真谁假

王松嘴上笑说老婆草木皆兵，但对老婆的担忧和提醒，王松并没掉以轻心。他对此左想右想，还是觉着老头不太可能是骗子。他想骗子再多，也不可能总被自己碰上啊。再说对方的房产证的的确确是真的，这老头大概真是个不愿多事的主吧。

不过王松对钱还是很看重的。虽然老头不想追讨租金，但王松却不甘心白白损失那三千块钱押金，决心想办法找到那假房主要回押金。可是，他除了有对方的电话号码，别无线索呀。

他不断地打那个号码，却始终打不通。

王松烦恼之下，突然想到了对门邻居老赵。他想当初是老赵将房子钥匙交给自己的，老赵肯定见过"房主"。于是，王松就去敲门拜访老赵。

老赵打开门，见是王松，表情略显惊讶地问什么事。虽说两家是邻居，相处了三年多，但老赵为人冷淡，每每见到王松只是点点头，很少说话。王松见老赵并没有请自己进屋的意思，就站在门口，把前"房主"是骗子的事情简单地说了一遍，问他是否见过此人。

老赵听完惊讶万分地说："真想不到那个人居然是骗子，我的确见过他，但我也只是在他来送钥匙时见过一面，模样早已忘记了，你租了他三年多房子，难道一次都没见过他？"

王松懊恼地点点头，说没有。老赵同情地说："现在的骗子真是无孔不入，你以后租房子，可一定要小心一点，这一次赔上点押金，损失倒不算大，也幸亏人家真房主不跟你追讨房租，否则，你可就赔大了。"

王松点头称是，他见老赵提供不出有价值的线索，也没请自己进屋深聊的意思，就说："大哥，远亲不如近邻，以后，有事请您多多关照。"老赵随口说了一句："没问题。"就连忙关上了门。

王松听了老赵这句话，不由心里一动：这口气怎么这么熟悉啊？他猛地又想到自己刚才并没有对老赵说真房主不跟自己追讨房租的事情，老赵是怎么知道的呢？

王松忽然又想起那天自己送老头出门时，老赵恰好站在门外，而且表情很不自然，难道当时老赵是在门外偷听了？那他为什么要关心此事呢？

想到这里，在王松心里不由萌生了一个念头：那个假房主会不会是老赵呢？

此念一生，王松顿时觉得老赵的声音很像假房主的声音，尤其是最后那句"没问题"，语调、口气简直一模一样，自己跟假房主通电话时，曾多次听他说过"没问题"这三字口头禅。一想到老赵可能就是假房主，王松立即想到，怪不得这三年来老赵很少跟自己讲话，原来他是怕被我听出来呀，当初就是他把钥匙交给自己的，是他，肯定是他！

王松寻思了半晌，有了主意，再次敲了老赵的门。

老赵把门打开一条缝，探头见又是王松，皱起眉头，不快地问："还有事啊？"

王松笑嘻嘻地说："大哥，您见多识广，我想征求一下意见，您说，我应不应该报警啊？我想把我的押金追回来。"

老赵眼神闪烁着，似乎在猜测王松问这话的用意，迟疑片刻之后，才说："这你得征求一下房主的意见，人家如果不想追究，我看还是算了，反正钱又不多。"

王松说："他当然想追究啊，三年的房租又不是一个小数目，他不会不想跟骗子要回这笔钱的。"

老赵摇摇头说："那可不一定，愿意报警他早就报了，他肯定有不想报警的理由。你说呢？"

王松笑笑，盯着老赵的眼睛，话里有话地道："也许是吧，不过，这跟我无关，我只想把我的押金追回来。对我来说，三千块钱可是我大半个月的工资。赵大哥，您说我该不该报警呢？"

老赵若有所思地看了一眼王松，不置可否地关上了门。

当天傍晚，王松下楼取报纸的时候，在自家信箱里发现了一个厚鼓鼓的信封。他打开一看，里面是五千块钱，另附一纸条，上书：押金如数退回，另外两千是一点小意思，请笑纳。

王松明白,这是封口费。

此后,王松再见到老赵时,两人依然互相点头致意,但并不说话,彼此心照不宣。

王松和刘梅没想到这么容易就把押金讨了回来,而且还小赚了一笔。现在,终于可以安安心心在这里住下去了。

那么,他们能安安心心地住下去吗?

白住白用

大约也就过了半个多月,一天晚上,十点多钟,刘梅和王松刚上床躺下,突然听到有人轻轻敲门。王松心说:这么晚了,谁敲门?他边想边下床走到门前,没敢马上开门,先问道:"谁呀?"

"小王,是我。"

王松听声音有点熟悉,就打开门,原来是那个房东老头。

王松忙把他让进屋,刘梅也穿好衣服从卧室出来,要给老头泡茶。老头摆摆手,说:"别忙活了,我说几句话就走。"

刘梅不安地问:"大叔,您这么晚过来,有什么事吗?"

老头从兜里掏出一沓钞票放到茶几上,说:"你们点点,这是上次收的俩月房租,一分不少,现在还给你们。"

刘梅和王松对看一眼,马上明白老头这是要变卦啊!难道他知道咱找到了假房主,又没告诉他,所以生气了?刘梅急忙说:"大叔,您是不是又要赶我们走啊?咱们可是说好了的,这房子要长期租给我们,您可不能言而无信。"

老头说:"不、不,我不是赶你们,这房子你们尽管住着,房租我一分不要。"

刘梅真不敢相信自己的耳朵，急切地问："您说您是不要房租，让我们白住？"

老头点点头。

刘梅和王松又面面相觑了。他们想：怎么可能有这种天上掉馅饼的好事？这上百万的房子，让你白住白用，这个老头不会是脑子有病吧？

老头见小夫妻不说话，脸上突然露出恳求的神色，说："我就一个要求，不，是请求，希望你们能答应我。"

原来是有要求的，不知是什么刁钻要求。王松看了刘梅一眼，忐忑不安地问："什么要求？"

老头叹了一口气，说："我希望，以后你们就当我从来没来过这里，一切都和以前一样。"

王松和刘梅不明白地问："和以前一样？"

老头点头说："是，你们就当不知道有我这个人，也不知道这房子是我的。以后如果有人来问你们，千万别说我和我外孙来过。"

刘梅听了，心中顿时起疑：这古里古怪的老头，上次是不敢惊动警察，现在又怕别人知道他来过这里，其中肯定有鬼。她审视着对方，突然问："大叔，你们是不是……也是假房主呀？"

老头一怔，说："房产证你们都看过了，这房子的确是我外孙的。"

"那你怎么还怕别人知道？"

老头眼神闪烁，欲言又止，显然有难言之隐，过了片刻，才说："你们也不必知道，但我可以保证，我对你们真的没有丝毫恶意，希望你们能答应我的请求，否则，唉……"老头说完，又是一声长叹。

刘梅还要追问，王松却向她使个眼色，抢着说："没问题，大叔，我们答应你，保证为你守住这个秘密。"

老头眼里居然显示出感激涕零的意思，连声说道："谢谢、谢谢，你们俩真是好人、善人啊！"

听听，人家白住他的房子，还成了好人、善人，他这个房东反过来倒像是捡了便宜似的。刘梅越想心里越不安，等老头离开后，就责怪王松，说："你胆子真大，这老头这么古怪，这房子肯定有问题，你怎么能随便答应他？"

王松说："你傻呀，白住谁不住。咱们怕什么？即便这房子有问题，哪怕是他抢来的偷来的，也和我们没一毛钱关系，也不会有一分钱损失，你说对不对？"

刘梅说："理是这个理，可……谁知以后还会发生什么稀奇古怪的事呢？我怕，以后还有麻烦。"

王松无所谓地说："你就放宽心吧，最坏也就是再有人来赶咱们搬家，那咱们搬就是了。要是没人赶咱们，那咱们可就赚大了，你想想，一年的房租就能省下一万多，那咱们的买房计划就可以提前实现了，哈哈……真是打着灯笼都找不到的好事啊！"

王松越说越高兴，竟忘乎所以地抱着老婆在厅里转了几圈，还狠狠地啃了老婆一口。但他也不想想，天下真有白吃的午餐吗？

真正房主

刘梅估计得没错，事情并没有完。

仅仅过了一周，又有人敲门了。这一次，王松夫妇打开门，只见门前站着几个穿制服的。他们是市检察院的，开着警车，还带着封条。

他们进屋后,为首的检察官就亮出证件给王松和刘梅看,并说:"我们是市检察院的,这套房子是你们的吗?"

刘梅赶紧说:"不是,是我们租的。"

检察官说:"我们已经调查清楚,这套房子的主人叫刘振飞,房子是他的非法所得,我们将依法予以查封,请你们尽快搬出去。"

什么,又出来一个新房主? 刘梅说:"什么刘振飞呀,我看过房产证,这套房子明明是董……"她突然想起老头的嘱咐,赶紧住口。

检察官说:"董海涛是不是? 告诉你们吧,真正的房主并不一定把名字印在房产证上。董海涛是刘振飞的儿子,这套房子是刘振飞以董海涛的名字受贿的数套房产之一。对了,你们是从谁手里租的这套房子?"

王松忙说:"我们也没见过房东,都是通过电话联系的。"

检察官瞪了他一眼,冷笑道:"是吗? 我们会查清楚的,希望你们没有撒谎,别牵扯进去。"

王松一听,吓了一跳,听这口气,牵扯进去会有麻烦的,他忙问:"同志,请教一下,在谁手里租房子还有关系吗?"

检察官说:"当然有。如果确定是董海涛身边的人租给你们的,那他们就会知道这是刘振飞受贿的赃物,最起码会涉嫌窝赃罪。"

王松仍有疑问地说:"可即便不出租,他们也知道这是赃物啊?"

检察官又看了王松一眼,说:"其实,他们也许并不一定知道有这套房子。有三种情况,一是可能一直就知道,二是可能不久前才知道,三是可能到现在仍旧不知道,这三种情况的性质可大不一样,至于属于哪种情况,我们会调查的。"

王松虽然仍没完全听明白,但已隐约猜到老头那晚的来意,显然,他是要装成第三种情况,以摆脱干系。

事后，王松通过各种渠道得知，这个刘振飞是多年前市里落马的一个贪官，那个叫董海涛的孩子则是他的私生子，这套房子是该贪官以私生子的名字办理房产证的数套房产之一，也是他受贿的十几套房产之一。当年事发后，刘振飞自知在劫难逃，但自恃已藏好房产证等证据，一直拒不交代罪行，而检方也没有掌握董海涛母子跟他的关系。刘振飞入狱后，这几套房子就一直空置着，无人问津。直到今年，刘振飞以为风头已过，便趁着董海涛母子来探监之机，告知房产证藏匿地点。但法网恢恢，疏而不漏，没想到检方外松内紧，一直没有放弃对他的调查，此时通过跟踪调查董海涛母子，最终成功追查到了这几套受贿房产。

而董海涛的母亲，除了现在居住的那套房子，事先对其他几套房子毫不知情，拿到房产证后，便托她的父亲管理，这才有了老头找到王松夫妇收回房子的事情。但后来老头发觉检方并未停止调查，怕自己和女儿因此涉嫌窝赃罪，又去求王松夫妇为自己掩饰。

事已至此，王松只能自认倒霉，怪自己当初连房东都没见到，就租了这套来历不明的房子，这才闹出了这场一房多主的风波。

却说搬家这天，王松收拾完东西，刚要出门去和新租房子的房东签合同，对门的老赵走进来，好奇地问："怎么，你们要搬家吗？"

王松就把原委一说，哪知这老赵竟一顿足，说："怪不得这房子前些年一直空着呢，原来是受贿的啊，早知道这样，我……"

王松马上猜到他要说什么，笑道："你要是早知道，就会早点拿过来出租，可以多收几年的租金，对不对？"

老赵一听，先是一脸尴尬，随即哈哈一笑，道："老弟，既然你都猜到了，那哥也不再瞒你。当年，我见对门这套房子多年没人过问，就动了心思，想搞点外快，于是就冒充房主打出了招租广告。当你来租房时，我提前撬开门,更换了门锁。哈哈,既然是贪官的不义之财,咱们不取白不取,你说是不是?"

王松摇头叹道:"你是赚了外快,可把我害苦了呀。"

"此话怎讲?"

"本来,我是想租这套房子过渡十年的,可现在就搬出去,我又没钱买房子,实在是没办法向丈母娘交代了。"

他还想再说,刘梅从里屋出来骂道:"王松,你啰嗦什么?赶快跟新房东签合同去!我警告你,这次你可要看仔细了,要是再闹出一房多主的乱子,我就……"

王松吐吐舌头,赶紧冲出门,一溜烟跑了。

(任建顺)
(题图:杨宏富)

铁证·悬案

tiezheng xuanan

缜密的预谋、完美的掩饰,人为的痕迹越重,就越容易有破绽。

车祸奇案

保罗是个药品推销员,这天,他在郊区推销了一整天,深夜十一点多才驾车返回城里的家。

车子开在偏僻的乡村公路上,保罗有点犯困,好在这是一条空旷的马路,过往车辆很少。然而就在这时,保罗看到对面开来了一辆车,车子的两盏前灯特别亮,晃得保罗睁不开眼,突然,那辆车蹿到了马路中央,直冲着保罗的车疾驰而来。保罗还没来得及作出反应,就遭到了重重一击,车被撞得飞了起来,然后一阵翻滚,摔到了马路边,保罗也被摔出了车子。

保罗觉得自己滚落在路边冰冷的泥地上,血流了出来,突然,他产生了一个可怕的念头：自己可能快死了！这时，他听见远处有声音传来，先是一个年轻男人的声音："这车里没人。"接着是一个姑娘战战兢兢的声音："他肯定被抛出去了，找找看吧。"

保罗心想，一定是那辆车子里的人，他们闯祸后在寻找受害者，听起来他们自己倒是没受什么伤。接着，那一对年轻男女打亮了手电，保罗听到他们越来越近的脚步声，本想喊一声，告诉他们自己在这里，但很快又改变了主意。保罗本能地感觉到，这两个胡乱开车的年轻人，也许根本帮不上自己什么忙。

"他在这里！"突然，一束手电的光照在保罗脸上，那两人找到了他。那个姑娘蹲下来，看了看保罗，对小伙子说："他还活着，他的眼睛是睁开的。"

保罗借着手电的光，看了那姑娘一眼，她很年轻，可能只有十六七岁，长得非常漂亮，她正在查看保罗的伤口，保罗发现，她的眼神里一点也没有同情的光泽。

姑娘问道："你伤在哪里了，厉害吗？"

保罗轻声道："全身都伤了，里面伤得更厉害。"

姑娘听他这么说，显出一副若有所思的样子，接着她冷冷地问道："要是我们抬你，你受得了吗？"

保罗想了想，不知道该怎么回答，这时，一阵强烈的疼痛袭来，保罗倒吸了一口冷气，忍不住说："我想，我可能快死了。"这句话一出口，保罗就觉得自己犯了个错误：那姑娘的表情突然起了变化，她站起身走到小伙子跟前，说："他快死了。"

小伙子好像松了口气，说："那就是说，现在去找医生也没用了？我们是不是可以先开车回城里去了？"

姑娘回答说："当然，不过我们得去向警察局报告。"

小伙子显得有点害怕："警察局？"

"是啊，我们得去报告，你撞死了一个人。这家伙到时候大概已经死了。"

保罗躺在他们脚边，静静地听着两人谈论，他们的口气就好像他已经是个死人了，保罗突然想到了在家等着自己的妻子，但他现在连流泪的力气也没有了。只听那两个人继续小声议论着，小伙子似乎很担心，他问姑娘："你说警察会把我怎么着？毕竟，这、这只是一起事故啊……"

听到这里，保罗实在忍不住了，他插了一句："每起事故，都是因为有人犯了错误。"

那两个人听到这句话，吓了一跳，他们面面相觑，然后蹲了下来，小伙子问保罗："先生，你说这话是什么意思？"

保罗喘了口气，艰难地说："这起事故是你的责任，你没有减弱灯光，还把车开到了我这一侧来……"

小伙子愣了一下，转脸问姑娘："我把车开到他那一侧了吗？"

姑娘突然吃吃地笑了起来："我怎么知道呀，那时我们正在……"

她还没有说完，保罗就明白她要说什么了，他们当时肯定在搂搂抱抱，或者互相抚摸什么的，正因为这样，小伙子没有打暗车灯，也没能控制好车子，结果，自己却为他们的轻率付出了代价。想到这里，保罗真的有点生气了，他忍不住重新强调了一遍："你瞧，你把车子开到了不该去的那一侧，所以这是你的过失。"

小伙子听了，有点手足无措地望着姑娘："怎么办，我会坐牢吗？不过我爸可以拿钱出来，这样我不会坐很久吧，三十天？"

那姑娘说:"我也不知道,也许要六十天吧,这样就太糟了。"

保罗听着他们说话,心里感到越来越气愤:自己就快死了,肇事者却还在为要坐几天牢而抱怨。

这时,两人沉默了一阵,小伙子突然说:"我想,如果这个家伙不去跟别人瞎说,就没人会知道这起事故是谁的过失了。"姑娘一时没反应过来,问:"瞎说什么?"

小伙子慢慢地说道:"瞎说谁没关灯、谁开到了马路另一侧什么的……如果他死了,他就没办法瞎说了。"

姑娘好像一下子明白了,她的声音有点异样:"那倒是啊……不过,他已经快死了……"

小伙子的声音变得很急促,有点歇斯底里:"可是,他只是快死了,他还没死,我们得确信他死了才行。"

保罗心里猛地一颤,只见小伙子突然跪了下来,用手电直射保罗的脸。保罗第一次看清楚了那小伙子,他真是年轻啊,和那姑娘一样年轻,看来小伙子也被撞伤了,脑袋左侧有一道难看的伤疤,头发上还沾着血污。小伙子问:"你感觉怎么样了,先生?"

保罗没有回答,他现在感到疼痛一阵比一阵厉害,但他不想说出让他们满意的答案。他看到小伙子显得挺失望,站起来对姑娘说:"他看上去伤得不厉害,不像会死的样子。"

其实保罗知道,损伤在自己身体内部,非常致命,但自己不会告诉他们的,让他们害怕去吧,也许自己可以坚持到有人路过,也许自己还可以见上妻子最后一面……保罗正这么想着,突然,他听到姑娘尖叫了一声:"你干什么?"原来,小伙子正想用什么方式攻击保罗,小伙子的情绪也很激动,他大声回答姑娘:"可是他得死!我得帮他死!"

或许是出于女性的本能,那姑娘冲着小伙子喊起来:"你不能杀了他!"

小伙子的声音显得很狂躁:"那又怎么样?他已经受伤了,别人会以为他是被撞死的。"

姑娘不说话了,保罗觉得,这一刻,整个世界安静得可怕,他看到那两个人投在地上的影子,他们正拥抱在一起,看得出,姑娘很爱小伙子,他们在做最后的心理挣扎……终于,保罗听到姑娘说出了这句话:"那……好吧。"

保罗只好继续躺在那里,一点办法也没有,他想:自己可能会被打死,或者被踢死,随便哪种方法,都可以轻易把他这个虚弱的人干掉。虽然保罗知道自己活不了多久,但这种死法太恐怖了!他突然拼尽全力朝那两个人喊道:"不!"

他的喊叫好像吓坏了那两个人,小伙子紧张地看了看姑娘,姑娘却镇定地问:"你能行吗?"看得出来,现在姑娘才是更坚定的那个。小伙子默默地点了点头,保罗看到他向自己走来,不由闭上了眼睛。

突然,保罗听到姑娘说:"等等!你这样做身上会沾血的,他们会查出血迹的。"

保罗心里燃起一丝希望,他睁开眼,只见小伙子就站在自己面前,神情有些犹豫。似乎过了好久,小伙子突然说:"我知道该怎么做了。"他说完就走开了,保罗听到他在路边的乱草堆里翻找着什么,过了一会儿,就听他叫那姑娘:"来,快来帮帮我,帮我把它搬起来!"

姑娘跑过去帮他了,过了一会儿,一阵沉重的脚步声传来,保罗看见了他们,他们弓着身子,合力抬着一块沉甸甸的巨石。小伙子气喘吁吁地对姑娘说:"那家伙不是被抛出汽车了吗?那就好了,他一头撞在了石头上，就这样！"

这次保罗没有叫，他叫不动了，他觉得自己的大脑快麻木了，他就这样静静地看着那两人走过来，一直走到他身边，现在，那块沉重的巨石就悬在他脸部上方。

保罗知道，这是自己生命的最后一刻，忽然，他想到了什么：这两人的谋杀有一个破绽！他心中感到一丝欣慰，默默祈祷这案件会遇上一位精明的警官……

第二天一早，负责高速公路管理的巡警万尼克中尉接到了报案，他是一位精明的警官，现在，他正在查看着马路上轮胎的印记。他找到的线索越来越多：尸体被挪动过，周围有一片杂乱的脚印，但这些还不是最重要的，最重要的是，他已经找到确凿的证据了！

万尼克中尉从泥地里爬起来，走到报案的那对情侣跟前，小伙子脸上满是恐惧，颤抖着问："怎么了，警官？"

万尼克中尉缓缓地说道："一块石头分为两部分，顶端常被雨水冲刷，是很干净的，底部埋在泥巴里，自然粘着泥土。现在你跟我说说，小子，保罗先生怎么会从汽车里被抛出来，一头撞在那块石头的底部？"

(原作：C.B.吉尔福特)

(题图：佐　夫)

刚从监狱出来的人

你想想,"刚从监狱出来的人",会是什么样的人?基根,就是这样一个人,他在朗曼州立监狱待了25年,刚从监狱出来,准备去加利福尼亚州看他妹妹。他是昨天傍晚来到这个小镇的,因为他的车坏了,只能送到汽修厂,这才不得不在小镇的汽车旅馆里过夜。

今天早上,基根从汽车旅馆出来,来到一家餐厅,随意找了一个座位坐下,叫了份早点。此刻,他呆呆地看着面前盘子里的炒鸡蛋,好像是在琢磨这里的炒鸡蛋会不会比监狱里的好些。

一会儿,基根开始吃了,万万没有想到,就在他埋头吃早点的时候,一个警察悄无声息地走到了他的身后,紧接着就响起了手枪上膛的声音:"咯嗒"……

基根抬起头来，回过身子，他看见一个警察正举着枪对着自己！这警察很年轻，看起来有些紧张，拿枪的手微微颤抖着。如果有人拿枪指着你，你的第一反应会怎样？大惊失色？暴跳如雷？基根的反应有些不同寻常，他轻轻放下手中的叉子，又放下另一只手端着的咖啡，和颜悦色地说道："早上好，警官先生。"

"早上好……"警察轻声说道，他的声音因紧张而有些嘶哑，"现在我要求你——将双手放到柜台上去，掌心朝下！"

基根按他的话去做了，紧接着，警察问了基根的姓名，又核对了一些情况。基根一边回答，一边眨巴着眼睛，他有些困惑，不知道警察是从哪儿打听到这些的。自从来到这个镇上，这些事他只提过一次，那就是昨天傍晚在珠宝店里准备给妹妹挑礼物时说过。难道说这个小镇上每个人每时每刻都在盯着所有的陌生人吗？

那个警察一边持枪逼视着基根，一边继续盘问："今天早上你去过帕拉蒂姆珠宝店吗？"

"没有，我是昨天去的。"

"可是有目击者说你今天早上在那里出现过。有人抢劫了珠宝店，枪杀了店主……"

"不是我，我没干。"

基根话音刚落，一个二十出头的瘦小青年走了过来。显然，他不敢近前，只是站在警察身后，大声嚷着："是你干的，就是你，是你杀死了我叔叔！"

哦，这就是基根一到餐厅，就有警察用枪逼着他的原因！基根想起来了，昨天傍晚他去珠宝店时，正好看见眼前这个小伙子在店里拖地板呢，他有点明白了，于是叹了口气，说："哎，警官，你一直用枪这么对着我，我会很紧张的。我想你还不如用手铐先把我给铐起来,这样我们大家就都不用那么紧张了,怎么样?"

"这办法听起来还不错。"警察不敢大意,时时保持着戒备的姿势,他缓缓移开枪管,随即用手铐"啪"的一声扣上了基根的手腕。警察在基根身上搜了一遍,什么也没找到。基根解释说,他的车在汽修厂里更换配件,就是因为车坏了,他才不得不在这个小镇上过夜。他是从汽车旅馆步行到这儿的,皮夹留在旅馆房间里了。

警察让基根去警局接受调查,基根说没问题,然后,他让侍者从他衬衫口袋里拿钱付账。走出餐厅时,基根轻松地对侍者说:"这里的炒鸡蛋还不错。"

那警察让守候在门外的副手到旅馆取基根的身份证件,基根如此合作,倒让警察有些吃惊:这是怎么回事呢?犯罪嫌疑人如此配合,倒实在是少见!

警察把基根和那个珠宝店的小伙子一起带到了警局,警察先自我介绍,说自己是哈特警官,并再次询问珠宝店的情况。基根重复了先前所说的那些:他是在昨天珠宝店快关门时去那里的,想看看能不能找到妹妹喜欢的项链之类的饰物,不过去那里主要还是为了打发时间,因为他的车正在修理。

正盘问着,门"砰"的一声被撞开了,副手兴奋地闯进来,喊道:"长官,我们找到了嫌犯的枪了!"

"在他房间里?"

"不是,在汽车旅馆后面的垃圾箱里。"

那个珠宝店的小伙子叫埃迪,此刻正站在警务室门外,他听到这些话后,神情激动了,叫道:"我早就说过,就是他干的!"

哈特警官又问有没有找到皮夹子，副手说找到了，然后把皮夹递给了哈特。

哈特拿着皮夹翻来覆去地仔细察看，又拿起证件，对着基根的脸，看了又看，说："没错，照片上的人确实是你。"

说着，哈特警官又翻了翻皮夹里的其他一些证件，其中还有工作证。紧接着，哈特警官把埃迪叫进了警务室，说："年轻人，看来事情没有你想象的那么简单啊！"

埃迪惊讶地说："怎么个不简单？他有入狱前科，而且刚被放出来，你们还找到了枪！"

哈特说："这正是问题的所在，假设他杀了店主，然后带着可能会将他送进监狱的枪走出商店，走过四条街，将枪放在最有可能让人找到的地方——他住的汽车旅馆后面的垃圾箱里，这可能吗？"

埃迪眨眨眼睛，说："你们不能就这样放过他，警官，他杀了我叔叔。我在珠宝店开门十分钟后去店里时，发现我叔叔已经躺在地上惨死了。"

哈特耐心地解释说，他需要证据，需要有人看见基根今天进出过珠宝店的证据，他对埃迪说："我想，你能不能再好好地想一想，也许你会记起来，你到那里的时候，正好看见这个家伙离开呢？"

埃迪把心一横，断然说道："警官，我想起来了，我追出巷子，正好看见他从后门跑出去。"

"嗯，你说得很好，这对案子很有帮助。"哈特点了点头，"现在我问你，起先你为什么不说？我想，那是因为你不想承认你有后门的钥匙，对吗？"

一听这话，埃迪脸色一变："你调查过我？"哈特一笑，说："因为你叔叔曾对我说过，店里经常少东西，他怀疑你私底下配了店里的钥匙。他说，如果被他当场逮住，他一定要开除了你，今天早上就是这么个情况，对吗？你在珠宝店开门之前早一步到了店里，想找点什么东西去典当，却不想被你叔叔当场抓住，然后你就下了狠心，一不做二不休，要想不被开除，那就杀了你叔叔，然后还能顺理成章地继承下这个珠宝店。"

埃迪再次将手朝基根一指，声嘶力竭地嚷道："警官，我告诉过你，是他干的——"

"这也是我先前所推测的。"哈特点点头，"一个有前科的嫌犯是个不错的替罪羊，他刚从监狱出来，急需钱花，这个主意真的不错，不是吗？"

埃迪还想辩解，可是，就在这时，哈特把那张从基根的皮夹里抽出来的证件扔在埃迪面前，埃迪一看，他什么话都说不出来了。"基根先生是朗曼州立监狱的狱警，这是他的警官证。"哈特说着，他又微笑着面向了基根，"我想，你在珠宝店里说，在监狱里待了25年，是指你在那里工作了25年，刚退休，是吗？"

"没错。"

"恭贺你功成身退。"话说到这儿，哈特还是有点疑惑，"你很配合我们对你的盘查，不得不说，你可真沉得住气。"

"呵呵。"基根笑道，"如果有人用枪指着我的脑袋，我一般不会和他争辩。我想，如果我安静些，尽量配合，会有助于尽快弄清事情的真相。"

埃迪被戴上了手铐，基根转身对他说："小伙子，我能给你一个忠告吗？告诉你，到了朗曼监狱，当心一个叫奥蒂兹的家伙，他可是那里最严厉的狱警。"

（编译：方陵生）
（题图：佐　夫）

杀胡口传说

姐姐浑身胆

右玉县七十里外有个叫杀胡口的地方。明朝中期,这杀胡口一时成了匪徒杀人劫货的发财地。这伙劫匪心狠手辣,从来不留一个活口。当地官府虽然也进行多次围剿,可官兵一动,他们就消失得无影无踪,官兵一撤,他们又卷土重来。

万历年间,朝廷派王历清到右玉任县令,要他在半年内将劫匪一网打尽,还天下太平,否则,革除官职,以通匪罪名灭九族!

君命不可违,王历清忧心忡忡地到了右玉县。这王历清只是个手无缚鸡之力的书生,哪儿懂得剿匪之事?好在他的女儿王娇自小习武,练得一身好功夫,就是青壮男子,三五个也近不得她身。也真是艺高人胆大,王娇便自告奋勇，说："爹爹，您不必多虑。俗话说，邪不压正。女儿过些时日便去将那伙恶贼擒来！"

一旁的捕快马丁听了，神色一动，趋步上前，抱拳在胸，说："大人，小的愿随小姐一同前往！"

可是，王娇和马丁率领众兵卒在杀胡口转悠了大半个月，连个劫匪的影子也没看到。王娇就向马丁请教。马丁沉思了一会儿，说："不瞒小姐说，咱们官府这么多的兵马出动，那劫匪早闻风藏匿起来。咱在明处，他在暗处，如何寻得到他们？"

王娇心急，问："那，应该如何才是？"

马丁想了想，摇摇头，说："只有让武艺高强的人扮作单身富人赶路，引那劫匪出窝，然后……"

王娇略一思忖，道："我愿意赴汤蹈火，为百姓除害。"

"不可！不可！"马丁连忙摇头，说："王大人只你一脉香火，万一……"

王娇张了张嘴，又闭上了。为什么呢？她原本想说："我还有一个弟弟。"原来，王历清还有个儿子，名叫王冒。这王冒虽然是个男儿，却长成了一副女儿身板，而且一天到晚足不出户，所以马丁并不知晓。王冒天天热衷于画丹青，他的画功，甚是了得。王历清早已对这个不像是个男子汉的儿子失去信心，可王娇却对弟弟疼爱有加。

王娇回到家，把自己的打算对父亲一说，王历清自然坚决反对，但左思右想，也没有其他良策，只好含泪点头。正在这时，王冒突然从里屋窜出，手上捧着一张他刚刚画好的画，边挥舞边说："姐姐，你看看！你看看！"

生死关头，王历清不由怒从心头起，一把夺过王冒的画，"刷刷刷"

就撕了。那王冒急了,躺在地上撒泼打滚。王娇就把弟弟哄起,又将那被撕破的画一一粘好。展开一看,原来王冒画的就是姐姐王娇。画上人的一颦一笑,宛如活人。王娇十分感慨,说:"弟弟,如果姐姐遇到不测,这画就是姐姐的遗像了。"

王冒大笑,说:"姐姐尽说胡话!我不让姐姐不测!"

第二天,王娇扮作一商人模样,大摇大摆地直奔杀胡口。

王历清在家中从早到晚焚香祈祷,祈祷女儿马到成功,但愿女儿平安归来。可是,事与愿违,王历清等来的却是死尸一具。走时王娇风华正茂,回来时却是阴阳两隔,王历清大叫一声,便昏死了过去。

弟弟不争气

当王历清悠悠醒来时,看到身旁夫人哭成了泪人,而那马丁在床前一个劲儿唉声叹气。

王历清怒火中烧,责问马丁:"你是如何保护小姐的?"

马丁不敢抬头正视,只是喃喃道:"在下一直藏在离小姐不远处,可那劫匪不按常规出牌,劫住小姐后,二话不说,先杀后抢,待卑职赶过去时,那伙劫匪早已跑得无影无踪。"

马丁退下后,王历清便想一死了之。夫人劝道:"你这样死去,不被百姓耻笑吗?"

"可,可我又有什么法子完成圣命呀?"

夫人听了,也只能陪着落泪。这时,里屋的门帘一挑,走出一个人来。这人不是别人,正是王历清的儿子王冒。王冒看了看父母,说:"娘,我饿了,我要吃饭。"

王历清这才想起,已经一天没有吃什么了,也感到肚子空空。可是,他心头怒火"呼"地燃起,对王冒吼道:"你姐姐死了,你竟然无动于衷?真是个废物!"

谁料,王冒竟说:"我在帘后已观察多时,听到了你们的对话。我姐姐依仗着武功高强,盲目乱闯,怎么能不送死。"

王历清一听,更是火冒三丈,抄起床前的宝剑就要刺去。

那王冒却一点不惧,冷冷地说:"劫匪为何不留活口?是因为怕有人认出他们来。"

王历清一听,愣了。是呀,此话有道理。但转而一想,这与我剿匪又有何干?劫匪不除,我王家九族就难免一死,于是又大哭不止,摇摇头道:"王冒呀王冒,我们家是在劫难逃了。看来天要灭我王家。今夜你就赶快离开这儿吧。"

王冒说:"我不走。我走,也只能饿死。爹,您让我吃饱了,明儿,我去替我姐报仇!"

王历清哭也不是,笑也不是,挥挥手,对夫人说:"罢罢罢,你先去弄些饭吧,我也饿了。"他又扫了一眼王冒,说,"你这个不争气的吃货!"

谁承想,隔天一早,王冒失踪了。夫人急得不行,可王历清却没事儿一般。他劝夫人道:"这个不争气的儿子,怕是前晚说了大话后,无法兑现,他又不愿意死,只得自寻活路去了。也好,如果老天垂怜我王历清一生清白,就给我留下一脉香火吧!"

匪地难求生

那王冒到哪儿去了呢?他还真的去杀胡口了。他会武功?不会!他能言善辩,想用口舌劝说劫匪放下屠刀,立地成佛?他也没那本事。那他去干啥?是去逞能送死吧?

王冒还真是要去送死。他心里抱着一个念头:死,也要死在姐姐遇难的地方。你看他,身背一个沉甸甸的褡裢,穿得油光闪亮,一看,就是个有钱的公子哥儿。唉,这不是招贼吗?

几十里路,王冒走了大半天,当他疲惫不堪地走到杀胡口山岔,正准备到一片小树林吃点东西时,突然感到眼前的树木一阵乱动,还没容他寻思,就听一声口哨,紧接着便看到三个彪形大汉从树上跳下。一个劫匪打量了一眼王冒,笑着说:"怎么地,给爷留点钱喝酒吧!"

王冒"刷"地出了一身冷汗,他双眼盯着三个劫匪,一眨不眨,但是嘴里吐出的话却是战战兢兢的:"是,是。"说着就解下褡裢,要从中掏出钱来。这时,一个劫匪"嗖"地抄走褡裢,说:"不费你的事儿了!"随后翻了翻,满意地说,"行,是头肥猪!"

一个劫匪抽出大刀,"呼呼"一挥,说:"对不住了,小哥,明年今日就是你的忌日!"

王冒吓得"扑通"跪倒在地,"噗"地拉了一裤子屎,立时让那劫匪倒退了三大步,边退边捂鼻子,骂道:"妈的,真是个软蛋!"

那王冒不管不顾,一个劲儿地磕头,磕得脑袋都冒出了血,他边磕边哭着说:"三位爷,钱都拿去了,就饶我这一条小命吧,我上有七十老母,下有一个瘫痪弟弟,全家都靠我一人。如果我死了,老娘和弟弟都得死,三条人命呀。"

为首的劫匪叹口气,说:"我想放你,可不能放。因为,日后你认出我们来,那不是……"

那王冒也是求生心切,听了这话,边磕头,边"呼"地从地上拿起一根坚利的树枝,随后猛喊一声,"噗"地将树枝刺向了自己的双眼。立时,王冒双眼流出血来,痛得他在地上一个劲儿地打滚。

这意想不到的惨烈一幕,让三个劫匪一下子愣了。

王冒边流着血泪边喊:"三位爷,我眼瞎了,都看不到你们了,你们就饶了我吧!"

那为首的劫匪盯着满地打滚的王冒,骂道:"真他妈是个怪物!滚!"

可怜那自己把双眼扎瞎的王冒,跌跌撞撞,磕磕绊绊地赶路,时不时地摔倒在地,跌得是鼻青脸肿,满身是泥。

就这样,也不知走了多久,王冒摇摇晃晃地来到了朔州,来到了大同府。此时的他,破破烂烂,满脸污泥,一双赤脚,脓水直流,连个乞丐也不如。他一路打听,来到了大同府官衙,摸索着击打了鸣冤鼓。

姐姐得安慰

鼓声一响,引出了值班的衙役,喝道:"去去去!瞎子!这儿是大同府官衙,岂是你胡闹的地方。"

王冒说:"军爷,我有天大的冤屈,我要面见府台大人。"

衙役一笑:"喝,口气真大呀,我们老爷是你想见就能见的吗?"

王冒不说话,用耳细细听了听周围的动静,这才解开贴身的内衣,从中撕下一块布来,双手递给衙役,说:"军爷,你把这个交给府台大人,他自然会召见我的。"

那衙役将信将疑,接过一看,愣了,急急飞步回到内院禀报去了。

王冒给衙役的是什么呢?是一块写着"此人乃王历清之子也"的布,而那布上盖着右玉县的官印。

再说说那王历清，他压根不知道自己的官印什么时候被王冒偷偷地盖了。他只知道儿子逃了，是死是活，浑然不晓得。他现在是扳着手指头在算日子，算算距天子要求的剿匪期限还有多少时间。

这一天，突然有人造访。来人神神秘秘，到了王历清的内室，看看内外无人，又仔细听了听窗外确实无人。这才压低声音道："府台大人要我保护你立即去大同府！"

"何事如此急？"来人点点头，又摇摇头，说："大人不必多问，而且，大人不要让任何人知道，半夜时分随我走就是了。"

那王历清提心吊胆，到了半夜，悄悄地起了床，跟随着那个人从后门出了官衙。待到了大同府，王历清见到了自己的儿子王冒，但是他一时竟然不敢相认了，这怎么可能会是自己的儿子王冒？风华正茂的王冒什么时候变成了个双眼烂糊糊的瞎子？王历清差点晕了过去，他问："儿呀，你、你何以如、如此？"

王冒倒十分冷静，将自己路遇劫匪一事淡淡讲了一遍，然后说："爹爹，劫匪已然在我心中。我姐姐的仇即将要用贼人的头颅来偿还！"

"啊，真的？那劫匪是谁？"

王冒摇摇头，说："我不知道。"

"那你怎么？"

王冒一笑，说："但孩儿我已经将他们的脸记在心中了。"

"唉，这有何用？"

王冒也不再说。这时，府台大人已经让手下把宣纸、笔墨准备好，只见那王冒站在纸前，边思考边一笔笔画出了几个人的脸来。一个时辰后，两张人物肖像出来了。原来，王冒的画功早已炉火纯青，练就了一个绝活儿，即使不用双眼，作画也可一气呵成。王历清看后大为惊骇，因为画中的一个人竟是他身边一个姓刘的捕快。

王历清道:"原来如此,我的捕快班里竟有劫匪内线,不,他们就是劫匪!我要拿马丁是问。"

"爹爹,那天戴着黑头罩的人大约就是那个马丁。"

"你何以判断出的?"

"孩儿听他的口音,和那天我躲在门帘后听到的一样,也就是那天将姐姐遗体背回来的那人。"

王历清听罢,更是大为惊骇。他心中念道:阿弥陀佛!如果冒儿不是天天深藏内室足不出户,如果那天马丁知道冒儿已经听出他的声音,冒儿哪能活下来呀?

大同府派兵丁随着王历清回到右玉,一举将马丁拿下。那马丁大喊"冤枉"。这时,王历清将王冒叫出来,问:"你认识他吗?"

马丁摇摇头。王历清冷冷一笑,说:"他是我的儿子!"

马丁一听,立时瘫了。

杀胡口的劫匪被正法了。万历皇帝看罢奏折,唏嘘不已,对王冒大为赞赏,认为王冒虽然外表软弱,内心却无比刚强,且有勇有谋,于是下旨将王冒调入刑部任职,令王冒专门为全国一时捉拿不到的疑难犯人画像。那王冒呢,只要听了他人的口述,就能十拿九稳地将疑犯画出来,一时,全国的罪犯纷纷落网。

王冒一直活到八十八岁,死前念念自语:"姐姐,弟弟来了。"

杀胡口后改为杀虎口,沿用至今。

(冯晓纯)

(题图:谢 颖)

自导自演

柴田在一家警署当警察,已经有十几年了。眼看昔日那些同事,一个个当官的当官,发财的发财,自己却什么也没捞着;最可气的是连老婆也瞧不起自己,怀不上孩子,也一口咬定是他没用。柴田心里这股气啊,差点儿就冒上嗓子眼了。

终于有一天,柴田想到了一个好办法。什么好办法?就是自己给自己"栽赃"。具体来说,就是他从商店里偷一样东西,交给流浪汉,然后再带着流浪汉到商店里去"交赃"。他自己呢,抓了小偷就可以立功,而流浪汉从此也上了无忧无虑的监狱生活。你说,流浪汉最怕什么?最怕冬天在外面受冻挨饿。因此,这是一举两得的事情。

果然效果不错,自从去年冬天连续抓到四个"小偷"后,很快就有内部消息传出来，说上司有意要提拔柴田当一所之长。他心想：要是今年再加一把劲，当所长肯定是十个指头捏田螺，十拿九稳的事了。

机会很快又来了。这天，柴田在市中心公园转悠着，突然一个绰号叫"三道"的流浪汉不知从哪儿钻了出来，拦住柴田，问道："你是柴田警官吗？听说你能帮忙进监狱？"

柴田打量了对方一眼，问道："是的，你想到监狱过冬吗？"

"不是过冬。"三道摇摇头，说，"我是想在监狱待一辈子。"

柴田一愣，说："一辈子？可看样子你才四十来岁啊，你打算后半辈子都在监狱待着？"

"是的！"三道肯定地说道，"半年前，我唯一的儿子死了，我现在是孤家寡人，待在外面已没有任何意思。我曾想过自杀，可是怕痛；又想到杀人，然后就可以进监狱里，但我太胆小了，不敢杀人，更不想每天受到良心的谴责。"世上居然有这么多的怪人？柴田感到不可思议。

柴田觉得这件事相当棘手，要想把一个人弄进监狱关一辈子，除非这个人犯了大罪，这不是随便到商店偷点东西，就可以办得到的事，弄不好还要连累自己。但他突然想到这是一个立大功的好机会，于是心里一动，对三道说："好的，我知道了，有机会的话，我就找你！"

柴田满怀心思回到家，老婆一看到他，就像见到仇人似的，冷言冷语道："大所长回来啦！今天又到哪里鬼混去了？"

柴田心想好男不跟女斗，就一声不吭地走进卫生间。可老婆还是不依不饶的，跟在屁股后面尖声叫道："就你这个熊样，还想当所长，我看你去厕所当所长吧！"

柴田心里恨啊，牙齿咬得格格响："这个女人，这个女人，我恨不得把你杀了……"柴田脑子里突然闪过一个念头，觉得这是个绝好的机会……傍晚，柴田悄悄地赶去中心公园，找到了三道。柴田拉着他的手，说："你的愿望能够实现啦！"

"真的吗？我真的能在监狱待一辈子吗？"三道激动地说，"可首先声明，我杀不了人哦！"

柴田说："是的，你不用杀人。"于是就贴在三道的耳边，把计划大致讲了一遍，又说，"一切由我来动手！你要做的，只是明天下午两点至三点之间，给我躲起来，千万不要让人看到。"

三道高兴地说："知道。"

"还有，'犯罪'现场得有你几件东西。"

三道两手一摊，说："警官，我一人吃饱，全家不饿，我有什么东西？"

"这倒是个问题。"柴田想了想，说，"手套有吗？""哈哈，手套倒有一双。""那就行！你拿给我。"柴田接过三道递过来的手套，叮嘱道，"审问你时，你就这样回答：地点，在前面花旗银行往右拐，再往前走五十米左右，有一家澡堂，从澡堂再往前走，有个胡同。记住：胡同的尽头有座公寓，二楼上，挂着名叫'柴田'的门牌，那时候有个女的正在屋里看电视。"

"太好了，能进监狱真是太好了！"三道搓着手兴奋地说道。

最后，柴田从钱包里拿出一沓钱递给三道，说："今天买点酒，好好享受一下吧。明天，你就要被捕了。"

次日清晨，柴田忐忑不安地离开家，到警署上班去了。

熬到午后两点，他和自己的搭档警察小井一起去巡逻，走街串巷，仔细察看着。在离自己公寓不远的地方，柴田突然大喊一声："有小偷！"身旁的小井吓了一跳，忙问道："在哪儿？"柴田指着前方说："我看到他偷了书，跑进胡同去了。我去追他，你到书店了解一下情况。"

"明白了!"小井紧张地答道。

柴田见小井跑开了,便一转身,"嗵嗵嗵"跑回家中。不出所料,老婆正在津津有味地看电视,见柴田进来,她抬起头,吃惊地问道:"大所长怎么回来了?"

"我回来上厕所。"柴田头也不抬,走进厕所,扭开水龙头,用毛巾把手上的汗揩干后,将三道的脏手套戴上右手,拿起厕所门口早就准备好的花瓶,然后蹑手蹑脚地回到房间。老婆仍然在聚精会神地看着电视。柴田悄悄地转到她的背后,双手将花瓶高高举过头顶,照着老婆的后脑勺狠狠砸了下去,只见老婆头一歪,闷哼一声倒了下去……

柴田把沾满鲜血的花瓶扔到尸体旁边,又把衣柜的抽屉拉出一半,然后将三道的手套丢在门口边,见屋内已经弄得乱七八糟了,便拍了拍手上的灰尘,朝书店跑去。

小井还待在书店发愣呢,柴田问他书店的情况,小井挠挠头说:"书店老板说,没人偷书啊。"

"奇怪了,难道我看走眼了?"柴田故意皱着眉头,叹了一口气,"人老了,眼都花了。"然后,两人又像往常一样继续巡逻。一直到傍晚下班时,柴田拍拍小井的肩膀,说:"今晚到我家吃饭吧,哥俩好久没在一起喝两杯了。"小井是个酒鬼,立即满口答应下来。到了家门口,柴田大声喊道:"老婆,今晚多加两个菜。"里面没人应声。柴田嘟哝了一句,用钥匙打开了门……

"啊!"柴田惊叫了一声。小井进门一看,见柴田老婆死了,吓得脸色煞白,呆若木鸡。"快,打电话回警局。"柴田大声一喊,小井如梦初醒,一下子扑到电话上。一切按柴田的预想发展。警察赶到后,猜测这是盗贼干的,并通过鉴定,推断死亡时间是午后两点至三点之间。这时,一个警察捡起门口的手套,问:"柴田,这手套是你的吗?"

"不是。"柴田摇摇头,假装若有所思似的叫道,"这手套是一个叫三道的,我认得。"

"好,你带我们去!"刑警们迅速出门上了车。柴田坐在车上,心中不禁暗喜。很快就到了中心公园,柴田上前敲敲三道的窝棚,嚷道:"三道,出来!"

一个人慢腾腾地爬出来,一看,却不是三道。"三道呢?"柴田问。

那个人茫然答道:"他人不在!"

"人不在?难道跑了?"柴田心里"咯噔"一下,三道临阵脱逃,不好,自己有麻烦了。

那个人却悠然自得地说:"没有,他不会跑的!"

"那么,他在哪里?"

"能在哪里?在停尸间吧。"

"什么?"

"昨晚夜深人静,不知为什么,三道那小子说有喜事,就买来了酒。我也跟着沾光,两人喝得天昏地暗。早上我起来一看,三道那小子喝多了,竟然死了。没法子,我就通知警察,用车运走了。"柴田怔住了。

"你是说早上死的?"一个老资格刑警目光灼灼地盯着那人。

"是的。"那人回答。

老资格刑警用敏锐的目光回头盯着柴田,问:"三道早晨就死了,他的手套怎么会丢在午后的杀人现场呢?"

(改编:黎义全)
(题图:佐　夫)

最好的报答

成刚是刑警队的副队长，为了破获一个贩毒团伙，只身受命来到中缅边界，假扮成贩毒人员与毒贩接触，不料在毒贩窝里遇到了老对手胡三。胡三原是成刚他们县一个黑社会组织的老大，他的团伙被成刚带人一举打掉，他却逃了出来，没想到，他竟跑到这里当了毒贩。仇人相见，分外眼红，成刚一看情势不好，踢倒两个打手逃了出来。穷凶极恶的胡三带人在后面紧追不舍。翻越一个山坡时，成刚的脚崴了,情况非常危急。

成刚一瘸一拐地拼命跑着，后面追赶者的脚步声越来越近。成刚钻出一片小树林，眼前豁然开朗，只见一条公路蜿蜒而过。就在这时，一辆满载着纯净水的皮卡开了过来，成刚跳到车前，挥舞双臂，大喊停车。皮卡"嘎"的一声停下,司机探出头来,成刚赶紧说:"师傅,有坏人追我,捎我一段中不中?"

司机打开车门,成刚急忙上去。车子刚离开,成刚就从后视镜里看到胡三等人跑到了公路上,气急败坏地挥舞着砍刀咒骂着。好险,再晚一步,就可能成为他们的刀下之鬼。

司机也通过后视镜看到了一切,就问:"他们为什么追你?"

成刚不想暴露身份,故作轻松地说:"没什么,欠了一点赌债。"

司机摇头道:"本来我不该救你的,开赌场的都不好惹,可是看在老乡的分上,我还是让你上来了。"

成刚惊异地问:"你怎么看出我是老乡?"司机一笑:"你问'中不中',不就是我们家乡的方言吗?"细聊起来,两人竟还是一个县的,关系顿时又亲近了不少。

司机自我介绍姓腾,叫腾超,来到这里十多年了,他热情地请成刚到他家做客。成刚看天色已晚,也不好乱走乱闯,就答应下来。

腾超的家在一座大山脚下,三间瓦房孤零零地矗立在公路旁,成刚注意到,这里的人家比较分散,很少有左邻右舍。车子刚停下,屋里就跑出一个五六岁的小姑娘,稚气地喊着爸爸。腾超从驾驶座旁拿起新买的一个喜羊羊玩具,跳下车去,塞到女儿怀里,然后双手把小姑娘抱起,父女俩亲热了好一阵。这时,一个娇小的女人端着洗脸水走出来,说:"晚饭做好了,先洗把脸吧。"

女人看到车上又下来个陌生人,一时愣住了。当听丈夫介绍说是老乡来了,她立即笑着请成刚进屋。

晚饭并不丰盛,但处处透露出女主人的用心。看着这温馨的一家,成刚心里涌起一股暖意。突然他想到,自己的到来也许会给他们带来麻烦，应该赶紧给局领导打电话，让他们联系这里自治州的公安局，把自己接走。因为是化装侦察，他没带任何证件，就连手机也在路上跑丢了。于是成刚借用腾超的手机到院子里打了电话，事情很快就得到解决，自治州公安局表示马上会派人来接他。

等成刚再回到屋里，却发现气氛陡然起了变化，腾超阴沉着脸问道："你是警察？"见成刚点点头，腾超继续问，"来缉毒的？"

成刚反问："你怎么知道我是缉毒的？"

"谁都知道，来这里的警察，几乎都是来抓毒贩子的。"腾超焦躁地转了两圈，说，"对不住了，你还是出去吧，我家不能留你了。"

"老乡，这是怎么啦？"成刚赔着笑问道。

腾超冷冷地说："毒贩子都是些亡命之徒，心狠手辣，我还有老婆孩子，可不想得罪他们。"

成刚想了想，说道："要是我现在离开了，一会儿公安局的同志来接我，就找不到地方了。我只是搭你的车，毒贩不会想到我在你家里。"

腾超的妻子也帮成刚讲情，小姑娘也在一旁说："我要警察叔叔讲抓小偷的故事。"腾超这才铁青着脸，勉强答应让成刚等到警察来接他，然后就起身到里间去了。成刚很尴尬，只好逗着小姑娘，讲故事给她听。

天完全黑了，外面的狗突然发狂似的叫起来，女人走出屋去看看。她刚出去，就传来一声凄厉的惨叫。腾超"噌"的从里间跳了出来，成刚也霍地站了起来，两人几乎同时冲了出去。借着灯光，他们看到了惊心的一幕：腾超的妻子躺在地上，痛苦地扭曲着！她的身旁，站着几个面目狰狞的人，不用细看，成刚就知道其中一个是胡三。

腾超大叫一声，冲了上去，只见他大手一挥，扫在一个歹徒的脖子上，那歹徒立即仰面倒地。成刚抄起门旁的一把铁锨，也加入了战斗。

转眼间，腾超已经被乱刀砍倒在地，成刚愤怒地吼叫着，挥舞铁锨，奋不顾身地冲上去，逼开了那几个歹徒。铁锨长刀子短，歹徒虽多，一时还近不了身。混乱中只听胡三喊道："都闪开，都闪开！"成刚估计，胡三可能有枪，于是他直接冲向胡三，不给他掏枪瞄准的机会……

危急时刻，传来了警笛声，接成刚的警察到了！胡三见形势不妙，丢下受伤的歹徒，带领其他人逃跑了。

腾超身中数刀，生命垂危，他的右手紧紧地攥着，指缝间，露出一把车钥匙，危急关头，他把这当成了武器。而他的妻子，被刺中心脏，早已没了呼吸。

这时，一直躲在屋里的小女孩跑出来，扑到妈妈身上，发出撕心裂肺的哭声，成刚这个钢铁汉子也不禁泪如雨下。从事刑警工作这么多年，他从来没有这样愧疚过。

成刚决定留下来照顾腾超，他打电话请示了领导，得到了批准。

很快，胡三等歹徒都被擒获，腾超也渐渐痊愈。这天，成刚又去看腾超。腾超发现，今天成刚的面色很凝重，就问他怎么了。成刚没有直接回答，却说："我给你讲个故事吧。"

"十二年前，我承办了一起杀人案，一个男青年夜晚喝酒后回家，途中与人发生口角，进而发展到打斗，结果被对方割破喉咙身亡。据目击者讲，他看到凶手赤手空拳，朝受害人喉咙上一挥，受害人就倒下了。我一直想不出，凶手用的是什么凶器，直到那天胡三他们冲进你家……"

随着成刚的讲述，腾超的脸色变了。成刚叹了口气，继续说："那天你也是拳头一挥，歹徒就倒下了，你手里攥着的，是一把钥匙。事后我想起当年的案子，恍然大悟——钥匙细长尖利，有一定的杀伤力，与当年受害人的伤口相符。而你从家乡出来的时间，也与凶杀案发生的时间相吻合，还有一点，腾超啊，其实我们县根本没有姓'腾'的……我把你的血迹送回去做DNA化验，虽然我希望一切都只是巧合，但今天化验结果出来了，你的DNA与当年死者衣服上沾染的凶手血迹的DNA相符……"

成刚说完，两人都陷入了沉默，不知过了多久，腾超开口了："你想怎么样？"

成刚说："希望你去自首。"

腾超突然大喊："不，我不会去的！我为了救你，家破人亡，你却想把我送进监狱！你还有一点良心吗？我救了你的命，你口口声声说要报答我，你就是这样报答我的吗？"

成刚凄然道："捉拿凶手是警察的天职，我……不能不捉拿你归案。"

腾超无奈地接受了事实，他平静一下，说："那天我喝了酒，头脑发热，一时冲动，犯了罪……事发后我到处逃亡，最后在这荒山僻壤安了家。那天让你搭车，也是因为这么多年来我内心一直不安，平时能帮别人的我就帮一帮，也是个赎罪的意思，没想到……善恶有报，事到如今，我别无牵挂，只有一件事情求你，我老婆死了，我进监狱后，求你好好照顾我的女儿。"

成刚沉默许久，低下头，轻声说："这个……我可能办不到……"

"什么？"腾超愤怒得眼睛几乎要冒出火来。成刚叹道："因为，我很快要去一个很远的地方……"

原来，当年成刚承办这个案子的时候，立功心切，在凶器没有找到的情况下匆忙结案，导致一个无辜的青年被送进了监狱。腾超的出现，证明成刚当年办了错案。成刚说："我注定要为自己的错误付出代价——我已经主动申请降职，并接受了新的卧底任务，接下来，我可能会在边境卧底很长一段时间……你放心，我会把你的女儿交给我爱人抚养的，她一定会像对亲女儿一样对她！"

腾超喃喃地说："你这是何苦呢？如果你不说，这个案子的真相永远不会被外人知道。"

成刚没有说话，他在心里默默想着：只有这样，才是对所有人最好的报答。

(郭　选)
(题图：佐　夫)

群众演员

张永忠是个民企老板,这天中午,他去一家叫"大观园"的酒店吃饭,正吃着,从大门口进来了一个人,在他身边的一张桌子上坐了下来,也不点菜,一副若有所思的样子。服务员拿着菜谱过来了,这个人说:"不急,不急,我还要等个人。"

张永忠忍不住多看了他两眼,因为那个人长得跟他挺像的。没坐多大一会,那个人起身又出去了,不料刚出餐厅大门,突然从一旁蹿过来一个青年,掏出枪来,照着那个人就扣扳机,随着几声枪响,那人嘴里发出几声惨叫,身子转了两圈,晃晃悠悠地倒在地上。

这一下现场可炸开了锅,杀手混在人群里逃跑了。餐厅里好多人都目睹了这一场面,全都吓得直发抖。在目击者中,最紧张、最害怕的要数张永忠了,他差点怀疑杀手是来杀自己的。为啥这么想?做贼心虚呗。不久前,张永忠和一位姓钱的老板同时竞标一个工程,钱老板私下专门找他谈过一次,说掌握了他包养情人的证据,威胁他退出竞争,不然就把这件事捅给他老婆。换个人,也许不大在乎,偏偏张永忠最担心的就是这个,他是靠老婆的背景起家的,老婆一翻脸,他一切都玩完。张永忠越想越怕,不由恶向胆边生,于是派了个叫黑子的心腹把钱老板杀了,没想到不到三天警察就把案子给破了,把黑子抓了起来。

自从黑子被抓,张永忠就没睡过踏实觉,生怕黑子把自己给供出来,要不是家大业大,他早就逃跑了,可奇怪的是,警察从来没找自己问过话,看来,黑子一人把罪扛了,只要黑子不松口,警察就奈何不了他……

张永忠正在胡思乱想,几个胆大的食客嚷嚷着要出去看看情况,张永忠也跟着去了,可没想到外面的情况突然起了变化:从马路对面的一辆面包车里走出一个中年女人,她穿着一件有很多兜的马夹,拿着话筒,叫了起来:"对不起,让大家受惊了,我们是在拍戏。"

原来是虚惊一场,大家悬着的一颗心这才放了下来,有人还认出这女的就是市电视台的一位编导。接下来就热闹了。地上的"死者"首先爬了起来,接着,摄制组的其他成员也过来了,大家都很高兴,唯独女导演板起了脸:"这个镜头要重拍!"摄影师不解地问:"为什么呀?"

"群众的表现都很真实,问题恰恰出在演员身上。"女导演对着那个扮演死者的演员,不客气地批评起来,"余斌,我都不知道怎么说你,给你说的戏都当耳边风了?中枪后身子一震,往后一栽就完事了,可你看看你,两手乱舞,嘴里乱叫唤,还转了两圈再倒下,都打哪学的?"

那个叫余斌的演员不服气地说:"当年周润发在《上海滩》里就是这么死的嘛,我觉得非常经典;再说,直挺挺地倒下,磕着脑袋咋办?"女导演一听气坏了,让制片给了他钱,打发他走了。赌气归赌气,这戏还得拍呀,女导演决定现场招募演员,她把这个意图向围观的食客、路人说了,又介绍了剧情:"这个镜头不长,杀手想杀一个有黑道背景的老板,不过,认错了人,开枪后就趁乱逃跑了。"她这么一说,大伙也就明白了,难怪只要现场招募一个群众演员就行了。于是不少男士抢着报名,愿意被"干掉",还纷纷表示不要报酬。

女导演说:"我们的男二号……噢,就是剧中的那个老板,他没来,被杀的这个人得跟他长得有几分相似才行,还得有派头。"

现场很热闹,惹得张永忠也起了戏瘾。刚才那一幕弄得他心惊肉跳,加上这几天一直紧张兮兮的,他很想利用这么一个机会松弛一下神经,于是他便挤上前去,对女导演说:"你看我怎么样?我跟那个叫余斌的有点像,也有老板派头吧?"女导演眼睛一亮:"太好啦,就是你啦!"

剧组大概防着第一遍拍摄出意外,早就准备了另外一件布了弹点、血包的服装,当下就给张永忠换上了。当然,现在没法偷拍了,所以,需要大量的群众演员配合,围观者正好都能派上用场。女导演又给群众演员说起戏来,大家刚才都有了一次经验,不一会儿就领悟了。

一切准备完毕,女导演一声"开拍",张永忠从餐厅大门里走了出来,然后,杀手突然冲上前,连开数枪,只见张永忠身子猛然一震,身上出现了几个血洞,接着,瞪大了眼向后仰倒下去……与此同时,行人四散惊逃,杀手混进人群……

这次镜头拍得比第一遍要细致,先拍全景,然后摄影师抱着机子一路推过去,最后还给张永忠来了个特写,随着一声"OK",整个镜头终于完成了,女导演高兴地说:"非常成功,非常到位!"话刚说完,一辆警车飞驰而至,一个警察下了车,走到女导演面前,劈头就埋怨上了:"表姐,你们到底在玩什么玄虚?"来人是市公安局刑警队的副队长,叫王鹏,还是女导演的表弟。女导演带着歉意说:"我们只是想追求真实的效果,所以进行了偷拍,没想到把你们给惊动了。"

王鹏说:"你们拍这种镜头,事先得给派出所打声招呼呀,弄得我们多被动。"女导演说:"这个镜头不长,很快就能拍完……刚才有个演员演砸了,我生了会儿闷气,才通知得晚了。"

原来,"枪案"发生不久,有人给110打了电话,110马上通知刑警队出警。警察刚走到半路,又接到通知,说是电视台在拍戏,弄得大家个个闹脾气,有人还往电视台打电话质询,得知是王队长的表姐在拍外景,也就不吭声,赶紧收队了。那会儿,王鹏正在看守所提审黑子,不知道这事,不久,一位同事打电话告诉他,王鹏心里挺别扭的,就开车过来了。

这不是什么大事,在表姐保证下不为例后,王鹏也不好再说什么。这时,他发现了扮演中枪者的群众演员,十分意外地说:"这不是张老板吗?你还有这爱好?"张永忠有点尴尬,他讪笑着说:"好玩,好玩。"王鹏说:"那你们继续玩吧。"说完,他驱车走了。下午,王鹏赶到了电视台,找到了表姐,把张永忠演的那一段翻刻了一盘,带回了局里。

王鹏再次来到看守所提审黑子。这个黑子就是王鹏带人抓的,抓来后经过审讯,知道黑子跟钱老板无冤无仇,根本找不到杀人动机。后来,王鹏怀疑是张永忠雇凶杀人,而且,把这个话也向黑子挑明了,可没想到黑子的嘴非常硬,坚持说自己想抢劫钱总,没得逞就把人杀了,没有任何人指使他。王鹏因为没证据,怕惊动张永忠,所以,一直没有跟他接触。那黑子到底是怎么想的呢?很简单,一是张永忠给了他五万块钱,黑子缺钱用,五万块对他是个大数目;二是张永忠曾威胁他,如果泄露半点口风,就把他一家都杀了,还说已经提前做了安排,自己坐牢之日,就是黑子家灭门之时,所以,黑子不敢把张永忠供出来。

这会儿,黑子见王鹏又来了,仍是一副死猪不怕开水烫的架势。王鹏开门见山,说:"我来是想告诉你一件事,张永忠死了,就是中午我审你的那会儿。"黑子听了,脸上一惊,不过,马上又平静下来,冷冷地说:"你以为我是三岁小孩呀?"

王鹏不急不恼,说了起来:"今天中午,张永忠在大观园酒店门前遭到袭击,身中六枪,当场死亡。杀手当时趁乱逃跑了,我们正在布控缉捕,抓住他只是迟早的事,因为他的相貌被拍摄了下来。这事说起来也巧,当时,对面有个人拿个数码摄像机拍街景,正巧把这一幕拍了下来,我们已经请人把录像带刻成了光盘。走吧,一块儿去看一看。"

王鹏把黑子带到了一间会议室,打开电视,把碟片放进影碟机中,中午枪杀那一幕被播放出来。黑子看得眼都直了,这不是张永忠还能是谁?身上打了那么多洞,死不瞑目,真是太惨了。

王鹏看了黑子一眼,问:"你现在还愿意自己扛罪吗?"

黑子愣了愣,摇了摇头。现在,张永忠已经死了,再替他掩护值吗?还不如把责任朝他身上推呢,没准自己还吃不了枪子儿,于是黑子说:"我交代,都是张永忠逼我干的……"

张永忠做梦也没想到自己把自己给玩进去了。审讯结束后,王鹏马上通知人去抓张永忠,然后又给表姐打了个电话:"表姐,你那个镜头还是另找个人重拍吧!"

(孙新峰)
(题图:刘斌昆)

证明

捡了条狗命

小涛今年十九岁，年初来到城里打工，一晃十来个月过去了，眼看就是春节，他每天都盼着和家人团聚。

腊月二十三，小涛终于忙完了最后的收尾活，赶紧去买了车票。这天一大早，他从被窝里爬起来，背着简单的行李赶去车站。一踏出房门，冷空气便如刀一般割在脸上，小涛忍不住打了个哆嗦，赶紧一溜小跑。

天刚蒙蒙亮，街上连个晨练的人都没有。小涛跑到了东方小区附近，在他正前方不远处，一只拇指狗穿着黑皮马甲，正在街上溜达。

这只拇指狗很漂亮，几天前小涛早起去干活的时候见过它，由一个哈欠连天的中年大叔牵着它出来方便。小涛忍不住左右张望：那中年大叔呢？

小涛没看见中年大叔，再回头时，见拇指狗已经跷起后腿，歪着身子开始撒尿，尿完了，拇指狗没动地方，伸着鼻子闻个不停。小涛觉得有趣，吃吃地笑了起来。就在这时，前面传来一阵轰鸣声，一辆货车从对面开了过来。可能是街上没人的缘故，车开得飞快，转眼间由小变大，越来越近。拇指狗也看见了货车，想躲到路边，可是它光迈前腿，后腿却一动都动不了——它竟然被自己撒的尿冻在了地上。

拇指狗慌了，"呜呜"地叫着，拼命挣扎，可它的力气太小，那只后腿便如焊在冰上一般，怎么也挣不脱。眼看着货车就要将它碾成肉泥，小涛想都不想，扔掉行李猛扑过去，一把捞起拇指狗滚到路边，货车呼啸着从他身边一掠而过。小涛爬起来，不由得感到一阵后怕。

货车也停了下来，司机跳下车跑过来，惊慌地说："对不起，刚才太乏了，没看见你的狗，幸亏你救了它，你没事吧？"

小涛这才感觉到胳膊一阵阵疼痛，应该是在地上撞伤了，不过估计是皮外伤，没什么大不了的，于是他说没事，让司机走了。

小涛弯下腰，把拇指狗放在地上，没想到，这狗前脚刚一着地，就一下子缩了回来，同时发出一声惨叫。原来，刚才小涛在地上翻滚的时候，拇指狗的一条腿撞在地上——应该是撞在钢板上，竟然折断了。

没错，地上铺着钢板，要不然，东北的天气再冷，撒尿拿棍敲也只能是传说，地上要是钢板的话，热尿下去瞬间成冰就太有可能了。拇指狗很不幸，撒尿没挑对地方，结果发生了这起意外事故。

至于好端端的地面，为什么要铺上钢板，这还得解释几句：这小区的一条管线出了故障，维修公司的人就先接了条临时管线对付，因为地面坚硬没法挖沟，管线就放在了地表，又怕来回过车压坏，就在上面铺了块钢板，保护这条管线。

话说小涛见拇指狗受了伤，心想得赶紧找到它的主人，帮它治伤。

前几天,小涛见到那中年大叔的时候,他正好从一间平房里出来,离这儿并不远。于是小涛捡回行李,抱着拇指狗,去敲中年大叔的家门。

拇指狗的主人是老梁。这老梁四十多岁,性格倔强,凡事爱认死理,几乎没什么朋友,所以就养了条狗做伴。可养狗也不容易,如果不想它在屋里大小便的话,就得每天带它出去方便。这天早晨,老梁实在不愿意爬出热被窝,就让狗自己出去了。

老梁的回笼觉睡得极香,可就在这时,偏偏有人不识趣地敲门,实在令老梁不高兴。他满肚子不痛快地开门一看,自己的爱犬正可怜兮兮地躺在一个打工仔怀里,老梁不由得心生警惕,一把夺过拇指狗,问:"你是谁?我家白白怎么在你手里呀,你把白白怎么了?"

老梁发现拇指狗的腿受了伤,十分愤怒。小涛急忙给他讲刚才发生的事情,正说着,他觉得手上热乎乎的,抬起来一看,一股鲜血从胳膊上流了下来。老梁吃了一惊,随即恍然大悟,冷冷地问:"这么说,你的胳膊也是为救我们家白白弄伤的?"

小涛点头,笑道:"刚才我还以为没啥事呢,没想到流了这么多血。"

老梁又问:"你是不是想让我送你去医院,然后讹我钱啊?"

小涛一下子愣了,不解地说:"大叔,你什么意思啊?"

"我还想问问你什么意思呢。"老梁不客气地说,"狗撒尿把脚冻住了?你编瞎话能不能给编圆点?你们这些打工仔,除了素质什么都有,除了好事什么都干,你能冒着被撞的危险救狗?真把我当傻子了。"

小涛火了,正想辩解,老梁把脸一绷:"我问你,你怎么知道这是我的狗?你怎么知道我家住在这儿?"

小涛讷讷地说:"前几天,我看见你牵着狗从这儿出来……"

"说得倒像真的似的,可你骗不了我。"老梁不屑地说,"你是自己不小心伤了胳膊吧? 想去医院看又舍不得花钱, 所以你打伤了我的狗, 还编了这么个瞎话来骗我, 对不对?"

小涛脑子"嗡"的一声, 他想说点什么, 可情急之下, 一时不知怎么开口。

小涛脸红脖子粗的样子挺吓人, 老梁心里有些害怕, 就虚张声势地说:"我没证据证明是你打伤了我的狗, 我认倒霉不用你赔, 可你, 你也少打我的主意。"说完, 他用力关上了门。

小涛愣了半天, 才缓过劲来, 他用力砸门, 边砸边喊:"别这么平白无故地冤枉人, 你给我出来……"

老梁怒气冲冲地打开门, 喝道:"我都不找你麻烦了, 你还没完没了是不是? 给我滚!"说完, 他又把门关死了。

小涛满腔怒气无处发泄, 不知道该怎么办, 他只有一个念头: 绝不能带着这种屈辱回家, 一定要证明自己不是老梁眼中的那种人。

小涛家也不回了, 赶去车站退了票, 又背着行李返回来。当他来到那块钢板前时, 突然想到, 那只狗的脚曾经冻在冰里, 自己将它拉了出来, 那钢板上会不会有什么痕迹呢? 想到这里, 他赶紧低下头寻找起来。可是离事发时已经过去了近两个小时, 早有无数的车、人经过, 哪里还找得到什么痕迹? 小涛只好无奈地离开。

今晚发笔财

小涛不知道, 他在钢板上寻来找去的样子, 让两个人很是担心。这两人, 一个是大头, 一个叫老三, 是标准的社会闲散人员。如今临近年关, 他们想弄点钱过个肥年, 所以趁着夜黑风冷, 把附近十几个铁制垃圾箱全偷了卖废铁,发了笔小财。

两人得了甜头,正想再接再厉再发新财,听人说了东方小区的街上铺了块钢板的事情,两人大喜,赶紧来验货,正好看见了小涛。待小涛走后,两人慢腾腾地走上前去,老三疑惑地问:"大头,你说这小子会不会是同行?是不是也在打这块钢板的主意?"

大头脑袋大,智商也明显要高出老三一截,他一边蹲下身子,假装系鞋带,一边低声说:"如果他想打这块钢板的主意,应该像我这样,在边上观察钢板的厚度,估计钢板的重量,而不是傻乎乎地踩在钢板上。你就放心吧,他肯定不是来跟我们抢生意的。"

说话间,大头已经估计出这钢板大约有七八百斤,他低声说:"这块钢板咱俩抬不动,还得找两个帮手才行,就明天晚上动手吧。"

老三性急,马上就问:"明天晚上?那今天晚上干什么?"

大头笑了:"今天晚上,咱哥俩先发笔财。"原来,大头昨天路过东方小区四号楼,看到一楼一个窗户后面放着一台DV机,他曾经在商店见过一模一样的,卖五千多块。大头很是心动,晚上来回侦察了好几遍,发现这家一晚上都没亮灯,好像没人。刚才来看钢板的路上,大头特地经过那家,看到DV机仍然好端端地放在窗后。

"正好,经过这段时间的学习,哥哥我开锁的本事也练得差不多了,如果今晚他家还没人的话,就拿他家第一个开刀。"大头搂着老三的肩膀,说,"到时候你给我把风,如果成了,以后咱的业务重心就转移到撬门开锁入室作业,逐步抛弃原来那些傻、粗、笨的赚钱方式。"

当晚天遂人愿,这家一直毫无动静,到了九点多钟,两人潜进楼道里,准备利用技术手段打开门锁。可是,大头明显高估了自己的技术水平,忙活了半个多小时,大冷的天内衣都被汗浸透了,也没能打开这把简单的锁。就在这时,老三发现一个人影远远地走了过来,越走越近,于是赶紧提醒大头:"风紧、扯呼——"

大头这个气呀,辛辛苦苦练了半个月的技术,结果不但白挨累,关键是业务重心转移的大计落了个空,这对他的打击实在太大了。大头怒从心头起,出了楼道,顺手捡起一块砖头,狠狠砸在这家窗玻璃上,玻璃被砸出个大洞,他伸手进去,抓起DV机就跑。

这番动作声响太大,那个人影一愣,随即大步向这边跑来,但他离得实在太远,追了几步也就放弃了。

大头和老三一口气跑到安全的地方,约好了第二天去销赃分钱,然后各回各家。

大头到家的时候,儿子小勇正在电脑前全神贯注地打游戏,听到他进屋,头都不回一下。大头没好气地把DV机扔给小勇,说:"这是你老三叔买的二手货,让你帮忙把里面的东西删掉,你会弄吧?"

小勇终于把眼睛从屏幕上挪开,飞快地扫了一眼:"这有什么不会的?包在我身上了。"

大头转身进了卧室,躺在床上还有些不甘心:要不是被那个混蛋打扰了工作,或许现在已经打开了门锁,实现了人生的突破,那个混蛋实在太可恶了。

大头诅咒的那个混蛋不是别人,正是憋了一肚子火准备证明自己的小涛。可是小涛为什么这么晚去东方小区呢?

原来,小涛把行李送回住处,简单处理了胳膊上的伤口后,马上返回了东方小区。他琢磨着,他救狗的时候虽然街上没人,但说不定谁在家里看到了这一幕,只要能找到目击者,就可以证明自己的清白了。于是,小涛挨家挨户敲门,跟人家讲述早晨发生的事情,问人家是不是看到了。

可是，一直走访到晚上，小涛又累又饿却一无所获。

就在小涛垂头丧气准备回去的时候，突然看到一栋楼前的告示板，上面贴着一些买卖、租房、寻人等信息，他灵机一动——自己也可以写个启事贴在这儿嘛！

小涛费了好大的劲，憋出一篇寻找目击者的启事，因为不会使用电脑，他找来纸笔，一个字一个字地抄了十来份，弄好之后已经晚上九点了，他来到东方小区，准备在每栋楼前都贴上一份。没想到他走到四号楼的时候，惊走了大头和老三。

小涛追了几步没追上，这时候有邻居听到砸玻璃的声音和小涛的叫喊声，便出来看个究竟，于是就有人给玻璃被砸这家的屋主打了电话。屋主名叫周长海，是个单身小白领，因为年底工作忙，这两天一直吃住在单位，他接到电话后马上赶了回来，报了警。

小涛这才知道，那两个砸玻璃的还偷走了DV机，不禁十分后悔，对周长海说："我还以为他们只砸了玻璃呢，要是知道他们还偷了东西，说什么我也会抓住他们。"

小涛那种朴实的样子，一下子就赢得了周长海的好感。周长海问他怎么会这么晚来这里，小涛当然实话实说了。周长海听完，一阵苦笑："要是DV机没丢，我就能证明你救狗的事情了。"

原来，那台DV机是开着的，一直在冲着窗外摄像。既然小涛救狗的地点就在钢板上，那么当时那一幕，肯定会被DV机记录下来，如今DV机被偷了，证据当然也就没有了。

周长海如此一说，小涛更加后悔，他随口问道："周大哥，大晚上的，你开着DV机对着街道，你想录什么呀？"

周长海叹了口气，说出了原因。前些日子，小区的几个铁制垃圾箱被人偷走了,居民们的垃圾没地方处理,弄得小区脏乱不堪。看到这种情况,周长海就想用个什么办法抓住小偷。恰好这时候,街道上铺了块钢板,周长海立刻敏锐地想到,这块钢板对那些贼来说,就是一大块肥肉,他们怎么会不动心呢?

周长海说:"说来也巧,我家的窗户正好对着钢板的位置,我就把DV机放在窗前,如果有人趁着夜深人静偷钢板的话,肯定会被录下来……谁想到DV机就这么让人偷了,这计划也就行不通了。"

小涛眼睛一亮,如果偷DV机的和偷垃圾箱的是一伙贼,那么很有可能,他们会像周长海判断的那样来偷钢板。只要自己守在这里抓住他们,就能找回DV机,拿到里面的录像,证明自己的清白了。

小涛暗暗打定了主意,贴完了最后几张启事后,他潜伏下来,盼着小偷们赶紧出现。可他不知道,人家大头的计划是第二天动手。小涛又累又困,还冻个半死,一直守到天都亮了,才打着喷嚏、擤着鼻涕离开。

小涛回到住处,一头扎在床上,睡得昏天黑地。直到中午时分,突然手机铃声大作,小涛一激灵,抓起手机一看,是个陌生号码,他接起来:"喂——"

那边传来一个声音:"那个寻找目击证人的启事,是你贴的吗?"

小涛精神一振,赶紧说是。对方哈哈大笑,得意地说:"算你小子走运,前天晚上我打了一宿麻将,天亮回家时,正好看到你救狗的事情,我可以为你作证。"小涛猛地从床上蹦了起来,终于可以证明自己的清白了,他觉也不睡了,兴冲冲地去见这位目击者。

作伪证真难

那么,这位目击者真的如他所说,亲眼看见小涛救狗的事情了吗?

当然没有，因为这个目击者不是别人，正是老三。这天上午，老三去了大头家，两人拿着DV机，打算找家商店卖掉，不料遇到了一个多事的店主，因为大头拿不出发票，店主起了疑心，一个劲地旁敲侧击着打探DV机的来路，两人见势不妙，只好抓起DV机落荒而逃。

就在回家的路上，他们看到了小涛贴的启事，稍一打听，就知道了事情原委。大头脑子好使，立刻想到了发财的点子，让老三冒充目击者帮小涛作证。

话说小涛满腔兴奋地见到了老三，老三开门见山地说："作证可以，我有什么好处？"小涛一愣，想了想，说他愿意请老三吃顿饭。

老三大大咧咧地说："饭就不吃了，按两百块钱的标准，折现吧，先付。"小涛虽然心疼，但还是爽快地掏了两百块钱给他，于是老三屁颠屁颠地跟着小涛来到老梁家。

从昨天到今天，小涛又是做家访又是贴启事，把这件事情折腾得人尽皆知，就有人议论说，人家孩子要不是受了天大的委屈，能这么四处寻找证人吗？老梁欺负这样一个小孩子，实在没心没肺。这些话传到了老梁的耳朵里，惹得他直想骂人，而小涛和老三偏在这时送上门来。

一听说老三是来为小涛作证的，老梁立马就爆发了："作证？我呸，你看他那贼眉鼠眼的样儿！一看就不是什么好东西，凭什么让我相信他的话？"

"你他妈的嘴巴放干净点。"老三不干了，"说谁贼眉鼠眼呢？惹急了老子弄死你。"

老梁吓了一跳，直觉告诉他，这个老三不是好人。老梁眼睛转了几转，计上心来，装作漫不经心的样子问小涛："之前你不是说，当时街上没人吗？那他是在哪里看见的？"

"我是路过,穿过小区的时候看见的。"老三瞪着眼睛,"他没看见我,我看见他了,有问题吗?"

老梁问:"你看清楚了?"

"当然,要不我来干吗!"

"那好,我问你,我家拇指狗穿的马甲是什么颜色?"

老三得意地笑了,虽然他昨天早晨没亲眼看见拇指狗,不过就像小涛一样,以前他也见过这只狗。看来,老天都帮着他呢,他不屑地说:"黑皮马甲。"

老梁再问:"那么,在这条东西街上,车是从哪个方向来的?拇指狗在哪个方向?"

老三不由得一愣,硬着头皮回答:"狗在西边,车从东边来。"话一出口,老三看见老梁嘴角露出讥诮之色,情知不妙,赶紧改口,"不不不,狗在东边,车在西边。"

这次,不等老梁说话,小涛已经愤怒地叫了起来:"你不是说亲眼看见的吗?怎么这个问题还会答错?你到底看见没有啊?"

老三知道瞒不住了,厚着脸皮嘻嘻一笑:"就算没看见,我也听人家说了,我这不是想帮你嘛?"

老梁计谋得逞,愈加坚信自己最初的判断,他不屑地对小涛说:"别搞这些歪门邪道的,没用!以后也别再来烦我,别让我更瞧不起你。"

小涛耷拉着脑袋出了门,让老三把两百块钱还给他,可到了嘴里的肉,老三怎么可能再吐出来?乘小涛不备,老三一把推倒小涛,撒腿就跑,三拐两拐就没了影子。

被人骗了两百块钱事小,可不但没能证明自己的人格,反而更让老梁以为自己是个弄虚作假的骗子,小涛气得差点哭出声来,但是错已铸成,他只能吃了这个哑巴亏。

当晚,小涛把自己包得严严实实的,再次来到离那块钢板最近的楼道里,他惊讶地发现,钢板附近的路灯,昨天晚上还好端端的,今天却不亮了,这是怎么个情况?会不会是小偷为了方便行动,故意弄坏了路灯?小涛心里蓦地提高了警惕。

小涛没有猜错,路灯的确是大头动的手脚。今天白天,大头伪装成电工,从灯杆底部的维修孔掐断了里面的电线,破坏了照明,这样一来,钢板所在处漆黑一片,能充分减少被别人发现的危险。

夜里十一点多钟的时候,大头、老三和他们找来的另外两个帮手,开着一辆拖板车来发财了。几个人蒙着脸,每人拿着一根撬棍,跳下车三两下便将钢板撬得松动,然后一人抬一边,将钢板装进车里,整个过程只用了几分钟。可就在他们准备撤离的时候,楼里跑出来一个人,大喊:"抓贼、抓贼了——"

这人正是小涛。其实小涛的原意,并不是这样两手空空地冲出来大喊,而是想在他们来的时候报警。可当他拨通110,刚说了一句话时,手机突然自动关机,没电了。

明明在出来的时候,手机还有一格电呢,怎么突然间就没电了呢?这事还真是小涛大意了,在低温寒冷的天气里,手机电力损耗得特别快,那一格电就在小涛等待的时候一点一点地没了。小涛简直欲哭无泪,情急之下冲出来,也只是没办法的办法。

大头他们本来就做贼心虚,小涛这突如其来的一嗓子,把这几人着实吓得不轻,好在钢板已经装上了车,几个人纷纷跳上车,大头一踩油门,风驰电掣地离开现场。就在他们松了口气、以为安全了的时候,老三突然指着倒车镜大喊起来:"看,他在后面跟着我们——"

倒车镜里，一个穿着大衣、戴着口罩的人，疯狂地蹬着自行车追了上来。原来，小涛决定守株待兔的时候，多了个心眼：万一警察来得不及时，他不能眼睁睁地看着小偷跑掉，所以他借了一辆自行车，准备跟踪，这时候，自行车自然派上了用场。

大头不屑地摇摇头，自行车跟汽车赛跑？这是什么样的白痴才干得出来的蠢事？他脚下加力猛踩油门，回头再看，自行车已经被越甩越远，几个人不禁哈哈大笑起来。

几个人正得意时，冷不防一辆摩托车从十字路口冲了出来，大头大吃一惊，一边猛踩刹车，一边急打方向盘。可是，几天前刚下了场大雪，没来及清理的雪都被踩成了冰，光滑无比，这种路面根本不敢急刹车。随着刺耳的刹车声，车子一边朝前冲，一边转了一百八十度，虽然成功地避开了骑摩托的那人，却熄了火。

骑摩托那人吓得不轻，停下摩托，指着这边大骂不止。大头险些气炸了肺，把手一挥："修理他。"

老三等人立刻提着撬棍下了车，那人见势头不对，把嘴一闭，跳上摩托一溜烟跑了。

老三等人的气焰越发嚣张，也不跑了，决定等小涛追上来后，好好教训他一顿。可是小涛也不傻，早看见前面那一幕，于是在不远不近的地方停下来，小心翼翼地观察这边的情况。

老三见小涛不动，气势汹汹地率领两个同伙追了过来，小涛才不想跟他们打架呢，骑上车掉头就跑。

老三的本意也是想吓走小涛，见目的达到，便和同伙上了车继续逃窜。可没想到，小涛转头又跟了上来，气得老三大骂不止。

刚才的教训大头还没忘，说什么也不敢提速了，只好任小涛像尾巴一样远远地吊着。可这样下去也不是个事呀!大头恶狠狠地说:"一会儿到前面拐弯的时候,你们几个下去躲起来,等他追过来的时候打倒他,记住,毁了他的车子,让他无法再追就行,千万别打伤人。"

老三点头答应,带着两个同伙在拐弯处下了车,小涛不明就里,刚一过街角,老三手里的撬棍猛地伸了过来,正插进自行车的前车圈里,前车圈猛地卡住,把小涛从车上甩了出去,砸在地上,不动了。

老三一惊,暗想不会就这么摔死了吧?可随即看到小涛的胸脯正急促地起伏着,还有呼吸,顿时心里有了底,装腔作势地喝道:"敢和大爷作对?惹急了老子弄死你。"

说完,老三得意洋洋地带着两个同伙跳上车,赶到早就联系好了的收购站,处理了钢板,分赃完毕后,几人各自揣着几张百元大钞,心满意足地回家上床睡觉了。

删掉的清白

却说小涛那一个跟头摔得挺狠,虽然骨头没断,但浑身上下无处不疼,差点就昏了过去。对,就是差点,所以他听到了老三那句装腔作势的话。他在地上躺了四五分钟,总算觉得好了些,于是爬起来,推着车子一瘸一拐地到派出所报案去了。

可是,小涛对警察说了半天,只说出四个小偷的体形特征,但相貌没看见;那辆货车型号也能说出来,但车牌号被遮挡了,也没看见。

小涛很沮丧,他低着头苦苦回忆当时的每一个细节,突然,他大叫起来:"我想起来了,那个小偷的声音我曾经听到过。"

警察赶紧问他在哪里听过。小涛定了定神,说今天有个骗子说可以当他的目击证人,在老梁家里,那家伙说了一句"惹急了老子弄死你",而刚才那个小偷也说了同样一句话,两人应该是同一个人。

小涛兴奋地大叫:"虽然我不知道在哪里可以找到这家伙,但是我有他的电话号码。"

倒霉的老三哪里知道,自己无意中的一句话,竟然把自己出卖了。第二天上午,老三很顺利地落入法网,然后供出同伙,并且带着警察前去抓捕。小涛急着找回那台 DV 机,一直跟到了大头家里,却发现 DV 机里面空空如也,他急切地问大头:"里面录的东西呢?"

大头茫然地反问:"里面的东西?早就删掉了,怎么了?"

小涛失望得差点哭出声来,指着大头的鼻子骂道:"王八蛋,你害苦我了,没有那些录像,我怎么证明我救过那条狗?怎么让老梁相信我的清白?"

警察安慰小涛,说他为了抓贼,在零下几十度的天气里一守就守了两夜,足以证明他的人品,相信老梁会意识到自己冤枉了小涛的。

警察特地陪小涛去了趟老梁家,可是老梁振振有词地说,蹲点抓贼和冒着生命危险救狗,根本是两回事,就算小涛抓了贼,也不能证明他救了狗——没有证据,打死他也不相信小涛救狗的事情。

小涛彻底失望了,这时家人不断地打电话催他回家过年,警察也向小涛承诺,会帮他留意此事,让他留下联系方式,说一有消息就会通知他。无奈之下,小涛终于决定暂时回家过年。

这天,小涛背着行李来到老梁家里,郑重地对老梁说:"我现在要回家了,虽然我现在没办法证明自己救了你的狗,但你别小看我,总有一天,我会让你知道,我不是你想象中的那种人。"

转眼间新年过了,刹那间春天到了,这天,周长海正在单位浏览网页,一个朋友突然发来一个网址,附言:"这是如今网上最流行的视频,老搞笑了,老感人了,快看快看。"

搞笑和感人怎么能放在一块儿呢?周长海有些奇怪,但还是打开了网址,然后,他的眼睛一下子直了:一只小狗撒尿冻住了脚,一个打工仔扔下行李飞身相救……这不正是小涛曾经说过的那一幕吗?令他不解的是,从画面角度上看,这视频应该正是他家DV机拍下的,可是,DV机里的东西明明已经被删掉了,怎么会又出现在网上?

在警方的配合下,周长海很快弄清了事情原委。那天晚上,大头命令儿子小勇删除DV机里的内容,小勇打开机器后,看到了这段视频,觉得好玩,随手便发到了网上,于是这段视频在网上疯传开来。

周长海想第一时间通知小涛,可小涛的电话一直无法接通。恰好这段时间单位不忙,周长海决定按小涛留给派出所的地址,去一趟小涛家,亲自把这个好消息带给他。

来到小涛家,周长海敲了半天门,却没人应。一个邻居问他找谁,周长海问:"小涛是住这儿吧?"

"小涛啊。"邻居叹了口气,"这是他家,可他人在医院躺着呢!"

周长海急忙追问怎么回事。邻居告诉他,小涛从城里回来后,一直郁郁寡欢,说有人冤枉他,不相信他的人品,他一定要做出点什么来证明自己。三天前,两个孩子在河边玩,河里的冰破了,孩子掉入河中,恰好小涛经过,衣服都来不及脱就跳了进去,虽然两个孩子得救了,但小涛差点淹死,大夫抢救了几个小时才把他救过来。

周长海震惊不已,怪不得自己怎么打他电话也不通,原来小涛竟然出了这种事。他立即赶到医院,病床上的小涛脸色苍白,身上插满了各种管子,见到周长海,小涛惊讶地瞪大了眼睛,用微弱的声音问:"周大哥,你怎么来了?"

"我来向你报喜的。"周长海含着热泪说,"你再也不用背着那个沉重的包袱了。"

周长海打开笔记本电脑,调出那段视频给小涛看。看着看着,小涛忍不住泪流满面,好久好久,才轻声问:"老梁看到这段视频了吗?"

"我看到了,派出所的警察还把我好一通批评,我对不起你呀!"这时,老梁走了进来,他满脸羞愧之色,上前一把握住小涛的手,"其实我不是不讲理的人,是以前装修房子的时候,有个打工的小子偷了我两千块钱,所以我才对打工仔没好印象。可现在我终于知道了,不能以偏概全。希望你能原谅我,你看,我的宝贝白白也来了。"

一只小狗"腾"地跳上病床,来到小涛面前,伸出舌头亲热地舔着他的脸,正是老梁的那只拇指狗。

"刚才听你的邻居说你跳河救人的事情,我都快后悔死了。"老梁后悔莫及地说,"我知道,你是想通过救人,向我证明你有救狗的勇气,所以你这次差点淹死,还是怪我……"

"你又错了。"小涛竭力使自己的声音清晰,"即使不是为了向你证明,我也会毫不犹豫地跳下去,这不是每个人都应该做的事情吗?"

老梁愣了,周长海却"啪啪"地鼓起掌来……

(李坤学)

(题图:杨宏富)